Bernd von Hersel

Der zweite Krimi

Karl Dernauer und die Kleingärtner

Kriminalroman

Prolog

Dichte Nebelschwaden waberten über den Boden. Eine Frau und ein Mann hielten sich an den Händen und setzten vorsichtig ihre Schritte. Der matte Lichtkegel einer viel zu schwachen Taschenlampe wies ihnen den Weg.

Die Konturen eines massigen Körpers zeichneten sich vor ihnen in den dunstigen Schleiern ab. Sie näherten sich der Gartenbank, auf der ein Mann in einer dunkelgrünen Fleece-Jacke saß, mit dem Rücken zu dem Paar, das sich immer wieder mit weit geöffneten Augen ansah.

Der Händedruck des Mannes wurde fester. Seine Frau blieb kurz stehen, machte dann aber entschlossen einige Schritte nach vorn und zog ihren Mann mit sich.

„Oh, mein Gott!"

Es war kein Schrei, sondern eher ein Flüstern. Eva Bernstein drehte sich zur Seite. Der Blick ihres Gatten spiegelte ihr eignes blankes Entsetzen.

Der Mann auf der Bank war blutüberströmt – und tot. Wie in Trance bewegten sich Eva und Arthur Bernstein weiter in Richtung zu einem Gebäude, das eher die Dimensionen eines Einfamilienhauses als die einer Schrebergarten-Laube hatte.

Auf der Veranda lag eine Frau.

Auch sie war tot. Die Blutlache ließ nur einen Schluss zu: Die Frau war auf ebenso brutale Art erstochen worden wie ihr Mann.

Arthur Bernstein wählte nicht den Notruf. Er tippte auf einen Namen in der Kontaktliste seines Smartphones.

Kapitel 1

„Und wenn du dich auf den Kopf stellst: Nein, nein und nochmals nein. Ich will kein E-Bike. Ich will strampeln. Ganz allein. Ohne Motor. Ich bin zwar eine zweifache Großmutter – und stolz darauf. Aber ich bin doch keine alte Frau."

Eva Bernstein war im Begriff, sich in Rage zu reden.

Der Verkäufer in dem riesigen Fahrrad-Fachgeschäft, ein schlaksiger Endzwanziger, war bestens geschult. „Ich kann Ihre Frau gut verstehen", wandte er sich an Arthur Bernstein. „Sagen Sie es nicht meinem Chef – der hört das nicht gern, wenn ich das zu Kunden sage, weil wir an den E-Bikes gut verdienen. Aber für mich wäre das auch nichts. Es geht doch nichts über klassisches In-die-Pedale-treten." Sein Blick ging zurück zu Eva Bernstein: „Korrigieren Sie mich, gnädige Frau, aber ich glaube, Sie sind der Typ 'Holland-Rad' – habe ich recht?"

Arthur verzog leicht das Gesicht. Die Anrede „Gnädige Frau" fand er im Zusammenhang mit dem geplanten Kauf eines Fahrrads höchst unpassend.

„Siehst du, dieser Herr versteht die Bedürfnisse einer Frau. Der ist nicht so ein gefühlskalter Mensch wie du." Eva sagte das mit einem spöttischen Zug um den Mund, den ihr Mann sofort zu deuten wusste. Seine Frau war in ihrem Element. Sie ging auf die anbiedernde Art des Verkäufers ein und begann ihn zu umgarnen. Dies tat sie mit der ihr eigenen Art, die Arthur Bernstein an seiner Eva so sehr liebte – wenn es nicht gerade ihn selbst traf: einem Cocktail aus gespielter Naivität, Charme und Ironie.

Eva Bernstein warf den Kopf zurück und drehte sich von ihrem Mann weg. Dann hielt sie ihren linken Arm leicht angewinkelt nach vorne – eine Pose, die zum Einzug bei einem Opernball gepasst hätte. „Junger Mann, dann zeigen Sie mir mal bitte diese Räder, die so gut zu meinem Typ passen."

Der Verkäufer war sichtlich überfordert. Er begann zu stottern. „Ja, äh, also bitte, hier lang. Wenn, äh, wenn ich – wenn ich vielleicht vorgehen darf…"

Er stolperte am ausgestreckten Arm seiner Kundin vorbei. Eva lächelte ihren Mann an. Beide folgten dem Verkäufer, der einen Zickzackkurs zwischen Kinderrädern und Mountainbikes hindurch wählte. Offenbar wollte er das Beratungsgespräch zügig fortsetzen.

Arthur Bernstein sinnierte vor sich hin, ob die Verkäufer in diesem Geschäft wohl Provision bekämen, wenn sie ein Fahrrad verkauften? Das Gehabe des jungen Mannes ließ diesen Schluss zu. Fünf oder zehn oder noch mehr Prozent von einem Fünfhundert-Euro-Rad waren ja immer noch besser als null Prozent von einem drei- oder viermal so teuren Gefährt, das sich offenbar nicht an den Mann bringen ließ. Oder in diesem Fall an die Frau.

„Dann wollen wir mal sehen, dass wir das Passende für Sie finden." Diesmal sparte sich der junge Mann das „Gnädige Frau". „Wir haben eine große Auswahl an Holland-Rädern. Von ganz klassisch bis hin zu exklusiven Modellen. Und wenn Sie das Rad nicht sofort benötigen: Wir können es Ihnen auch ganz nach Ihren Wünschen zusammenstellen. Das braucht dann aber ein paar Tage."

„Ich hätte gerne ein Fahrrad mit Rücktritt-Bremse. Da fühle ich mich einfach sicherer. Gibt es so was heute noch?" Eva ließ die Verkäufer-Träume vom extravaganten Exklusiv-Modell schnell platzen.

„Darf ich fragen, wozu Sie das Rad in erster Linie nutzen wollen? Eher zum Einkaufen oder eher für kleinere oder größere Touren?" Der Tonfall des Verkäufers blieb ausgesprochen förmlich. Offensichtlich schätzte er seine Kundin als Dame aus gehobenen Kreisen ein. Er war leicht verwirrt, als Arthur Bernstein antwortete.

„Wir planen eine längere Fahrradtour. Ich selbst bin komplett und bestens ausgestattet, weil ich einmal im Jahr mit Freunden eine Tour mache. Das neue Rad meiner Frau soll vor allem sehr robust sein. Wir möchten nicht an jedem zweiten Tag eine Reifenpanne oder Ärger mit der Schaltung haben."

Jetzt witterte der Verkäufer offenbar ein Zusatzgeschäft mit allerlei Zubehör. Er wurde noch beflissener. „Dann kommt meines Erachtens nach nur ein Modell für Sie infrage, gnädige Frau. Das passt für Sie wie die Faust aufs Auge. Wenn ich Sie hier herüber bitten darf …“

Eva Bernstein schüttelte sich leicht. „Meines Erachtens nach“ war sprachlich ja schon schlimm genug. Aber dann noch die Kombination aus „gnädige Frau“ und „Faust aufs Auge“! Die ehemalige Journalistin in ihr wollte aufbegehren.

Doch dann entschloss sie sich zur zuckersüßen Variante. „Das ist furchtbar nett von Ihnen. Komm, Liebster, lass uns mal sehen, was der junge Herr so alles in seinem Portfolio hat.“

Der Verkäufer wirkte erneut irritiert. Er ging auf ein großes schwarzes Rad zu. Arthur Bernstein flüsterte seiner Frau zu: „Der hält Portfolio bestimmt für was Unanständiges …“

„Das hier ist ein einfaches, aber stabiles Rad. Ich stelle Ihnen den Sattel ein wenig tiefer. So müsste es gehen. Wollen Sie eine Proberunde auf unserem Parcours drehen?“

Durch die große Verkaufsfläche zog sich eine breite Bahn mit einer Steigung und einem Gefälle, eine Runde von mehr als hundert Metern, wie Arthur Bernstein schätzte. Mehrere Kinder waren mit gehörigem Tempo unterwegs, um Räder zu testen. Eva Bernstein ließ sich davon nicht abschrecken. Mit einigen zügigen Pedal-Umdrehungen steuerte sie sofort die Steigung an und schoss dann die Abfahrt hinunter. Es machte ihr sichtlich Spaß, sich mit zwei Grundschulkindern ein kleines Rennen zu liefern.

Als sie ihre erste Runde absolviert hatte, radelte sie winkend an ihrem Mann und dem Verkäufer vorbei. „Fährt sich super“, rief sie – und schon war sie wieder über die Steigung und aus dem Blickfeld der beiden Männer verschwunden. Als sie zum zweiten Mal zurückkam, trat sie kräftig in die Bremse: „Der Rücktritt ist auch tadellos“, strahlte sie. „Liebster, genau das Rad passt zu mir – wie der junge Herr es schon vermutet hat.“

Eine leichte Verärgerung konnte der Verkäufer nicht ganz verbergen. Er hätte mit einem teureren Modell beginnen sollen

– die „gnädige Frau“ hätte sich das bestimmt auch andrehen lassen. Seine Gesichtszüge entspannten sich allerdings wieder ein wenig, als Eva Bernstein einen zusätzlichen Gepäckträger über dem Vorderrad und zwei Doppelpacktaschen für vorne und hinten dazu kaufte. Er hatte doch noch einen einigermaßen ordentlichen Verkaufserfolg erzielt.

Kapitel 2

Karl Dernauer hatte bei seinem ersten Kriminalroman mit einem szenischen Einstieg gute Erfahrungen gemacht. Er war zügig in einen Schreibfluss gekommen. Und so wählte er bei seinem zweiten Krimi dieselbe Technik. Am wichtigsten war, dass Eva und Arthur Bernstein sofort aktiv waren. Der Rest entwickelte sich dann bestimmt wieder von allein.

Er hatte seine beiden Romanfiguren in den vergangenen Wochen regelrecht lieb gewonnen. Das mochte wohl auch daran liegen, dass er Arthur eine Reihe von seinen eigenen Zügen gegeben hatte und dass Eva große Ähnlichkeit mit seiner geliebten Monica hatte, die vor rund zehn Jahren bei einem Autounfall ums Leben gekommen war. Ob seine Tochter Clarissa diese Parallelen gefielen, wenn sie seinen ersten Roman las? Oder würde sie es eher unpassend finden, dass ihre Mutter literarisch „verarbeitet“ worden war? Auf jeden Fall war Karl Dernauer sehr gespannt auf die Reaktion von „Klärchen“, wie nur er seine Tochter nennen durfte.

Die Grundidee für sein neues Buch stand. Als Ambiente für seinen zweiten Krimi war ihm spontan eine Radtour durch die Bundesgartenschau im Havelland eingefallen. So konnte er wieder eigene Erlebnisse verarbeiten, da er vor ein paar Monaten selbst eine entsprechende fünftägige Tour gemacht hatte. Es war das erste Mal seit Monicas Tod gewesen, dass er sein gemütliches Häuschen für einen Urlaub verlassen hatte.

Karl Dernauer fuhr seinen Computer runter. Es war schon wieder kurz vor Mitternacht. Er setzte sich mit einem Glas spanischen Rotweins auf seine Terrasse und zündete sich eine Zigarette an. Ein ganz leichter Wind sorgte nach der Hitze der vergangenen Wochen für mildere Temperaturen, obwohl es immer noch um die zwanzig Grad sein dürften, wie Karl schätzte. Ein Blick auf das Thermometer an der Außenwand neben der Tür zur Küche bestätigte dies.

Drei Tage lang könnte er sich nun ohne Störung seinem neuen Roman widmen: Hub war bis Sonntag im Kurzurlaub. Andererseits würde ihm diesmal die Inspiration durch einen wirklichen Mordfall fehlen. Bei seinem ersten Krimi hatte er davon profitiert, dass sein bester Freund, Oberstaatsanwalt Doktor Hubertus von Steenberg, ihn intensiv in die Ermittlungen nach der Ermordung eines Prominenten einbezogen hatte. Als Romanautor hatte er dadurch einige hervorragende Anregungen bekommen, wie er die Handlung in seinem Erstlingswerk fortentwickeln konnte. Egal: Dann musste es diesmal halt nur mit Fantasie funktionieren. Immerhin hatte er jetzt eine gewisse Routine als Romanautor. Die würde das Fehlen von Hubs Input bestimmt kompensieren.

Er füllte sein Weinglas nach und entzündete die zweite Zigarette. Wie sollte er am nächsten Tag weitermachen? Sollte er einfach Eva und Arthur in den Urlaub starten lassen? Oder sollte er – wie beim ersten Krimi – erst einmal wieder ein Raster anlegen? Eine Tabelle mit Personen, mit möglichen Verdächtigen, mit Details zum Fall. Sollte er sich zunächst Gedanken über den Mord machen? Über eine Mordmethode zum Beispiel? Über mögliche Motive? Und wer sollte überhaupt diesmal das Opfer sein?

Karl Dernauer beschloss, um diese Uhrzeit nichts zu beschließen. Er würde sich einfach am nächsten Morgen an seinen Schreibtisch setzen. Entweder, er würde die Bernsteins agieren lassen oder er würde mit seiner Tabelle beginnen, in die er mögliche Motive, Verdächtige und Charaktereigenschaften eintrug. Beides war gleich gut.

Kapitel 3

„Hab ich mir's doch gedacht! Ich rotiere durch die Wohnung, damit wir rechtzeitig fertig werden, und mein Göttergatte sitzt in aller Seelenruhe an seiner Doktorarbeit. Muss das jetzt wirklich noch sein?" Aus Eva Bernsteins Stimme klang eine Mischung von Verärgerung und Unverständnis, als sie den Kopf durch die Tür zum Arbeitszimmer ihres Mannes steckte.

Arthur Bernstein hob nur kurz den Kopf. „Mein Part ist erledigt. Liegt alles auf dem kleinen Tisch. Und jetzt lass mich bitte noch eine Viertelstunde in Ruhe. Dann stehe ich dir zwei Wochen lang für alle deine Wünsche zur Verfügung …"

„Für alle? Und jederzeit? Das höre ich doch mal gerne." Evas Ton war deutlich freundlicher geworden, während sie den Raum betrat und zu dem Tischchen ging. In einer Klarsichthülle fand sie eine ganze Reihe von Ausdrucken. Am morgigen Donnerstag würden sie zu ihrer zweieinhalbwöchigen Radtour durchs Havelland aufbrechen.

Sie selbst hatte sich einen Urlaub im Gebiet der Bundesgartenschau gewünscht. Seit vielen Jahren fuhr das Ehepaar sehr gut mit dem Verfahren, dass abwechselnd jeder von beiden das Urlaubsziel festlegen durfte. Der andere musste ein mögliches Veto schon sehr glaubhaft begründen, wenn er partout mit einem Reiseziel nicht einverstanden war. Bislang war dies allerdings nur jeweils einmal vorgekommen. Eva hatte sich vor fast zehn Jahren gesträubt, als Arthur einen Urlaub mit einem Juristen-Kongress hatte verknüpfen wollen. Und Arthur konnte im Jahr darauf rein gar nichts der Vorstellung abgewinnen, eine Bergwander-Tour mit Übernachtungen in Almhütten zu unternehmen.

Da ihre Interessen sich aber in vielen Fällen deckten, fand der Urlaubsvorschlag des Partners fast immer sehr schnell Zustimmung. Auch Arthur Bernstein freute sich schon sehr auf die bevorstehende Radtour mit festgelegten Etappen durch das ihm bislang noch völlig unbekannte Bundesland Brandenburg.

Er selbst war ein höchst routinierter Radwanderer. Mit fünf Freunden unternahm er alljährlich eine rund einwöchige Tour. Immer an Flüssen entlang, weil keiner in der Truppe ein Fan von Steigungen war. Das Männer-Sextett – alle waren Jugend- oder Studienfreunde von Arthur Bernstein – hatte die Methode des Ehepaars Bernstein übernommen. Im Wechsel durfte einer die Route aussuchen. Dieses Privileg machte ihn allerdings auch für die komplette Logistik verantwortlich. Dazu gehörten An- und Abreise, ein ausgeklügeltes Tourismus-Programm und alle Übernachtungsbuchungen.

„Man kann dich wirklich machen lassen", sagte Eva Bernstein, als sie die Unterlagen durchgeblättert hatte. Alles war perfekt organisiert. Morgen früh würden sie mit der Bahn bis nach Brandenburg fahren. Vor der Planung der Tour hatten beide gar nicht gewusst, dass es nicht nur das Bundesland, sondern auch eine gar nicht so kleine Stadt gleichen Namens gab. Dort würden sie anderthalb Wochen lang in einer großzügigen Ferienwohnung bleiben. Danach waren mehrere Etappen an der Havel entlang geplant, von BUGA-Standort zu BUGA-Standort. Arthur Bernstein hatte die einzelnen Tagestouren für die ersten zehn Tage und alle weiteren Etappen detailliert geplant.

„Dann lass mich doch bitte auch machen. Nur noch ein paar Minuten." Arthur reagierte unwirsch.

Wortlos drehte seine Frau sich um. Sie verließ das Zimmer mit einem Schmunzeln. Denn sie war ganz sicher, wie diese kleine Auseinandersetzung fortgeführt wurde.

Kurz darauf schob Arthur Bernstein die Papiere auf seinem Schreibtisch zusammen und legte sie fein säuberlich auf einen kleinen Stapel auf dem linken Schreibtisch-Eck. Er hatte die nötigen Vorarbeiten für das nächste Kapitel an seiner Doktorarbeit erledigt. Nach dem Urlaub könnte er sofort wieder in sein Hobby einsteigen, dem er sich seit seiner vorzeitigen Pensionierung als Richter mit großer Freude widmete.

Er suchte seine Frau zunächst in der Küche, dann im Wohnzimmer und dann im Bad. Arthur wollte sich für seinen allzu rüden Ton entschuldigen, aber Eva war nirgends zu finden. Schließlich lugte er durch die Tür zu ihrem Schlafzimmer. Nur Evas Kopf schaute unter der Bettdecke hervor. Als Arthur Bernstein eintrat, öffnete seine Frau die Augen.

„Tut mir leid, dass ich so ruppig war. Sei mir nicht böse. Aber ich wollte unbedingt noch diese Gedanken zu Ende bringen. Das sollte dich eigentlich freuen, weil damit garantiert ist, dass ich nicht während unseres Urlaubs dauernd an meine Arbeit denke. Das stört dich doch immer, wenn ich in unserer Freizeit …“

„Red nicht so viel.“

Eva Bernstein schlug die Bettdecke zurück. Sie war völlig nackt. Und sie war ihm offenkundig nicht im Geringsten böse.

Kapitel 4

Karl Dernauer hatte sich sein dickes rotes Kapuzen-Sweatshirt übergezogen, als er sich um die Mittagszeit auf die Terrasse setzte, um ein spätes Frühstück zu genießen. Nach mehreren Wochen mit fast tropischen Temperaturen, in denen in diesem Frühsommer mehrfach Hitzerekorde gebrochen worden waren, schien urplötzlich der Winter eingekehrt zu sein. Gefühlt war es rund zwanzig Grad kälter als am Abend zuvor.

Erst jetzt erinnerte sich Karl daran, dass er in der Nacht kurz wach geworden war, weil es heftig gewittert hatte. Als er am Morgen aufgestanden war, hatte er sich sofort mit einer großen Tasse Milchkaffee an den Schreibtisch in seinem Arbeitszimmer gesetzt und die Bernsteins in den Urlaub geschickt. Die dramatische klimatische Veränderung hatte er in den ersten Stunden des Tages überhaupt nicht registriert.

Jetzt fröstelte er. Karl hasste starke Temperaturschwankungen, auf die sein Körper oft unangenehm zu reagieren pflegte. Ganz unvermittelt fühlte er sich schlapp und antriebslos. Er erhob sich unwirsch aus seinem Sessel, ging ans Gartentörchen, um die Zeitung zu holen, und zog dann um an seinen Küchentisch, den er nur spärlich deckte. Ihm war der Appetit fast vollständig vergangen – und das, obwohl er heute noch keinerlei feste Nahrung zu sich genommen hatte.

Lustlos knabberte er an einer Scheibe Toast mit Brombeergelee. Er würde doch wohl nicht krank werden … Nein, diesen Gedanken wollte er gar nicht erst zulassen. Vielleicht sollte man prophylaktisch trotzdem gegensteuern. Karl ging ins Badezimmer, ließ Wasser in die Wanne einlaufen und goss reichlich von einem Eukalyptus-Badezusatz hinein. Dann kehrte er in die Küche zurück und bereitete sich einen Erkältungstee zu.

Mit der Teetasse und dem *ZEITmagazin* steuerte er die Badewanne an. Tasse und Zeitschrift platzierte er auf dem kleinen Beistelltisch. Er lag noch keine zwei Minuten im heißen Wasser, als er eingeschlafen war.

Als er nach fast einer Stunde aufwachte, war ihm wieder kalt. Er ließ heißes Wasser nachlaufen und widmete sich dem Kreuzworträtsel. Am Erkältungstee nippte er nur kurz. Kalt schmeckte der noch scheußlicher.

Karl konnte sich nicht richtig konzentrieren. Er musste drei Mal heißes Wasser nachlaufen lassen, bis er das Rätsel fertig gelöst hatte. Dann kletterte er aus der Wanne, rubbelte sich kräftig ab und schlüpfte in seinen flauschigen Bademantel. Er holte den *Graf von Monte Christo* von seinem Nachttisch und kuschelte sich unter einer Wolldecke auf die Wohnzimmer-Couch. Dazu trank er eine Tasse heißer Zitrone, an der er sich – wie immer – beim ersten Schluck kräftig die Zunge verbrannte. Er musste – wie ebenfalls fast immer – über seine nicht vorhandene Lernfähigkeit in diesem Punkt schmunzeln.

So richtig krank fühlte er sich eigentlich nicht. Andererseits spürte er seit Tagen erstmals keinerlei Verlangen, sich wieder an seinen Schreibtisch zu setzen. Schade eigentlich – wo er doch das Wochenende nutzen wollte, um zügig in seinem neuen Fall voranzukommen. Er legte den Dumas-Roman beiseite. Wenn ihm schon nicht nach Schreiben zumute war, dann konnte er ja vielleicht auf andere Art an seinem Krimi weiterarbeiten.

Er zog sich eine Jogginghose an, dazu Wollsocken und seinen Lieblingspulli. Dann kramte er in den Schreibtisch-Schubladen. Schnell hatte er gefunden, was er suchte. Ein matt-silbernes Diktiergerät. Wie alt mochte das sein? Zwanzig Jahre? Nein, eher dreißig. Ob es noch funktionierte? War überhaupt eine der kleinen Kassetten drin? Musste man es nicht zuerst aufladen?

In der kleinen Pappschachtel fand er ein Ladegerät. Er stöpselte es ein, holte aus der Abstellkammer ein Verlängerungskabel und krabbelte wieder unter die Wolldecke auf seiner Couch. „Zwei, drei …" „Drei, vier …" „Vier, fünf …" Mehrmals sprach er in das altmodische Diktaphon, spulte zurück, hörte ab.

„Geht doch." Es erfüllte ihn immer mit Zufriedenheit, wenn längst überholte Technik noch zuverlässig ihren Dienst tat.

Seine Grundidee zum zweiten Fall von Eva und Arthur Bernstein gefiel ihm. Er hatte sich von einem realen Mord anregen lassen, der vor Jahren in seiner Heimatstadt begangen worden war. Was blieb ihm auch anderes übrig, wenn sein Freund Hub ihm nicht als Inspirationsquelle zur Verfügung stand.

Auch das Ambiente entsprach seinen Vorstellungen. Karl Dernauer hatte bei seiner Radtour durch Brandenburg Kleingartenanlagen kennengelernt, die ihn in ihren Ausmaßen höchst überrascht hatten. Wozu brauchten die Menschen überhaupt noch ein anderes Zuhause, wenn doch ihre Schrebergärten schon alles boten, was man zum Alltagsleben benötigt? Im Rheinland waren die Bau-Bestimmungen viel enger gefasst, da hätten die Behörden verfügt, dass solche Häuser abgerissen würden.

Die Arbeit an seinem ersten Kriminalroman hatte ihn davon überzeugt, dass es dem Gesamtwerk guttat, wenn er möglichst viele erzählerische Elemente einbaute, die gar nichts mit dem eigentlichen Handlungsstrang zu tun hatten. Er würde seine plötzlich aufgetretene Schreibmüdigkeit nutzen, um wahllos Details vor sich hin zu plaudern, die eventuell in seinem zweiten Buch verwertet werden könnten.

Er drückte die Aufnahmetaste.

„*Ruut-wiieß-blau querjestriefte Frau.*“ Seine erste Sprachnotiz konnte man getrost als wahllos bezeichnen. Wie sollte er die Zeile aus dem BAP-Lied in seinen Krimi einbauen? Vielleicht könnte es ja als Eselsbrücke dienen, damit er sich Gedanken über das eine oder andere Outfit der Personen in seinem Roman machte.

Es folgten weitere zusammenhanglose Begriffe: „Satelliten-Schüssel“ – viele davon hatte er während seiner Radtour auf den großen Kleingartenhäusern gesehen. „Russen-Mafia“ – war das nicht eigentlich zu einfallslos für einen Krimi, der im Osten der Republik spielte? Egal. Er wollte ja nur seinen Gedanken freien Lauf lassen, ohne gleich immer schon zu werten. „Münzsammlung“ – „Badesee“ – „Laube als Liebesnest“ – „Reifenpanne“ – „Studienfreund“ – der letzte Begriff gefiel ihm wieder richtig gut. Das war ein Ansatz, wie Eva und Arthur Bernstein von offizieller Seite in die Ermittlungen einbezogen werden könnten.

„Melonen-Gazpacho“. Auf seiner Radtour durchs Havelland hatte ihn diese pfiffige Vorspeise mit einer feinen Ingwer- und Chili-Note, die ihm in einem hübschen Gartenlokal in der Stadt Brandenburg aufgetischt worden war, sehr beeindruckt. Diese kulinarische Köstlichkeit könnte er doch auch Eva und Arthur gönnen. Apropos: Ihm fiel auf, dass er den ganzen Tag noch so gut wie nichts gegessen hatte.

Mal sehen, was Kühl- und Gefrierschrank so hergaben. Es zog ihn an den Herd.

Das Ehepaar Bernstein hatte für heute Pause.

Kapitel 5

Arthur Bernstein traute seinen Augen nicht. „Ja – glaub ich's denn? Jakob! Jakob Schindler!“

Ein kleiner, quirliger Mann mit leicht rötlichem Haar, um die sechzig, lehnte sein Fahrrad an eine mächtige Buche, die vor dem gut besuchten Ausflugslokal stand und an den Tischen vor der Gaststätte Schatten spendete. Er drehte sich um – in seinem Blick waren Überraschung und Freude zu lesen.

„Arthur! Arthur Bernstein. Alter Junge, wie hat es denn dich hierher verschlagen? Wie lange ist das jetzt her? Dreißig Jahre?" Er ging ein paar Schritte nach vorne. Die beiden Männer umarmten sich und klopften sich dabei gegenseitig auf den Rücken.

„Dreißig Jahre? Es könnten sogar noch ein paar mehr sein." Arthur Bernstein löste sich aus der Umklammerung und sprach seine Frau an. „Eva, du erinnerst dich doch bestimmt noch an Jakob – oder? Wir haben in unserer Studentenzeit so viele Nächte an unserem Küchentisch verbracht. Und dabei konsequent die Welt verbessert. Zumindest in der Theorie ..."

Eva Bernstein hatte ebenfalls ein Leuchten in den Augen. „Mensch, Jakob, du kannst dir gar nicht vorstellen, wie sehr ich mich freue." Auch sie umarmte den kleinen Mann, dessen Stirn ihr nur bis knapp über die Schulter reichte. „Dass Pat und Patachon sich noch einmal wiedersehen würden, das hätte ich im Traum nicht gedacht."

„Pat und Patachon?" Eine hübsche Frau mit kurz geschnittenen weißen Haaren schaltete sich ein.

„Darf ich vorstellen – meine herzallerliebste Gattin Marianne." Jakob Schindler zog die Frau, die die ganze Szene aus rund zwei Metern Abstand beobachtet hatte, an sich heran und legte ihr den Arm um die Schulter. Was ein wenig ungelenk aussah, da sie fast einen Kopf größer war als er selbst.

„Pat und Patachon waren die Spitznamen von Jakob und Arthur, wenn sie gemeinsam unterwegs waren", klärte Eva Bernstein die sympathische Frau mit den strahlend blauen Augen auf. „Arthur war Pat und Jakob war Patachon. Du kennst vielleicht das lustige Stummfilmpärchen. Zwei Schweden glaube ich ..."

„Dänen. Die beiden waren Dänen, da bin ich ..." Arthur Bernstein hielt mitten im Satz inne, als er Evas Blick wahrnahm. Seine Frau konnte Besserwisserei bei eher unwichtigen Details nicht ausstehen. „In unserer Kinder- und Jugendzeit kamen sie immer wieder im Fernsehen. Und Jakob und ich hatten rein äußerlich schon eine gewisse Ähnlichkeit mit den beiden. Wobei ich nie einen Schnäuzer getragen habe wie Pat."

„Kenne ich leider nicht", entgegnete Marianne Schindler. „Aber ganz spontan bin ich der Meinung: Dieses Wiedersehen muss begossen werden. Ihr wolltet doch bestimmt auch gerade Pause machen auf eurem Ausflug …"

„So ist es." Eva hakte die Frau unter. „Da vorne wird gerade ein Tisch frei. Den sollten wir uns sichern." Und schon steuerten die beiden Frauen lachend in die Richtung, in der sich eine Gruppe von Ausflüglern gerade von ihren Stühlen erhoben hatte. Sie wirkten wie alte Freundinnen, nicht wie zwei Frauen, die sich gerade erst kennengelernt hatten.

Kapitel 6

Karl Dernauer schnaufte einmal kräftig durch, als er sich um die Mittagszeit von seinem Schreibtisch erhob. Sein neuer Roman ließ sich gut an. Er hatte mit dem ehemaligen Studienfreund und heutigen Staatsanwalt Jakob Schindler die entscheidende Figur in seine Handlung eingeführt, durch die es Eva und Arthur Bernstein ermöglicht würde, an die wichtigen Informationen zu kommen, um ein Verbrechen aufzuklären.

Er reckte sich kräftig, um die Verspannungen aus den Schultern und dem Rücken zu vertreiben. Wenn er mit seinem Programm als Autor so intensiv weitermachte, dann müsste er bald mit ebenso intensivem Ausgleichssport beginnen, dachte er, als er sich mit einem frischen Milchkaffee auf die Terrasse setzte und sich genussvoll eine Zigarette anzündete.

Wie sollte es am Nachmittag mit seinem Roman weitergehen? War es schon im nächsten Kapitel an der Zeit für das Verbrechen? Oder sollte er es ein wenig beschaulicher angehen lassen? Wollten seine Leser hohes Tempo in der Handlung oder eher eine gediegene Entwicklung einzelner Charaktere?

Karl lachte schallend auf. Er machte sich Gedanken darüber, was „seine“ Leser von ihm erwarteten – und dabei hatte er noch keinen einzigen. Wenn man von seiner Tochter Clarissa mal absah, die sich bestimmt gleich am ersten Abend sein erstes Manuskript als Bettlektüre vorgenommen hatte. Sollte er sie anrufen und fragen, wie ihr sein Erstlingswerk gefiel? „Du Kindskopf“, sagte er laut zu sich selbst und erhob sich, um in die Küche zu gehen.

Es war Zeit für ein spätes Frühstück mit ausgiebiger Zeitungslektüre. Und dann musste er an diesem Samstag noch fürs Wochenende einkaufen. Was sollte er kochen? Am besten etwas, von dem er gleich mehrere Tage essen konnte. Und auch für Hub sollte etwas übrig bleiben, weil sein Freund ihn sicherlich am Sonntagabend nach seinem Kurzurlaub beehren würde, um noch einmal mit ihm über das spektakuläre Verbrechen zu reden, zu dessen Aufklärung Karl Dernauer den entscheidenden Beitrag geleistet hatte.

Er entschied sich für eine zweigeteilte Lösung. Für den heutigen Abend würde er nur geringen Aufwand betreiben – ein Saltimbocca à la Romana mit Bandnudeln und Salat. Dafür würde er für den Sonntag so richtig in die Tasten hauen. Karl Dernauer schüttelte ob dieser unpassenden Metapher den Kopf über sich selbst, war dann aber wieder mit den Gedanken am Herd. Ein „Baeckeoffe“ hatte er lange nicht mehr zubereitet. Hub liebte diese elsässische Spezialität. Da das Fleisch aber mindestens zwölf Stunden in seiner Marinade liegen sollte, war es wichtig, dass er es heute schon vorbereitete.

Karl musste sich sputen, denn der Metzger seines Vertrauens schloss seinen Laden samstags schon um zwei Uhr. Nur bei ihm bekam er das Schweine-, Rind- und Hammelfleisch in der gewünschten Qualität.

Gut eine Stunde später hatte er seine Einkäufe erledigt. Er schnitt das Fleisch in große Stücke und legte diese mit in Scheiben geschnittenen Zwiebeln und reichlich zerdrücktem Knoblauch in eine Schüssel. Dann gab er Lorbeer, Rosmarin, Thymian und Salbei hinzu und bedeckte alles mit fast zwei Litern

„Edelzwicker“, dem extrem trockenen Weißwein aus dem Elsass, der einem beim Trinken immer einen kleinen Schauer über den Rücken laufen ließ. Aber für die Marinade war er genau richtig.

Die Vorarbeiten für den Sonntag waren abgeschlossen. Jetzt konnte er sich den ganzen Nachmittag lang wieder Eva und Arthur Bernstein widmen.

Kapitel 7

„Jetzt erzähl endlich – was ist aus euch geworden? Es ist eine Schande, dass wir nach dem Studium den Kontakt völlig verloren haben …“ Jakob Schindler sprudelte los, noch bevor die beiden Ehepaare am Tisch Platz genommen hatten. „Du bist doch bestimmt Richter geworden, mit deinen exzellenten Noten, die du immer hattest.“

„Richtig getippt. Ich habe mich auf Strafrecht spezialisiert und so manchen Bösewicht hinter Gitter gebracht. Aber vor einem Jahr habe ich mir dann die vorzeitige Pensionierung gegönnt. Jetzt schreibe ich als Hobby meine Doktorarbeit, mit rund dreißigjähriger Verspätung“, entgegnete Arthur Bernstein, während er sich auf einem Stuhl niederließ. „Und du? Du scheffelst doch bestimmt in der freien Wirtschaft Geld. Seid ihr auch im Urlaub hier?“

„Gleich zweimal falsch geraten, das ist man vom klugen Arthur ja gar nicht gewohnt“, feixte Jakob Schindler. „Nein, ich bin auch im Staatsdienst. Ich jage die Verbrecher, die von Leuten wie dir dann ihre gerechte Strafe bekommen. Ich bin Staatsanwalt, kurz nach der Einheit sind wir hierhin umgezogen. War eine spannende Zeit damals, an der Basis einen Rechtsstaat mit aufzubauen.“

„Habt ihr Kinder?“ Marianne Schindler sah abwechselnd Eva und Arthur Bernstein an, als sie die Frage stellte.

„Na toll, das ist ja wieder mal typisch“, antwortete Eva mit einem gespielt bösen Blick. „Die Männer reden als Erstes über die Karriere und die Frauen über die Familie.“ Dann lächelte sie ebenfalls abwechselnd das Ehepaar Schindler an: „Ja, einen

Sohn und eine Tochter. Und zwei Enkel, ebenfalls einen Jungen und ein Mädchen. Und ihr?"

„Ja, zwei Töchter. Aber Enkel leider noch nicht." Man sah Marianne Schindler an, dass sie das bedauerte. „Und was machst du beruflich? Oder bist du auch schon im Ruhestand?"

„Ich bin Journalistin. Mehr als dreißig Jahre war ich bei verschiedenen Zeitungen und Zeitschriften fest angestellt. Heute arbeite ich ab und zu als Freie, aber nur noch, wenn mir ein Thema so richtig Spaß macht. Und du?"

„Ganz langweilig: Ich bin Lehrerin. Deutsch und Französisch."

„Wieso langweilig? Du hast immer mit jungen Menschen zu tun, das hält doch jung."

„Ja, stimmt schon. Der Beruf macht mir auch immer noch viel Freude", sagte Marianne Schindler mit einem Leuchten in den Augen. Dann wechselte sie das Thema. „Habt ihr Hunger? Die Speisekarte ist zwar nicht groß, aber man isst hier richtig gut."

Drei Stunden lang saßen die beiden Ehepaare in munterem Geplauder zusammen. Die Gespräche sprangen in den Themen kreuz und quer durcheinander. Eine längere Zeit nahm lediglich die Schilderung der Bernsteins ein, wie sie beide in ihrem letzten Urlaub in Spanien einen Mordfall als Hobby-Kriminalisten aufgeklärt hatten. Fasziniert lauschten die Schindlers der Geschichte, die von Eva und Arthur Bernstein abwechselnd vorgetragen wurde. „Meine Eva ist wirklich eine moderne Miss Marple", fasste Arthur zusammen.

„Nun stell dein Licht nicht so unter den Scheffel", sagte Eva. „Auch Monsieur Poirot hatte entscheidenden Anteil an der Klärung des Falles."

„Mein Gott, haben wir gebechert." Jakob Schindler blickte auf die fünf leeren Weißweinflaschen, die auf dem Mäuerchen neben ihrem Tisch standen. Dort hatte er das Leergut in Reih und Glied hingestellt. „Auf die Fahrräder setzen sollten wir uns jetzt nicht mehr. Ich habe da eine Idee. Ein paar hundert Meter von hier liegt eine hübsche Kleingartenanlage, in der Nachbarn von uns ihre Datscha haben. Die sind am Wochenende immer da.

Am besten wir schieben unsere Räder dahin – und später fahren wir dann mit dem Taxi nach Hause. Einverstanden?“

Eva und Arthur blickten sich kurz an – und beide nickten zustimmend. „Das klingt doch nach einer sinnvollen Feierabendgestaltung“, sagte Arthur. Unter einer Bedingung: Die Rechnung hier übernehme ich. Keine Widerrede, Jakob …“

Die beiden Ehepaare schoben ihre Räder am Beetzsee entlang, vorneweg Eva Bernstein und Jakob Schindler, dahinter Arthur Bernstein und Marianne Schindler. Nach wenigen Minuten hatten sie ihr Ziel erreicht.

„So etwas nennt ihr Kleingärten?“ Arthur Bernstein staunte nicht schlecht. „Im Rheinland geht das in vielen Gemeinden glatt als Neubaugebiet durch. Hier kannst du doch mit einer vierköpfigen Familie bequem das ganze Jahr über wohnen …“

Die Häuser hatten wirklich gar nichts von den Schrebergarten-Lauben, die er aus seiner Heimat kannte. Briefkästen und Türklingeln an den hohen Metallzäunen, Satelliten-Schüsseln auf den Dächern der gemauerten Häuser mit mehreren Zimmern. Das waren keine Holzhütten mit Übernachtungsmöglichkeit, das war eine Wohnsiedlung.

„Ja, es gibt wirklich genug Leute, die mehr oder weniger das ganze Jahr über hier sind“, bestätigte Jakob. „Die haben alles, auch eine Top-Heizung und Sanitärräume vom Feinsten. Bis hin zur Sauna mit Schwimmbecken. Die Datscha hat hier halt eine andere Tradition als im Westen.“

Jakob Schindler steuerte ein Haus am Rande der Siedlung an, das vielleicht das größte aller Gebäude in der Anlage war. „Bei Paula und Anton werdet ihr euch wohlfühlen. Die beiden sind wirklich ausnehmend sympathisch und sehr gastfreundlich.“

Kapitel 8

Karl Dernauer wurde durch das Klingeln des Telefons aus seiner intensiven Arbeitsphase gerissen – was ihm nicht ungelegen kam, denn er wollte das Kapitel ohnehin an dieser Stelle beenden. Es war seine Tochter Clarissa. Ihre Stimme klang seltsam, fast erstickt.

„Hallo Paps. Ich habe gerade die Kinder ins Bett gebracht und jetzt endlich Zeit, dich anzurufen."

Es folgte ein kurzes Schweigen, gefolgt von einem leisen Schluchzen. Karl Dernauer schossen sofort wilde Gedanken durch den Kopf. „Was ist denn passiert, Klärchen?"

Langsam fand Clarissa ihre Stimme wieder. „Gaspard war den ganzen Nachmittag mit den Kindern unterwegs. Da hatte ich endlich die Zeit, dein Manuskript zu lesen. Ich bin jetzt fast bei der Hälfte."

Karl Dernauer dämmerte, dass nichts Schlimmes passiert war – im Gegenteil. Seine Tochter atmete wieder ganz ruhig. „Dein Roman gefällt mir wirklich richtig gut. Aber wie du Mutti darin verarbeitet hast, das ist einfach großartig. Danke."

Wieder schwieg Clarissa. Jetzt war es ihr Vater, dem die Stimme versagte. Tränen der Rührung schossen in seine Augen. Dann stammelte er mehr als dass er redete: „Schön. Es macht mich froh, dass es dir gefällt. Ich hatte ein bisschen Sorge …"

„… dass ich das unangemessen finde? Du Quatschkopf. Du hast Mutti für mich fast schon wieder aufleben lassen. Mir kamen so viele schöne Erinnerungen in den Kopf." Clarissa zerstreute mit wenigen Worten alle Bedenken ihres Vaters.

„Und auch sonst gefällt dir mein Erstlingswerk? Liest es sich gut? Ist es spannend?"

„Es liest sich toll und es ist sehr spannend. Ich habe schon einen Verdacht, aber den behalte ich noch für mich. In ein paar Stunden habe ich das Manuskript durch, morgen folgt dann meine finale Kritik. Hast du eigentlich schon einen Verlag, der das Buch veröffentlicht?"

„Nein, nein. Es ist ja erst ein paar Wochen her, dass ich mit dem Buch begonnen habe. Über so was habe ich mir noch gar keine Gedanken gemacht. Ich schreibe seit vorgestern übrigens schon am zweiten Krimi."

„Was hältst du davon, wenn wir morgen früh zum Frühstück bei dir reinschneien? Oder hast du keine Zeit für deine Enkel?“

„Macht das. Es reicht, wenn ich mich am Nachmittag wieder an den Schreibtisch setze. Ich stehe kurz vor einem ziemlich grausamen Mord, da ist es gut, wenn ich vorher ordentlich gefrühstückt habe.“

„Wir bringen Brötchen mit. Passt halb zehn?“

„Passt prima.“

„Küsseken, Paps.

“Küsseken Liebes, bis morgen.“

Karl blieb einen Moment lang verstört mitten im Raum stehen. Er war einerseits erleichtert, dass es Klärchen offenbar sehr positiv berührt hatte, wie er ihre Mutter in seinen Roman integriert hatte. Andererseits hatte seine Tochter mit ihrer Frage nach dem Verlag ein Fass aufgemacht, das ihm zur Zeit noch gar nicht in den Kram passte. Wieder einmal lachte er über seine schiefen Bilder.

Er hatte einen solchen Spaß am Romanschreiben gefunden, dass er das Nachdenken über einen Verlag als Ablenkung empfand, die ihm nicht willkommen war. Gut, dass das zumeist nur in seinen Gedanken passierte, nicht in seinen geschriebenen Worten. Natürlich wollte er, dass sein Manuskript auf den Markt kam. Er hatte es ja nicht als intimes Tagebuch angelegt, eine Veröffentlichung war einfach nur logisch. Aber derzeit empfand er dieses Thema als eher lästige Nebensächlichkeit.

Als er sich an den Herd stellte, um sein Saltimbocca zuzubereiten, kreisten seine Gedanken jedoch pausenlos nur um die Frage, wie er es denn am besten angehen sollte, einen Verlag für seinen Roman zu finden. Er hatte zwar Jahrzehnte lang bei einem Verlag gearbeitet, aber Tageszeitung und Buchverlag hatten eigentlich keinerlei Berührungspunkte – außer, dass sie ein Print-Produkt herstellten und vertrieben. Und er kannte auch persönlich niemanden aus der Buchbranche.

Das Thema ließ ihn auch nicht los, als er am Küchentisch saß und sein Abendessen zu sich nahm. Schnell stand fest: Er würde den Abend nutzen, um im Internet zu recherchieren, wie er einen Verlag für sein Manuskript finden könnte. Karl füllte sein Glas mit dem kräftigen Rioja nach, der in den vergangenen Wochen zu seinem Lieblingswein geworden war und zog um an seinen Schreibtisch.

Bei der Recherche war er ganz in seinem Element – wie zu seiner Journalisten-Zeit. Zunächst suchte er im Internet nach Buchverlagen. Bei allen bekannten Häusern war es Standard, dass man schon auf der Startseite zur Manuskript-Einreichung navigiert wurde und dort die Bedingungen erfuhr. Wie naiv er doch war! Natürlich gab es mit Sicherheit Hunderte – nein Tausende – von Menschen, die sich zum Autor berufen fühlten. Die Verlage würden mit Angeboten garantiert überschwemmt. Ein wenig mutlos leerte er sein Weinglas und ging in die Küche, um sich noch einmal nachzuschenken.

Auf mehreren Verlags-Homepages sichtete er das Verfahren. Es war im Prinzip immer dasselbe: Man sollte ein Exposé und eine maximal dreißig Seiten lange Leseprobe per Mail einreichen. Ausgedruckte Exemplare per Post würden nicht angenommen. Bei den meisten Häusern las sich die Beschreibung eher so, als wolle man sich vor neuen Autoren schützen. Man werde keinen Eingang bestätigen, und wenn sich der Verlag nach sechs oder zehn Wochen nicht gemeldet habe – die Zeitangaben variierten ein wenig – dann habe man kein Interesse an dem Manuskript. Einige boten auch an, dass man sein Werk nach einer Ablehnung kostenlos als E-Book in einem Web-Portal des Verlages veröffentlichen könne. Wenn es dort oft heruntergeladen werde, dann denke der Verlag gerne noch einmal darüber nach, ob er das Buch doch noch drucke.

Bei seinen weiteren Nachforschungen stieß er auf zahlreiche Angebote, ein Buch im Selbstverlag herauszubringen. Einiges sah seriös aus, aber immer wurde das Prinzip schnell klar: Man sollte selbst Bücher in einer bestimmten Stückzahl erwerben – und die könnte man dann mit einem entsprechenden Gewinn selbst an die Leser bringen. Google machte ihm auf anderen Seiten aber auch schnell klar, dass es bei diesem Modell deutlich mehr Verlierer als Gewinner unter den Autoren gab: Es fanden sich zahlreiche Links mit Warnungen oder eigenen Erfahrungen von Schreibern, die sich in der Hoffnung auf einen Bestseller hoffnungslos verschuldet hatten.

Karl Dernauers Stimmung hellte sich wieder ein wenig auf. Dieses Problem hatte er ja Gott sei Dank nicht. Er schrieb aus Spaß, musste mit seinem Buch nicht unbedingt Geld verdienen. Aber natürlich würde sein Stolz angekratzt, wenn sich kein Verlag fände – so ehrlich musste er sich selbst gegenüber schon sein.

In den Lektoraten saßen doch Profis. Der eine oder andere von denen müsste also erkennen, dass er hier das Werk eines Profi-Schreibers vor sich hatte – egal, mit welcher Flut an Einsendungen er täglich konfrontiert würde.

Er notierte sich rund fünfunddreißig Verlage und die dazugehörigen Mailadressen. Dann formulierte er ein Anschreiben und verfasste das gewünschte Exposé. Mit einem Ausdruck seines Manuskripts und einem neuen Glas Rioja setzte er sich in den gemütlichen Sessel im Erker seines Arbeitszimmers. Er überflog die ersten Seiten. Bis zu welcher Stelle sollte die Leseprobe gehen?

Der Mord passierte auf Seite dreiundzwanzig. Hier bot sich ein Schnitt an. Mit einem Rotstift ging er die Anfangsseiten seines Buches sehr konzentriert durch. Wie immer beim Korrekturlesen fand er eine ganze Reihe von Flüchtigkeitsfehlern. Vorsichtshalber las er die Seiten ein zweites Mal. Gut so: Drei Fehler hatte er übersehen. Einmal sogar ein „dass“ mit nur einem „s“, was ihm immer einen leichten Schauer über den Rücken trieb, wenn ihm dies wegen allzu schneller Finger passierte.

Er wechselte zurück zum Schreibtisch und fertigte nach den Korrekturen eine PDF-Datei der Leseprobe an. Dann kopierte er das Anschreiben in eine Mail. Erst jetzt fiel ihm auf, dass er noch nichts über seine Person geschrieben hatte. Er verfasste einen locker formulierten Lebenslauf – schließlich bewarb er sich ja nicht um eine Stelle. Dann hängte er Exposé, Vita und Leseprobe an die Mail und fügte die Adresse des ersten Verlages ein. Als er die zweite Adresse hineinkopierte, hielt er inne.

Das sah doch wirklich zu blöd aus, wenn er alle Verlage in einer einzigen Mail anschrieb. Im jeweiligen Lektorat sollte man schon den Eindruck haben, dass er gezielt diesen einen Verlag ausgewählt hatte und nicht, dass er mit der Gießkanne arbeitete. Er überarbeitete sein Anschreiben noch einmal. Jetzt las es sich so, als habe er ganz speziell einen Verlag ausgesucht, der würdig sei, sein Buch herauszubringen. Entsprechend musste er sich die Arbeit machen, dieselbe Mail gut dreißig Mal zu versenden.

Vier Mal legte er eine neue Mail an, kopierte das Anschreiben hinein und fügte die drei Anhänge an. Das war wirklich ein Job für einen intelligenten Schimpansen. Dann kam ihm eine Idee, die er für ausgesprochen pfiffig hielt: Er rief sich die zuletzt gesendete Mail auf und klickte auf Weiterleiten. Jetzt die neue Verlagsadresse rein, ab die Post. So musste er nicht jedes Mal das Anschreiben und die Anhänge neu kopieren. Auf Senden. Und das Ganze noch einmal. Und nochmal. Klasse. Das ging deutlich flotter.

„Du Stümper", herrschte sich Karl Dernauer an. Drei Verlagen hatte er jetzt eine Mail gesendet, der man nicht nur im Betreff ansah, dass sie weitergeleitet worden war, sondern auch, welchem Verlag er sein Manuskript-Angebot zuvor geschickt hatte. Egal. Ein bisschen Schwund war schließlich immer, dann hatte er sich halt bei drei von mehr als dreißig Lektoraten blamiert. Als er die deutsche Buchverlags-Welt fast flächendeckend mit seinem Erstlingswerk beglückt hatte, fühlte er sich wie gerädert. Sein Blick zur Uhr ließ ihn den Grund erkennen: Es war fast Mitternacht, er hatte schon wieder rund vierzehn Stunden an seinem Schreibtisch verbracht.

Man konnte auch alles übertreiben – egal, wie viel Spaß es machte. Morgen würde er nur eine kurze Schicht am Nachmittag einplanen.

Nach knapp fünf Stunden Schlaf wachte er auf. Rund eine halbe Stunde wälzte er sich im Bett hin und her, bis er einsah, dass die Nacht für ihn vorbei war. Er stand auf und registrierte, dass wieder ein herrlich warmer Sommertag angebrochen war. Als er sich gegen halb sechs mit einem ersten Kaffee auf die

Terrasse setzte, empfand er das Vogelgezwitscher als ausgesprochen angenehm.

Wer sagte eigentlich, dass man gut gefrühstückt haben musste, um einen brutalen Mord zu begehen? Es war an der Zeit, dass er Eva und Arthur Bernstein mit den Leichen konfrontierte.

Kapitel 9

Gärtner-Garten prangte in geschwungener Schrift und großen Buchstaben über dem Eingangstor zu dem Anwesen, das die beiden Ehepaare nach ihrem feuchtfröhlichen Wiedersehen in dem Ausflugslokal nun betraten. Jakob Schindler hatte nicht übertrieben. Paula und Anton Gärtner empfingen Eva und Arthur Bernstein mit ungewöhnlich natürlicher Herzlichkeit.

An den drei massiven Holztischen, die auf dem Rasenstück zwischen Veranda und Garten standen, saßen außer den Gastgebern knapp ein Dutzend Leute. In der Luft lag der angenehme Geruch von frisch angebranntem Buchenholz. Wie an jedem Freitag war zum Start ins Wochenende im *Gärtner-Garten* ein Grillabend angesagt. Freunde, Bekannte und Nachbarn aus der Kleingartenanlage mussten sich nicht anmelden. Wer dabei sein wollte, kam einfach – und wurde kostenlos bewirtet. Wer etwas zum Essen oder Trinken mitbringen wollte, konnte dies tun – Pflicht war es aber nicht, wenn man sich im *Gärtner-Garten* an den gedeckten Tisch setzen wollte.

Jakob Schindler kam kaum dazu, die unbekannten Gäste vorzustellen, die seine Frau und er mitgebracht hatten. Er hatte gerade die Namen von Eva und Arthur Bernstein erwähnt, als ihm Anton Gärtner schon lachend ins Wort fiel. „Keine Förmlichkeiten, Jakob, wenn du jemanden mit in unseren Garten bringst, dann sind das nette Menschen.“ Er wandte seinen Blick in Richtung Eva und Arthur Bernstein. „Was darf ich euch zu trinken anbieten? Frisch gezapftes Bier? Oder lieber einen kühlen Weißwein? Ich habe einen sehr leckeren Riesling von der Mosel auf unserer Tageskarte …“

„Erst mal ein Wasser, bitte“, entgegnete Arthur Bernstein.

„Mir bitte auch“, schloss sich Eva an. „Und so kalt wie möglich, wenn das keine Umstände macht.“

„So kann man sich in den Menschen täuschen“, sagte Anton Gärtner mit fast echt wirkender Empörung. „Wen hast du uns da mitgebracht, Jakob? Aber bitte, auch die ausgefallensten Wünsche werden bei uns erfüllt.“ Anton Gärtner setzte ein extrem breites Grinsen auf und zog leicht spöttisch eine Augenbraue hoch.

„Keine Sorge“, antwortete Eva Bernstein mit einem herzhaften Lachen. „Wir kommen auf Bier oder Wein später bestimmt noch zurück. Aber wir haben heute Nachmittag unser Wiedersehen mit Jakob und das Kennenlernen von Marianne schon ausgiebig begossen. Wir wollen ja noch was von dem schönen Abend haben, der es bestimmt wird.“

„Auf Eis, nehme ich an?“ Wie ein Kellner in einem piekfeinen Restaurant betonte Anton Gärtner diese Frage, aber ohne eine Antwort abzuwarten, drehte er sich auf dem Absatz um die Achse und schritt zügig in Richtung Haus. Diese flinken Bewegungen hätte Eva ihm gar nicht zugetraut, denn er hatte auf den ersten Blick eher behäbig gewirkt. Ihr Gastgeber war rund ein Meter fünfundachtzig groß und von einer ausgeprägten Leibesfülle; Eva Bernstein schätzte, dass er mehr als hundertzwanzig Kilogramm auf die Waage brachte. Dabei wirkte er vor allem durch seine breiten Schultern aber sehr athletisch – erst recht, als er sich jetzt in Bewegung setzte.

Als hätte ihr Mann wieder einmal ihre Gedanken erraten, flüsterte Arthur Bernstein seiner Frau zu: „Anton war früher bestimmt mal Zehnkämpfer …“

Marianne und Jakob Schindler hatten schon an einem der Tische Platz genommen und plauderten angeregt mit einer hübschen Frau, die Eva Bernstein auf Mitte bis Ende dreißig taxierte. Paula Gärtner trat nun einen Schritt näher zu Eva und Arthur Bernstein heran. „Was haltet ihr von einer kleinen Datscha-Führung? Bei euch im Rheinland gibt es solche Schrebergärten wie bei uns ja nicht. Ich glaube, ihr werdet ein bisschen staunen ..."

Eva Bernstein war mehr als irritiert. „Woher weißt du, dass wir aus dem Rheinland kommen?"

„Jakob hat so oft von eurer Studentenzeit erzählt – wir wissen alles über euch." Das Lächeln in Paula Gärtners Gesicht sah fast exakt wie das ihres Mannes aus – und auch sie hob leicht eine Braue an.

Ehepaare werden sich ja im Alter angeblich immer ähnlicher, dachte Eva Bernstein. Sie lächelte zurück und sagte: „Dann schauen wir uns euer Schlösschen doch mal an."

Im selben Moment kehrte Anton Gärtner mit zwei Weizenbiergläsern zurück, die zu einem Drittel mit Eiswürfeln und fast randvoll mit sprudelndem Mineralwasser gefüllt waren.

„Also los," forderte Paula Gärtner die Bernsteins auf, nachdem beide einen kräftigen Schluck genommen und die Gläser auf einem Tisch abgestellt hatten. „Kommt mit. Wir beginnen den Rundgang mit meinem zweitliebsten Plätzchen."

Sie führte Eva und Arthur zur Veranda, auf der an der linken Seite ein großer runder Tisch mit sechs Stühlen stand. Rechts waren zwei blau-weiße Strandkörbe platziert, dazwischen stand ein schlankes Regal aus Korb-Geflecht mit fein säuberlich aufgereihten Büchern.

„Hier sitzen Anton und ich oft den ganzen Nachmittag nebeneinander und sprechen stundenlang kein einziges Wort. Wir sind Leseratten und genießen diese stille Zweisamkeit beide sehr. Man kann sich auch gut verstehen, ohne miteinander zu reden ..."

Eva Bernstein hatte sofort eine genaue Vorstellung von den Lesenachmittagen der Gärtners. Auch sie und Arthur liebten solche Stunden, in denen jeder für sich war und doch auch beide enger zusammen waren und sich näher fühlten als manche Paare bei einem intensiven Gespräch. Die fast schon krachende Lebenslust, die Paula und Anton Gärtner auf den ersten Blick vermittelt hatten, stand in ausgeprägtem Kontrast zu der leisen und introvertierten Seite, die Eva nur wenige Minuten später kennenlernte. So kann man sich in den Menschen täuschen, zitierte sie in Gedanken den ironischen Satz, den Anton Gärtner bei der Begrüßung gesagt hatte. Schon jetzt hatte sie Paula und Anton in ihr Herz geschlossen. Diese neue Freundschaft müsste sie unbedingt über den Abend und auch über den Urlaub hinaus pflegen. Mit einem intensiven Blick in Paulas Augen vermittelte Eva Bernstein, dass sie wusste, wovon Paula Gärtner sprach.

Paula Gärtner warf den Kopf zurück und schaltete vom besinnlichen wieder in den lebhaften Modus. „Gehen wir rein."

Sie standen am Beginn eines schmalen, schlauchartigen Flurs, von dem insgesamt fünf Türen zu beiden Seiten und am Kopfende abgingen. Paula Gärtner öffnete die erste Tür. „Hier rechts ist ein Gäste-Klo. Das könnt ihr natürlich benutzen, wenn draußen die Toilette besetzt ist." Sie schloss die Tür wieder und öffnete die nächste auf der gegenüberliegenden Seite. „Hier ist die Küche – das ist in erster Linie Antons Reich. Ich koche meistens bei uns zu Hause und Anton dafür hier im Garten."

Die Bernsteins starrten sich an, Arthur sogar mit offenem Mund. „Das ist ja un… unglaublich, un… unfassbar", stotterte er vor sich hin. „Die ist ja besser und moderner eingerichtet als unsere. Und auf die war ich bisher eigentlich ganz schön stolz."

Der Raum war zwar kaum zehn Quadratmeter groß, aber sehr geschmackvoll gestaltet. Jeder Zentimeter war hier effizient genutzt, die Einbaugeräte trugen den Namenszug von Top-Herstellern. Arthur Bernstein kannte sich aus: Allein Herd und Backofen und die Kühl-Gefrier-Kombination waren nicht für weniger als 10.000 Euro zu bekommen und der Profi-Kaffeevollautomat kostete mehrere tausend. Das war etwas für die gehobene Gastronomie und hier stand es in einer angeblichen Schrebergarten-Laube …

Durch eine zweite Küchentür führte Paula Gärtner das Ehepaar Bernstein in einen Wohnraum. Hier stand ein Esstisch für vier Personen, dazu eine edle Couchgarnitur aus feinstem Leder. An der Wand hing ein riesiger Flachbildschirm.

„Wenn Anton Fußball guckt, dann hat er es gerne wie im Kino. Mir ist der ja eigentlich viel zu groß", erklärte Paula mit fast schon entschuldigendem Unterton.

Wortlos trotteten Eva und Arthur hinter ihr her, als diese durch eine andere Tür zurück in den Flur gelangte. Geradeaus blickten sie auf die Ausgangstür. Linker Hand befanden sich zwei weitere Zimmer, in die Paula Gärtner ihre Gäste ebenfalls einen Blick werfen ließ. „Hier ist unser Schlafzimmer. Und hier ist das Gästezimmer. Wenn ihr also bei uns übernachten wollt – das ist kein Problem." Wieder setzte sie ihr gewinnendes, breites Lächeln auf und wieder zog sie dabei leicht eine Augenbraue hoch. „Und jetzt zeige ich euch draußen noch alles."

Vor der Tür wurden sie von Anton Gärtner empfangen. „Na, gefällt euch unsere kleine Datscha?" Dabei streckte er beiden die Gläser entgegen. „Noch ein Schlückchen lecker Wasser gefällig?"

„Ja, jetzt kann ich einen kräftigen Schluck gebrauchen", antwortete Arthur Bernstein. „Sag mal, habt ihr denn keine Angst vor Einbrechern? Da stecken doch Zigtausende an Werten in eurer Villa, die ihr als Datscha verkleidet habt."

„Da mache ich mir keine Sorgen. Wir haben eine Alarmanlage vom Feinsten. Und die Münzsammlung, die am wertvollsten ist, liegt zusätzlich noch im Tresor, den nicht mal ein Profi leicht geknackt kriegt." Anton Gärtner sagte das in einem ganz selbstverständlichen Ton, ohne den geringsten Anflug von Überheblichkeit. „Und wenn wir hier sind – was inzwischen ganz schön häufig ist, seit ich mich aus der Firma zurückgezogen habe – ist ja außerdem auch der Hund noch da …"

„Du bewahrst eine Münzsammlung in deiner Datscha auf?" Arthur Bernstein war seine Fassungslosigkeit anzumerken.

„Ich bewahre die nicht hier auf. Numismatik ist mein Hobby. Ich schaue sie mir fast täglich an. Interessierst du dich dafür? Ich zeige sie dir gerne." Anton Gärtner war in freudiger Erwartung, auf einen Gleichgesinnten gestoßen zu sein.

„Interessieren tue ich mich schon dafür, aber wirklich viel Ahnung habe ich nicht", erwiderte Arthur Bernstein, der immer noch verstört wirkte. „Und von welchem Hund sprichst du? Ich habe keinen gesehen."

„Du wirst Pünktchen gleich kennenlernen. Mein Sohn dreht mit ihm eine Runde am See."

„Anton und Pünktchen – bei dem Namen des Herrchens ist der des Hundes ja fast schon zwingend. Wenn das Erich Kästner noch hätte erleben dürfen", lachte Arthur Bernstein laut auf. „Du hast mich neugierig gemacht. Ich würde deine Münzsammlung schon gerne mal sehen. Jetzt gleich?"

„Kein Problem." Anton Gärtner wandte sich an seine Frau und Eva Bernstein. „Die Mädels haben doch sicher nichts dagegen, wenn sie allein durch den Garten streifen müssen – oder?"

Er erntete keinen Widerspruch und legte seinen kräftigen Arm um Arthurs Schulter. „Dann werde ich dir meine Kostbarkeiten mal vorführen."

Kapitel 10

Karl Dernauer hatte so rauschhaft auf seiner Tastatur vor sich hin geklimpert, dass er von den Kinderstimmen, die aus dem Garten durch die offene Terrassentür bis in sein Arbeitszimmer schallten, wie aus einer Trance gerissen wurde. Fast im selben Augenblick stürmte der fünfjährige Carl herein, dicht gefolgt von seiner dreijährigen Schwester Betty.

Er hatte seine Enkel noch nicht richtig begrüßt, als er schon den vorwurfsvollen Ton in Klärchens Stimme hörte. „Mensch Paps, wie hältst du es in diesem verqualmtem Raum nur aus. Das ist ja grauenhaft. Hier muss man erst mal alles auf Durchzug stellen." Und schon hatte sie alle fünf Fenster des Erkers weit geöffnet. „Kommt Kinder, wir gehen in den Garten. Gaspard, kochst du Kaffee? Ich decke auf der Terrasse den Tisch."

„Ich hab dich auch lieb, Klärchen", sagte Karl Dernauer und umarmte seine Tochter kurz. Dann setzte er ein schiefes Lächeln auf. „Hast ja recht …" In der Tat war sein Aschenbecher erschreckend voll. Dabei konnte er sich nicht an eine einzige Zigarette des frühen Morgens bewusst erinnern.

Beim üppigen Sonntagmorgen-Frühstück war Clarissa dann schon wieder prächtiger Laune. Die Zwerge hatten sich schnell in die Kinderecke des Gartens verzogen, die dank einiger Sträucher von der Terrasse aus kaum einsehbar war. Neben einem kleinen Sandkasten und einer Rutsche war seit diesem Frühjahr ein winziges Baumhaus die Attraktion dieses kleinen Paradieses. Karl Dernauer und sein Schwiegersohn Gaspard hatten in nur gut einem Meter Höhe einen knorrigen Feld-Ahorn bearbeitet, der eigenwillig gewachsen war und sich schon weit unten stark verzweigte. Sie hatten einige massive Äste entfernt und so genügend Raum dafür geschaffen, einen Bretterboden einzuziehen. Dann hatten sie – unter kräftiger Mithilfe des handwerklich begabten Carl – eine stabile kleine Hütte gezimmert, in der am Rand nicht einmal Betty aufrecht stehen konnte. Aber das Häuschen hatte trotzdem alles, was ein Kinderherz höher schlagen lässt. Ein kleines Fensterchen mit kitschigen gerafften Blümchen-Gardinen an der Rückwand, durch das man hinausspähen konnte; zwei kleine Bänke, auf denen Karl Dernauers Enkel am liebsten in ihren Bilderbüchern blätterten und sich dabei auch gegenseitig „vorlasen", wie ihr Opa ein paar Mal amüsiert belauscht hatte; und natürlich außen eine Leiter mit fünf Tritten und einem Geländer, über die beide bequem ganz alleine ins Baumhaus rein- und wieder rausklettern konnten. Carl und Betty waren oft länger als eine Stunde nicht zu sehen und zu hören, wenn sie es sich in ihrem eigenen kleinen Reich gemütlich machten. Und sie zankten sich dort nie, was bei den beiden lebhaften Kindern durchaus bemerkenswert war.

Clarissa schossen beim Frühstück Tränen in die Augen, als sie noch einmal auf den Roman ihres Vaters zu sprechen kam. „Ich habe immer Mutti vor mir gehabt, wenn deine Eva irgendwas gesagt oder getan hat. Du ja wohl auch …"

Karl Dernauer sinnierte kurz vor sich hin. „Natürlich. Wobei mir das in den ersten Kapiteln gar nicht aufgefallen ist. Erst als …"

„Kein Wort über den Inhalt!“ Clarissa fiel ihrem Vater lachend ins Wort. „Gaspard hat auch angefangen, dein Manuskript zu lesen.“

„Und, wie gefällt es dir?“, fragte Karl Dernauer seinen Schwiegersohn.

Der gebürtige Franzose Gaspard hatte einige Jahre in München gelebt. Er schmunzelte und sagte nur: „Nicht ganz schlecht.“ Karl Dernauer wusste diese bayrische Umschreibung einzuordnen. Das hieß so viel wie „ganz schön gut.“ Er war entsprechend ganz schön stolz auf sich.

Es war fast zwei Uhr, als sich Clarissa mit ihrer Familie auf den Heimweg machte. Karl musste sich sputen. Der Baeckeoffe sollte mindestens fünf Stunden in den Ofen – und er war überzeugt, dass Hub gegen sieben auf der Matte stehen würde. Sein Freund hatte zwar keinen Besuch angekündigt, aber Karl Dernauer hätte ein hübsches Sümmchen darauf verwettet, dass der Herr Oberstaatsanwalt heute Abend bei ihm auftauchen würde. Mit vorheriger telefonischer Ankündigung, vielleicht aber auch ohne. Und Hub wäre enttäuscht, wenn er nicht bekocht würde.

Karl Dernauer hob das Fleisch aus der Marinade und ließ es abtropfen. Dann schälte er Kartoffeln und Zwiebeln und schnitt sie in Scheiben. Das tat er auch mit mehreren großen Lauchstangen, wobei er aber originalgetreu nur das Weiße und nicht das Grüne nutzte. Mit dem Gemüse legte er seinen riesigen gusseisernen Bräter aus, packte dann das Fleisch darauf und legte den Kräuterstrauß dazu. Dann deckte er alles noch einmal mit Gemüse ab und goss einen Teil der Marinade hinzu. Ab in den Ofen. Er hatte jetzt noch einige Stunden Zeit, um Eva und Arthur in ihren Mordfall stolpern zu lassen.

Kapitel 11

Eva Bernstein ließ sich von Paula Gärtner durch den sehr gepflegten Schrebergarten führen. Der Rundgang begann an einem Schuppen unweit des Hauses, der ein großes Vordach hatte. Auf einem langen Tisch unter diesem Dach standen jede Menge Schüsseln mit allen möglichen Salaten, daneben ein überdimensionaler Brotkorb, eine Schale mit Besteck, Teller und Gläser. Unter dem Tisch sah man mehrere Holzkisten voll mit Rot- und Weißwein. Mit dieser Ausstattung wäre locker eine Party für fünfzig Personen zu bestreiten, kalkulierte Eva Bernstein. Auf einem kleineren Tisch war eine Bierzapf-Anlage installiert, die von einem Dreißig-Liter-Fass unter dem Tisch versorgt wurde. „Wenn du Lust auf ein kühles Blondes hast – hier ist Selbstbedienung", sagte Paula Gärtner.

Eva schüttelte den Kopf. „Später bestimmt. Aber noch bleibe ich beim Wasser." Dann schüttelte sie den Kopf noch einmal, diesmal jedoch aus Verwunderung. „So groß wie euer Schuppen sind bei uns die Lauben in den Schrebergärten ..." Mit einem Blick auf den dreibeinigen Schwenkgrill, unter dem die Buchenscheite schon komplett runtergebrannt waren, fuhr sie fort: „Zum Essen nehme ich bestimmt ein Bier. Das sieht ja super lecker aus." Auf dem Rost lagen glänzende Bratenstücke und Würstchen verschiedener Art. Ein Mann, den Eva ungefähr auf ihr eigenes Alter schätzte, war gerade dabei, mit einer Grillzange das Fleisch zu wenden.

„David wird dir bestimmt ein ganz besonders schönes Stück reservieren", sagte Gastgeberin. „Ihm gehört übrigens der Nachbargarten, er hat auch ein ganz hübsches Häuschen. Du wirst es gleich sehen."

Der Mann am Grill lächelte. Er zeigte mit seiner Zange auf ein großes Fleischstück. „Für unsere Gäste nur das Beste. Das Stück hier werde ich wie ein Löwe verteidigen."

„Perfekt." Eva strahlte David an, um dann Paula Gärtner zu folgen, die schon ein paar Meter weitergegangen war. Das Grundstück hatte enorme Ausmaße. Von ihrem Standort aus war nur eine der Grenzen zu erkennen: die am Eingang neben dem Haus.

„Euer Garten ist ja riesig“, staunte Eva Bernstein. „Gibt es bei euch keine Beschränkung der Parzellengrößen? Bei uns im Rheinland ist das alles ziemlich stark reguliert. Wie ja auch die Größe der erlaubten Gebäude …“

„Doch schon“, antwortete Paula Gärtner. „Aber das wird alles nicht so eng gesehen. Außerdem kommt es dir so groß vor, weil wir zwei Gärten nebeneinander haben und dazwischen keine Grenze gezogen ist. Das Nachbargrundstück läuft auf unseren Sohn. Erst dahinter liegt das Gelände von David.“

Paula führte Eva durch einen gepflegten Mix aus Nutz- und Ziergarten. „Wir sind inzwischen komplett Selbstversorger, was Salat und Gemüse angeht“, sagte sie mit unüberhörbarem Stolz. „Für mich ist die Gartenarbeit der reinste Jungbrunnen. Um die Blumen kümmert sich übrigens Anton, der hat den berühmten grünen Daumen.“

Die Gemüse- und Blumenbeete wurden abgelöst von Rasenflächen, auf denen zahlreiche Obstbäume standen. Der Rundgang führte die beiden Frauen zu einem hohen Zaun. Eine schmale Pforte diente als Ausgang zum See, der direkt hinter einem Spazierweg lag.

An dem Zaun entlang spazierten die beiden Frauen weiter. Sie kamen zu einem kleinen Pavillon, der rundum von dichten Hecken abgeschirmt war. „Und jetzt sind wir an meinem allerliebsten Platz in unserem Garten“, sagte Paula Gärtner mit einem geradezu entrückten Blick. „Wenn ich mich hierhin zurückziehe, dann weiß Anton, dass ich meine Ruhe haben möchte. Ich sitze hier oft und lausche nur den Vögeln. Das ist für mich Glück …“

Eva sagte nichts. Aber sie fühlte sich Paula noch näher als zuvor schon. Das durfte man getrost eine Seelenverwandtschaft nennen.

Die beiden Frauen kamen zum anderen Ende des Grundstücks. Hier stand ein deutlich kleinerer Bungalow. Der verwitterte Sandkasten, der aussah, als sei er schon Jahre nicht mehr genutzt worden, und weitere Spielgeräte ließen erkennen, dass hier auch Kinder zu Hause waren.

„Das ist das Häuschen von unserem Sohn Alex und seiner Familie. Ihr werdet ihn kennenlernen, wenn er mit dem Hund zurück ist. Meine Schwiegertochter stelle ich dir gleich vor, sie sitzt mit Jakob und Marianne hinten am Tisch. Die Kinder sind an diesem Wochenende nicht da – alle drei bei irgendwelchen Freunden. Ich finde es schade, dass sie so selten hier sind." Paulas Stimme klang seltsam.

War das mehr Wehmut oder mehr Verbitterung? Eva hielt es allerdings nicht für angebracht, jetzt schon nachzufragen. Auch wenn sie Paula Gärtner schon als Freundin betrachtete – sie kannten sich nicht einmal zwei Stunden … Stattdessen beendete sie die plötzlich entstandene unangenehme Stille durch einen tiefen Seufzer, der fast schon wie ein Juchzen wirkte: „Also ganz ehrlich: Einen solch traumhaften Garten habe ich noch nie gesehen. Natürlich macht der viel Arbeit – aber da ihr ja beide Spaß daran habt, ist das für euch bestimmt das Paradies auf Erden. Habe ich recht?"

„Doch – schon …" Es folgte ein kurzes Zögern, das Eva Bernstein erneut irritierte. Dann hellte sich das Gesicht der Gastgeberin aber wieder auf, und sie versprühte wieder ihre ungezügelte Lebenslust. „Ich habe einen Bärenhunger. Die Männer sollten inzwischen ja wohl mit Antons Münzen durch sein. Lass uns zurück zu den anderen gehen."

Eva Bernstein hakte sich bei Paula Gärtner unter, und wie zwei alberne Teenager marschierten die Frauen zurück zum Haus.

Kapitel 12

Als Karl Dernauer seinen Computer herunterfuhr, wurde er von einer eigenartigen Unruhe ergriffen. Ihm war klar, dass er sich kurz sammeln musste, um zu ergründen, was genau mit ihm los war. Er kochte sich einen Mokka und setzte sich dann mit dem

Tässchen auf die Terrasse. Nach zwei tiefen Zügen an einer Zigarette wurde ihm klar, was ihn irritierte.

Jedes Mal, wenn er sich an den vergangenen Tagen an den Schreibtisch gesetzt hatte, war er davon ausgegangen, dass im anstehenden Kapitel der Mord begangen würde. Die Tat selbst hatte er exakt vor Augen, er wusste diesmal auch schon, wer der Täter war – im Gegensatz zu seinem Erstlingswerk, in dem ihm das selbst lange Zeit nicht klar gewesen war.

Und jedes Mal, wenn er mit einem Kapitel fertig war, hatte er allerhand erzählt, aber der Mord, den er so klar im Kopf hatte, war noch nicht passiert.

Unzufriedenheit stieg in ihm hoch.

Er drückte seine Zigarette aus und spazierte einige Schritte durch den Garten. Jetzt wurde er noch unzufriedener. Er hatte seine Pflanzen in den vergangenen Wochen reichlich vernachlässigt, sie im Prinzip nur mit Wasser versorgt. Seine neue Schreiblust musste er in der nächsten Zeit ein wenig eindämmen. Ein bisschen Ausgleichssport und ein bisschen Unkrautjäten täten ihm selbst und seinem Garten gut.

Seine Gedanken kehrten zurück zu seinem Roman. Er fühlte sich jetzt deutlich entspannter. Wahrscheinlich hatte er immer den Mord für das nächste Kapitel geplant, weil er die Tat schon so klar vor sich sah. Aber es war einfach noch zu früh dafür. Zunächst galt es, eine Reihe von möglichen Verdächtigen in die Handlung einzubauen.

Der Mord konnte warten. Das Abendessen nicht.

Hub hatte sich zwar nicht gemeldet, aber Karl Dernauer hatte nicht den geringsten Zweifel, dass sein Freund innerhalb der nächsten Stunde durch das Gartentörchen treten würde. Es war jetzt kurz vor halb sieben. Bestimmt würde Hub nach seinem Kurzurlaub noch seine abendliche Jogging-Runde drehen. Gegen halb acht war mit seinem Erscheinen zu rechnen.

Als Karl Dernauer die Küche betrat, stieg ihm der intensive Geruch des Baeckeoffe in die Nase. Er stellte den Ofen auf achtzig Grad – die Temperatur würde für die letzte Stunde reichen.

Dann putzte er einen schönen grünen Salat und halbierte ein paar der aromatischen kleinen Tomaten. Eine erfrischende Vorspeise wäre zusätzlich noch ganz gut.

Eigentlich war es zu spät für die Idee, die er hatte. Das Melonen-Gazpacho war besser, wenn es einige Stunden im Kühlschrank stand. Aber schmackhaft würde es bestimmt auch jetzt noch.

Er halbierte eine sehr reife Netz-Melone, höhlte sie aus, pürierte das Fruchtfleisch, passierte alles durch ein Sieb und schmeckte es dann mit Salz und frischem Ingwer ab. Eine scharfe kleine Chili-Schote halbierte er und legte sie in das Gazpacho, damit sie Schärfe abgeben konnte. Er würde sie natürlich in wenigen Minuten wieder herausnehmen. Wenn man auf ein kleines Stückchen dieser Schoten biss, dann blieb einem für Minuten die Luft weg. Dann stellte er die Kaltschale ins Gefrierfach und taute noch ein paar große Garnelen auf. Die würde er mit Knoblauch anbraten und dann direkt vor dem Servieren in das Gazpacho legen.

Karl hatte einen Bärenhunger. Sein Entschluss stand fest: Wenn Hub nicht um halb acht da war, dann würde er alleine essen. Der Herr Oberstaatsanwalt war dann selbst schuld, wenn er sich das entgehen ließ …

Die Abendsonne sorgte für eine angenehme Wärme. Gut, dass es nicht mehr so heiß war wie in den vergangenen Wochen. Karl Dernauer war bester Laune, als er sich mit einem Glas gut gekühltem Grauburgunder auf die Terrasse setzte. Nach einigen Minuten topfte er das Gazpacho vom Gefrier- in den Kühlschrank um und holte dabei auch die Chili-Schoten heraus. Sollte er jetzt auf Hub warten oder nicht? Er konnte ja schon mal den Knoblauch schälen und kleinhacken. Als er gerade damit begonnen hatte, hörte er eine Stimme aus Richtung Gartentörchen: „Grüezi wohl."

Hub und seine Marotte mit den ständig wechselnden Grußformeln! Er war offenkundig wieder in der Schweiz gewesen. Sollte sich da tatsächlich mit einer neuen Herz-Dame etwas Ernsteres anbahnen?

Leicht außer Atem erschien der Oberstaatsanwalt auf der Terrasse. Schnuppernd hob er seine Nase: „Oh, wie das duftet. Ich wusste doch, dass ich mich auf dich verlassen kann …“

Der rund ein Meter neunzig große, sportliche Mann mit den wallenden schwarzen Locken, der durch die Tür zur Küche blickte, hatte wieder mal eines seiner Sprüche-T-Shirts an. In weißer Schrift stand auf dem schwarzen Hemdchen: *Chuck Norris can divide by zero*

Karl Dernauer fand viele der Sprüche, die es rund um den Action-Helden gab, nur mäßig lustig. Dieser gehörte eindeutig zu den besseren: Dass Herr Norris angeblich durch Null teilen konnte, hatte eine schlichte Absurdität, die Karl Dernauer gefiel. In fast allen Fragen lagen Hub und er auf einer Wellenlänge – dies hier war ein Punkt, in dem sie nicht zueinander fanden: Hub war ein Fan der Norris-Filme, Karl konnte ihnen nicht das Geringste abgewinnen. Der Kult um den angeblich unschlagbaren und allmächtigen Superhelden hatte jahrelang auch in deutschen Landen seine Blüten getrieben. Und so besaß Hub ein ganzes Ensemble von T-Shirts, die mit einem Chuck-Norris-Spruch versehen waren – und die er mit Vorliebe beim Joggen trug.

Ohne eine Antwort von Karl Dernauer abzuwarten, war Hub in Richtung Ofen unterwegs. „Finger weg“, herrschte sein Freund ihn an. „Das braucht noch ein paar Minuten.“

„Bin ja schon ganz brav“, sagte Hub und verzog dabei den Mund zu einer Schnute wie ein Kleinkind. Dabei nahm er den kleinen Rucksack von seinen Schultern und zog sich das völlig verschwitzte T-Shirt aus. „Ich mach mich mal kurz frisch im Bad, du darfst derweil auf der Terrasse servieren. Bitte ein Glas von dem Grauburgunder und ein großes Mineralwasser.“

„Ich empfehle die Vorspeise nach Art des Hauses“, antwortete Karl. „Ich hoffe, das kommt dem Herrn entgegen …“

„Aber gerne doch. Ich habe da vollstes Vertrauen zu Ihrer Küche“, sagte Hub – und schon war er im Flur verschwunden.

Karl stellte eine große Pfanne auf den Herd und briet die Garnelen mit dem gehackten Knoblauch vorsichtig von beiden

Seiten in Olivenöl an. Er deckte den Terrassentisch und holte das Gazpacho aus dem Kühlschrank. Beim Probieren stellte er fest, dass er kein bisschen nachwürzen musste: Alle Aromen harmonierten perfekt.

Als er die Vorspeise gerade aufgetischt hatte, erschien Hub frisch geduscht mit neuem Hemdchen in der Tür zum Garten: *Chuck Norris bringt Zwiebeln zum Heulen*

„Das andere ist witziger", sagte Karl Dernauer.

„Aber auch verschwitzter", antwortete Hub. „Wenn du willst, kann ich es aber gerne über das frische drüberziehen."

„Muss nicht sein. Danke." Karl lächelte leicht gequält.

„Was ist das denn Feines?", fragte Hub, als er den Löffel hob, um von dem Melonen-Gazpacho zu kosten.

Karl Dernauer antwortete nicht, denn er erahnte schon die Reaktion, die folgen sollte.

„Die Suppe ist ja eiskalt!", rief Hub mit höchstem Erstaunen – und probierte dann erneut: „Aber unglaublich lecker. Das erinnert mich daran, dass ich noch ein kleines Geschenk für dich habe. Du bekommst es nach der Vorspeise." Danach sprach er kein einziges Wort, bis er das Gazpacho komplett ausgelöffelt hatte. Er nahm noch einen kräftigen Schluck Wein und erhob sich: „Wo habe ich doch gleich meinen Rucksack hingelegt?"

Hub ging ins Haus und kehrte mit einem kleinen Päckchen zurück. „Das hast du dir in vielen Jahren verdient. Und heute schon wieder ..."

Karl Dernauer riss lieblos das Geschenkpapier auf. Dann hielt er eine schwarze Schürze in der Hand, auf der in weißer Schrift zu lesen war:

Man nehme ... Darunter stand in leuchtend roten Buchstaben: *... ein gutes Glas Wein und schütte es in den Koch.*

„Mit dem Motto kann ich mich anfreunden." Karl Dernauer freute sich über das Präsent. „Du kannst übrigens abräumen und dann zum Hauptgang eine Flasche Roten deiner Wahl aus dem Weinregal und die Rotwein-Gläser aus dem Schrank holen. In mich reinschütten werde ich's dann allein." Er stand auf, band sich die Schürze um und ging in die Küche.

Es wurde ein selten kurzer Abend. Schon direkt nach dem Mokka und dem Digestif signalisierte Hub, dass er sich auf den Heimweg machen wollte. „Ich bin hundemüde. Morgen habe ich ein ziemlich pralles Programm im Büro, ich werde dich am Abend kaum behelligen." Bei den letzten Worten erhob er sich und packte seine Laufsachen, die er zum Trocknen über einen Stuhl gehängt hatte, in seinen Rucksack.

„Kleinen Moment", sagte Karl Dernauer. „Ich habe auch noch was für dich."

Er stand auf, ging mit flottem Schritt ins Haus und kehrte mit einem dicken Schnellhefter in der Hand zurück.

Karl streckte seinem Freund das Manuskript seines ersten Romans entgegen. „Du bist ja mehr oder weniger der Schuldige, dass ich mich an dieses Ding gewagt habe. Jetzt musst du es auch ausbaden: Du musst es lesen."

Hub riss höchst erstaunt die Augen auf. „Du willst mir doch jetzt nicht weismachen, dass du in diesen paar Wochen ein komplettes Buch geschrieben hast?"

Sein Freund konnte und wollte den Stolz gar nicht verbergen, den er in diesem Moment empfand. „Ich war schon immer ein Schnellschreiber. Ob ich auch ein guter bin, da bin ich auf dein Urteil sehr gespannt ..."

Hub verstaute das Manuskript in seinem Rucksack. „Ich werde es heute Abend mit ins Bett nehmen. Wobei es natürlich gut sein kann, dass ich schon über den ersten Seiten einnicke. Du wirst mein Urteil aber bestimmt schon bald zu hören bekommen – mit schonungsloser Offenheit."

„Ich bitte darum." Karl Dernauer prostete mit erhobenem Weinglas seinem Freund hinterher, der im leichten Laufschritt schon das Gartentörchen erreicht hatte.

Kapitel 13

Paula Gärtner und Eva Bernstein trafen ihre Männer in der geselligen Gruppe vor dem Haus an. Beide saßen am Rande eines Tisches und waren in ein lebhaftes Gespräch vertieft. Um sie herum tollte ein ausgewachsener Dobermann. Das musste „Pünktchen“ sein. Ein höchst origineller Name für einen Wachhund dieser Statur, wie Eva fand.

„Es wird Zeit, dass ich euch mal alle vorstelle, die heute Abend da sind“, sagte Paula Gärtner laut und alle Blicke gingen nach dieser Ankündigung in ihre Richtung.

„Das sind Arthur und Eva“, sagte sie in die Runde. „Waschechte Rheinländer, die uns Marianne und Jakob mitgebracht haben. Und sehr liebe Menschen. So viel steht jetzt schon fest. Die Rheinländer können ja angeblich richtig gut feiern. Dann zeigen wir ihnen doch heute mal, dass wir Ossis ihnen da in nichts nachstehen.“ Kräftiges Gelächter aus der Runde durfte als allgemeine Bestätigung dieses Vorhabens gewertet werden.

Paula zeigte auf einen gut aussehenden, ein wenig schüchtern wirkenden Mann Ende dreißig. Er war groß und kräftig, und schon vom Körperbau her hätte Eva Bernstein ihn zuordnen können. „Das ist unser Sohn Alex. Dort drüben bei Marianne und Jakob sitzt seine Frau Svenja.“ Die angesprochene Frau mit den langen dunklen Locken und einem breiten, orangefarbenen Haarreif blickte mit ihren graublauen Augen kurz zu Eva Bernstein. „David, den Mann am Grill, unseren Nachbarn, hast du ja schon kennengelernt. Die hübsche Rothaarige hier vorne links ist seine Frau Jutta.“

Die Angesprochene lächelte verlegen. „Hübsch“ war sicherlich als Frotzelei unter guten Freundinnen zu verstehen. Jutta war wohlbeleibt und hatte ein rundliches Gesicht. Aber irgendwie traf das Attribut auch wieder zu, dachte Eva Bernstein. Die strahlenden Augen machten Davids Frau auf den zweiten Blick fast zu einer Schönheit.

„Neben Jutta sitzen Rainer und Manni." Beide Männer nickten erst Eva, dann Arthur Bernstein zu. „ Die beiden haben die Gärten neben dem von Jutta und David. Zwei überzeugte Junggesellen. Wobei – Manni ja eher nicht." Die ganze Runde, bis auf die Bernsteins, lachte laut über diese Anspielung, die nicht aufgelöst wurde, weil es mit der Vorstellung sofort weiterging. „Und an dem anderen Tisch haben wir noch Michaela und Johannes und Gisela und Joseph, alle ebenfalls passionierte Kleingärtner." Die beiden Ehepaare hoben ihre Biergläser und prosteten Eva und Arthur Bernstein zu.

Paula wechselte ein paar nette, aber belanglose Sätze mit Jutta Morsbach. Diese kurze Zeitspanne nutzte Eva, um einen Blick in die Runde zu werfen. Rainer war ein großer, hagerer Mann mit schütterem Haar und einer randlosen Brille. An Manni, einem untersetzten Typen mit Halbglatze und Drei-Tage-Bart, fiel ihr vor allem das überdimensionierte, knallbunte Hawaii-Hemd auf, das aussah, als sei es schon in den Siebzigerjahren gekauft worden.

Michaela, eine zierliche Person mit pechschwarzen kurzen Haaren, und Johannes, ein drahtiger kleiner Mann mit noch vollem dunkelblondem Schopf, wirkten auf Anhieb sympathisch. Ganz im Gegensatz zu Joseph und Gisela. Sie war ein großer, zu stark geschminkter Model-Typ mit einer blonden Mähne wie aus der Haarspray-Werbung; er ein ebenfalls oberflächlich sehr gut aussehender Mann mit pechschwarz glänzenden, straff zurückgekämmten Haaren, in denen reichlich Gel klebte. Beide hätte Eva auf Anhieb eher in einem Fitness-Studio oder einer trendigen Disco verortet als in einer Kleingartenanlage.

„So – und jetzt habe ich Hunger. Und Durst." Paula Gärtner hakte Eva Bernstein erneut unter. „Dann wollen wir doch mal sehen, ob David dir wirklich das schönste Stück reserviert hat."

„Soll ich dir was vom Grill mitbringen?", fragte Eva ihren Mann. Arthur nickte nur. Er war schon wieder mit Anton Gärtner in einem angeregten Gespräch.

Die Salatauswahl war enorm. Sie machte es Eva schwer, den Platz auf ihrem Teller neben dem Steak optimal zu nutzen. „Ich glaube, ich probiere von allem nur einen Löffel, das sieht einfach zu gut aus.“ Das kannte sie noch nicht: In einer klassischen Salat-Marinade waren Blumenkohl, Broccoli und Rosenkohl eingelegt. Davon gönnte sie sich die doppelte Menge. Bei Arthurs Teller hatte sie es leichter. Ihr Mann wollte bestimmt nur Kartoffelsalat zu seinem Fleisch. Mit den zwei vollen Tellern setzte sie sich neben ihn. Paula Gärtner versorgte ihren Mann ebenfalls mit Essen und setzte sich dazu.

„Und – wie sind die Münzen, Arthur?“ Eva Bernstein stieg sofort in das Thema der Männer ein.

Ihr Mann reagierte ungewohnt ernsthaft. „Ich rede jetzt schon seit einer halben Stunde auf Anton ein, dass ich es für haarsträubend riskant halte, einen solchen Schatz im Tresor einer Kleingarten-Laube zu lagern. Weißt du, was die Münzen wert sind …?“ Arthur Bernstein schaute seine Frau mit weit aufgerissenen Augen an. Eva Bernstein überlegte noch an einer Antwort, als Anton Gärtner mit seinem breiten Grinsen laut losprustete.

„Mehr als anderthalb Millionen, na und? Soll sich mal einer trauen, sich daran vergreifen zu wollen. Dem werden wir es zeigen, stimmt doch, Pünktchen?“ Dabei kraulte er seinem Dobermann zärtlich den Nacken.

„Es ist ja nicht nur, dass du die Münzen hier bei dir hast. Du transportierst sie doch zwischen eurem Garten und eurer Wohnung in der Stadt hin und her. Ich habe dabei einfach kein gutes Gefühl“, insistierte Arthur Bernstein. „Wer weiß denn alles von diesem Vermögen, das du hier mit dir herumträgst? Und seit wann machst du das schon so?“

„Danke, Arthur. Endlich bekomme ich mal Unterstützung.“ Paula Gärtner schaltete sich ein, ehe ihr Mann antworten konnte. „Die Sammlung lag bis vor drei Wochen sicher im Banksafe. Aber dann kam Anton auf die verrückte Idee, sie immer in seiner Nähe haben zu wollen. Ich halte das auch für viel zu gefährlich – aber auf mich hat er ja noch nie gehört.“ Das klang empört und irgendwie auch zärtlich zugleich.

„Ich habe halt einfach Spaß an den Münzen. Das ist mein Hobby, keine Geldanlage. Ich will sie anschauen und anfassen können. Jede von ihnen hat eine eigene Geschichte. Zum Beispiel der polnische …"

„Jajaja." Seine Frau fiel ihm lauter ins Wort, als sie gewollt hatte. „Hör auf Arthur, der kennt sich mit Verbrechern aus. Und jetzt lass uns das Thema wechseln. Wo wollt ihr denn überall hin auf eurer Radtour?" Ihr Ton war deutlich freundlicher geworden. Und doch war klar, dass Paula Gärtner vom Spleen ihres Mannes genervt war.

„Wenn mir keiner mein Glück gönnt, dann soll's halt so sein. Gut, ich bringe die Münzen am Montag wieder zur Bank. Aber meine schlechte Laune, die müsst ihr dann schon aushalten. Ihr habt es nicht anders gewollt." Anton Gärtner setzte einen Schmollmund auf, der so gar nicht zu seiner imposanten Erscheinung passte. Nach wenigen Sekunden verzog sich der Mund allerdings wieder in das bekannte breite Grinsen.

Eva Bernstein war froh, dass offenbar die Luft aus dem Konflikt raus war. Sie erzählte mit großer Leidenschaft von den Ausflügen, die Arthur für die nächsten Tage geplant hatte, vor allem aber davon, was sie sich vom Besuch der *BUGA*-Gelände versprach. „Vor ein paar Jahren war die *Bundesgartenschau* in Koblenz. Wir waren bestimmt mehr als zehn Mal auf dem Gelände, eher noch öfter. Seitdem sind wir absolut in diese Veranstaltungen vernarrt – und haben an Bundes- und Landesschauen keine einzige mehr ausgelassen, egal wie weit wir fahren mussten."

„Aber ihr habt doch bestimmt auch noch mal Zeit für uns – dass wir uns hier im Garten treffen, meine ich." Paula Gärtner zückte ihr Smartphone. „Ehe ich es vergesse – das tue ich nämlich eigentlich immer: Sagt mir doch mal eure Handynummern. Dann rufe ich euch an und ihr könnt meine Nummer speichern. Und ihr meldet euch, wenn ihr Lust auf den *Gärtner-Garten* habt."

Es wurde der erwartet lustige und unterhaltsame Abend. Eva und Arthur saßen im Laufe der Stunden mit allen Feiernden zusammen, mit den einen länger, mit den anderen nur ein paar

Minuten, weil der Sympathie-Funke nicht übersprang. Wobei keiner in der feuchtfröhlichen Runde einem von ihnen wirklich unangenehm aufgefallen wäre.

Die Runde löste sich erst weit nach Mitternacht auf. Alle Nachbarn hatten sich schon in ihre Lauben zurückgezogen, als die Ehepaare Bernstein und Schindler sich mit einem Taxi in die Stadt chauffieren ließen.

Es war eine herrliche Sommernacht. Noch.

Kapitel 14

Karl Dernauer hatte die neue Woche mit einem literarischen Marathon begonnen. Nach fast exakt zwölf Stunden am Schreibtisch trieb ihn der Hunger gegen achtzehn Uhr aus seinem Arbeitszimmer. Gut, dass noch genug von dem Baeckeoffe vom Vortag da war, den Hub über den grünen Klee gelobt hatte. Er war ihm aber auch wirklich perfekt gelungen. Dazu würde er sich einen Spätburgunder von der Ahr gönnen.

Für das Abendessen ließ er sich reichlich Zeit. Das entspannte ihn sehr. Doch schon bei der Zigarette danach spürte er wieder eine Unruhe in sich aufsteigen. Endlich war alles bereit für den Mord. Schon nach drei Zügen drückte er die Zigarette aus. Es zog ihn fast magisch zurück in sein Arbeitszimmer.

Kapitel 15

Arthur Bernstein sah wirre Bilder vor sich. Ein Schmied hämmerte wie wild auf eine Metallplatte auf einem Amboss ein, bis darauf ein Gesicht erschien. Kannte er diesen Menschen? Nein. Was hatte der auf dem Kopf? War das ein Eimer? Nein. Eher eine Krone. Und dazu immer wieder dieses laute Pling. Pling. Pling. Das Hämmern wurde lauter. Und Arthur Bernstein wurde wach.

Dass sich die Münzen in seine Träume geschlichen hatten, wunderte ihn nicht. Aber dass der Schmied immer noch hämmerte … Erst nach einigen Sekunden merkte er, dass das schrille Geräusch von seinem Handy im Nebenraum kam. Er müsste unbedingt mal diesen grausamen Klingelton ändern.

Arthur tastete sich schlaftrunken aus seinem Schlafzimmer. Jetzt hörte er Evas Stimme, die immer lauter wurde. „Was ist mit dir, Paula? Sag doch was? Was ist passiert?“ Die letzte Frage brüllte seine Frau förmlich in das Smartphone ihres Mannes. Dann starrte sie ihn entsetzt an. „Das war Paula. Warum ruft sie mitten in der Nacht an? Sie klang ganz schrecklich, hat eigentlich nur gestöhnt. Und dann …“

Mitten im Satz brach Eva Bernstein ab und drückte auf Paulas Nummer. Sie begann zu zittern, als sie sich das Telefon ans Ohr hielt. Dann legte sie das Smartphone zur Seite: „Zieh dich sofort an und ruf ein Taxi. Wir müssen zu Paula und Anton in den Garten. Da stimmt was nicht.“

Schon stürzte sie ins Bad und putzte in Windeseile ihre Zähne. Arthur Bernstein fingerte eine Visitenkarte aus seinem Geldbeutel und wählte die Nummer des Taxifahrers, der sie erst vor rund zwei Stunden an ihrer Ferienwohnung abgesetzt hatte. Es war jetzt kurz vor halb fünf in der Nacht. „Wir brauchen Sie noch mal, und zwar ganz schnell. Können Sie sofort zu unserer Wohnung kommen, da wo Sie uns vorhin abgesetzt haben? Mir fällt gerade die Adresse nicht ein.“ Nach einer kurzen Pause sprach Arthur Bernstein weiter. „Ja, genau. Bitte ganz, ganz schnell. Es eilt wirklich sehr.“

Nicht einmal zehn Minuten später war das Taxi, auf das sie vor dem Haus gewartet hatten, schon da. Sie rissen die Türen auf und sprangen in den Wagen. Der Fahrer lächelte Eva und Arthur freundlich an: „Wollen Sie noch weiterfeiern? Hier in der Stadt haben um die Zeit …“

Arthur Bernstein unterbrach ihn barsch. „Ganz schnell zurück zu der Kleingartenanlage, genau dahin, wo Sie uns vorhin abgeholt haben. Je schneller Sie sind, umso mehr Trinkgeld gibt es.“ Mit quietschenden Reifen raste der Taxifahrer los. Als sie schon am Rande der Kleingartenanlage angekommen waren, musste der Taxifahrer sein höllisches Tempo drastisch verlangsamen. Dichter Nebel stieg über dem See auf und zog über die Gärten bis auf die Straße.

Vor dem *Gärtner-Garten* stoppte der Wagen mit scharfem Bremsen. „Da sind wir ja schon“, sagte der Fahrer, der die letzten hundert Meter fast im Blindflug zurückgelegt hatte.

„Bitte warten Sie hier. Ich weiß nicht, wie lange es dauert, aber Sie bekommen fünfzig Euro pro angefangene halbe Stunde. Okay?“ Arthur Bernstein streckte dem Mann hinter dem Steuer einen Fünfzig-Euro-Schein entgegen.

„Zu dem Tarif fahre ich Sie jede Nacht hierhin, Meister“, antwortete der Taxifahrer. „Lassen Sie sich ruhig Zeit.“

Arthur und Eva Bernstein gingen zum großen Eingangstor, über dem das Schild *Gärtner-Garten* hing. Arthur Bernstein drückte die Klinke herunter. Überrascht schaute er seiner Frau in die Augen. Es war nicht abgeschlossen.

Langsam bewegten sie sich durch die Dunkelheit, die nur minimal von einer fahlen Mondsichel und dem kaum sichtbaren Lichtstrahl ihrer Taschenlampe erhellt wurde. Eva Bernstein stieß einen Schrei aus, als sie plötzlich über etwas stolperte. Und dann schrie sie erneut, diesmal lauter. „Das ist Pünktchen.“ Sie drückte ihren Kopf an den scheinbar leblosen Körper des Hundes. „Er atmet noch, wenn auch ziemlich schwach“, stammelte sie, als sie sich aufrappelte. „Arthur, ich habe ganz furchtbare Angst …“

„Ich auch. Komm weiter.“ Eher mechanisch setzte Arthur Bernstein einen Fuß vor den anderen und zog dabei seine Frau hinter sich her.

Als sie die Leichen von Anton und Paula Gärtner entdeckten, stockte ihnen der Atem. Kurz danach sprach Arthur Bernstein mit erstickter Stimme in sein Telefon: „Ja, Jakob, ich bin’s. Komm bitte sofort zum *Gärtner-Garten*. Anton und Paula … sie sind …“ – jetzt versagte seine Stimme. „Sie sind … beide … Sie sind … beide tot. Ermordet.“

Kapitel 16

Karl Dernauer verspürte nach dem brutalen Doppelmord eine entspannte innere Ruhe. Als er sich mit einem gut gefüllten Glas Spätburgunder auf seine Terrasse setzte – es war schon wieder fast Mitternacht, aber immer noch angenehm mild – murmelte er vor sich hin: „Warum bringst du eigentlich immer höchst liebenswerte Menschen um? Und den Hund lässt du überleben. Du solltest mal mit einem Psychologen darüber reden."

Dann schmunzelte er fast schon selbstgefällig vor sich hin. Er hatte es geschafft. Auch in seinem zweiten Roman war der Mord passiert. Endlich! Ab jetzt würde sich der Krimi bestimmt wieder wie von selbst schreiben.

Ein stechender Schmerz im Bauch riss ihn aus dieser tiefen Zufriedenheit. Er stand auf – der Schmerz wurde intensiver. Vielleicht würde ihm Liegen Erleichterung verschaffen. Bis in sein Schlafzimmer schaffte er es nicht, er legte sich auf die Couch in seinem Wohnzimmer.

Der Schmerz hielt an, er wurde immer stärker, raubte ihm fast die Sinne. Vielleicht half ein Schluck Wasser. Er taumelte mehr in die Küche, als dass er ging. Wo waren doch gleich die Schmerztabletten? Er nahm so gut wie nie Medikamente ein, da könnte er ja wohl ruhig jetzt mal eine Ibuprofen ... Hoffentlich waren die nicht längst abgelaufen. Wie lange war das her, als der Arzt sie ihm damals bei seinen Rückenschmerzen ...?

Es fiel ihm immer schwerer, irgendeinen klaren Gedanken zu fassen. Karl Dernauer hatte eine ausgewachsene Arzt- und eine noch massivere Krankenhaus-Phobie. Wer konnte ihm helfen? Klärchen wollte er mitten in der Nacht nicht beunruhigen. Blieb also nur Hub.

Als er seinen Freund am Telefon hatte, reagierte dieser mürrisch, da er aus tiefstem Schlaf geweckt worden war. „Was ist denn los, mitten in der Nacht? Schlafwandelst du, hast du Albträume? Mensch Karl, was soll das? Du kannst ..."

Karl Dernauer unterbrach ihn. „Sorry, aber kannst du mir vielleicht aus der Nachtapotheke – oh, Mann, tut das weh …“

Hub war schlagartig hellwach. „Bleib ganz ruhig. Ich bin in ein paar Minuten bei dir.“ Er kannte Karl Dernauers Angst vor Krankenhäusern nur zu gut und wusste, dass sein Freund kaum zu überzeugen sein dürfte, selbst den Notruf zu wählen. Keine zehn Minuten später kam er durch den Garten in die Küche, wo er Karl Dernauer vor Schmerzen stöhnend vorfand, wie er sich in völlig verkrümmter Haltung am Küchenschrank festkrallte.

„Ich rufe sofort den Notarzt“, schrie Hub mit einem Tonfall, der keinen Widerspruch duldete. Aber Karl hätte ohnehin nicht widersprochen. Die Schmerzen hatten die Grenze des Erträglichen schon längst überschritten.

Keine fünf Minuten später klingelte es schon an der Haustür. Zwei junge Sanitäter wurden von Hub hereingelassen und sie handelten schnell. „Wir brauchen zunächst einen Arzt, ohne starke Schmerzmittel geht hier gar nichts“, hörte Karl die Frau sagen, die sich ihm später im Rettungswagen als Medizinstudentin vorstellen sollte. Mit den Nachtdiensten im Rettungswagen finanzierte sie ihr Studium.

Und wieder dauerte es nur rund fünf Minuten, bis der Notarzt da war. Es hatte auch Vorteile, keine zweihundert Meter von einem großen Krankenhaus entfernt zu wohnen. Bisher hatte das Karl Dernauer häufig genervt, weil er täglich die Martinshörner der Einsatzwagen und die auf dem Krankenhausdach startenden und landenden Rettungshubschrauber hörte, wenn er es sich in seinem Garten gemütlich gemacht hatte.

Das Schmerzmittel war offenbar sehr stark, es wirkte schnell. Schon im Rettungswagen war Karl wieder die Ruhe selbst – nein: Er war sogar fast schon euphorischer Stimmung und plauderte mit der sympathischen Studentin locker drauf los. Die Fahrt dauerte fast zehn Minuten, da er nicht in das Krankenhaus ums Eck, sondern in eines in einem anderen Stadtteil gebracht wurde. Hub fuhr mit seinem Auto hinter dem Rettungswagen her.

Zweieinhalb Stunden lang lernte Karl dann mitten in der Nacht eine breite Palette moderner medizinischer Diagnostik kennen. Zwei Ärzte, die er beide auf Mitte dreißig schätzte, untersuchten ihn intensiv – und ließen nach Blutabnahme, Röntgen und mehrfachem Ultraschall offen, ob sie denn nun eher auf einen Herzinfarkt oder auf eine Magen-Darm-Geschichte tippten. Eine weitere Blut-Untersuchung am frühen Morgen sollte Klarheit bringen.

Er wurde in ein Krankenzimmer gebracht und war gerade eingeschlafen, als er schon wieder geweckt wurde. Nachdem ihm erneut Blut abgenommen worden war, dämmerte er über eine Stunde vor sich hin. Gegen neun Uhr saß er im Zimmer einer Oberärztin zur Lagebesprechung.

Die Ärztin fand er auf Anhieb außergewöhnlich attraktiv. Zwar ließ der Arztkittel keine eindeutigen Konturen erkennen, aber die Chirurgin hatte fast dieselbe Größe und Figur wie seine verstorbene Frau. Ansonsten ähnelte sie Monica allerdings überhaupt nicht. Schulterlange dunkelblonde Locken umrahmten ihr eher rundliches Gesicht. Dass dunkelbraune Augen so leuchten konnten! Karl Dernauer war verwirrt. Was war mit ihm los? Seit Monicas Tod hatte er auch nicht ansatzweise so etwas in sich gefühlt, wenn er einer Frau begegnet war.

Der freundliche, aber geschäftsmäßige Ton der Ärztin verscheuchte diese Gedanken schlagartig. „Das scheint mir ja ein ziemlich klarer Fall zu sein, Herr Dernauer. Ich denke, um die Mittagszeit sind Sie den Plagegeist los. Sie werden als zweiter operiert. Bei Blinddarm kann man zwar immer erst sicher sein, wenn man ihn im OP sieht – aber es würde mich sehr wundern, wenn wir mit unserer Diagnose daneben liegen."

Karl blickte sie ungläubig an. „Blinddarm? Aber ich dachte immer, das gibt's nur bei Teenagern …"

„Junge Mädchen und alte Männer. Bei denen kommt eine Blinddarm-Entzündung am häufigsten vor."

Die Antwort traf ihn wie ein Hammer. „Alte Männer!" So schätzte ihn also die Frau ein, die ihm gegenüber saß – und die er so ungeheuer attraktiv fand. Das beruhte ja offenbar nicht auf Gegenseitigkeit. Eigentlich schade. Sehr schade.

Als hätte sie seine Gedanken lesen können, fuhr die Ärztin fort: „Männer im besten Alter, wollte ich natürlich sagen …" Dabei funkelten ihre Augen noch intensiver als zuvor schon. Flirtete sie etwa mit ihm? Karl Dernauers Blicke wanderten wild durchs Zimmer. In diesem Ambiente ja wohl kaum.

„Seien Sie froh", fuhr die Ärztin fort. „Es hätte ja deutlich schlimmer kommen können. In ein paar Tagen sind Sie wieder zu Hause und in zwei Wochen denken Sie gar nicht mehr an die vergangene Nacht. Sie haben doch bestimmt extreme Schmerzen gehabt – oder?"

Wie angenehm mitfühlend das klang! Dabei diese wohlklingende Stimme. Und immer noch diese Augen! Karl räusperte sich. Das wäre jetzt doch die Gelegenheit für einen ganz besonders intelligenten und witzigen Spruch. Der erste Eindruck ist ja meistens entscheidend, schoss es ihm in den Kopf.

„Wie bei Obelix", sagte er laut.

„Wie bitte? In welchem Band hat der denn eine Blinddarm-Entzündung? Dabei kenne ich doch eigentlich alle …" Die Ärztin blickte ihn fragend, aber auch belustigt an. Sie konnte mit dieser Antwort nun gar nichts anfangen.

Wie auch. Karl hatte an den Kupferkessel-Band denken müssen, in dem Obelix von einem abgedrehten Theater-Regisseur dazu aufgefordert wird, einfach nur zu sagen, was ihm gerade durch den Kopf geht. Und Obelix meint dann resigniert: „Es kommt aber vor, dass da nichts durchgeht."

„Äh. Nein." Karl Dernauer brachte wirklich keinen klaren Satz heraus. Wie Obelix gegenüber seiner angebeteten Falbala. Fehlte wirklich nur noch, dass er jetzt der Ärztin unbeholfen ein Blumensträußchen entgegenstreckte …

Die bildschöne Frau, die ihm gegenübersaß, lächelte ihn wortlos an und legte dabei den Kopf leicht zur Seite. Er bekam eine zweite Chance.

„Ja. Ähm. War wirklich schlimm." Karl hielt kurz inne. „Sie sind auch ein Asterix-Liebhaber? Äh … eine Liebhaberin, meine ich." Was brabbelte er da nur vor sich hin? Ohne einen Moment zu überlegen, sprach er weiter – und er war selbst überrascht davon, was ihm jetzt über die Lippen kam. „Wenn das alles hier vorbei ist, dürfte ich Sie dann vielleicht mal auf eine Ziegenmilch einladen?"

Das durfte ja wohl nicht wahr sein. Ging es denn noch bescheuerter? Er hier in seiner Jogginghose und einem labbrigen T-Shirt und noch dazu mit einem akut entzündeten Wurmfortsatz im Leib. Ihm gegenüber eine sehr attraktive, ihm völlig fremde, gestandene Frau, Anfang oder Mitte fünfzig. Das Ganze in einem Untersuchungszimmer mit Klinik-Charme – und er säuselte etwas vor sich hin, was man getrost als plumpen Anmach-Spruch einordnen durfte. Eine dritte Chance bekäme er wohl kaum.

„Klingt sehr verlockend. Aber ohne Blinddarm vertragen Sie die Ziegenmilch bestimmt viel besser." Die Ärztin erhob sich und schenkte ihm ein unglaubliches Lächeln. „Wir sehen uns bei der Visite wieder." Dabei streckte sie ihm die Hand entgegen, und Karl registrierte erleichtert, dass das Lächeln immer noch auf ihrem Gesicht stand, als sie ihn zur Tür geleitete. Als er schon im Flur war, hörte er in seinem Rücken noch: „Übrigens, einen guten trockenen Roten trinke ich noch lieber als Ziegenmilch."

Er drehte sich um. Die Tür war bereits wieder geschlossen.

Kapitel 17

Karl Dernauer blinzelte leicht. „Mein lieber Paps, was machst denn du für Sachen?" Klärchens Frage, die an sein Ohr drang, konnte er nicht richtig einordnen. Hatte er wieder zu viel geraucht und zu wenig gelüftet?

Er öffnete die Augen und sah den liebevollen Blick seiner Tochter, die auf einem Stuhl neben seinem Bett saß. Sein Mund war trocken. Wo war er?

Es dauerte nur ein paar Sekunden, bis er seine Gedanken wieder geordnet hatte. Toll, diese moderne Narkose-Technik. Eben noch im Tiefschlaf – und jetzt schon wieder hellwach. „Gibst du mir mal das Wasser?"

Klärchen reichte ihm das Glas und er trank es zügig leer. Karl Dernauer war wieder völlig bei sich. „Der Blinddarm! Wer kommt denn auf so was? Aber ich habe mich aufklären lassen: Alte Männer und junge Mädchen sind die Hauptzielgruppe dieser heimtückischen Erkrankung. Du hast also nichts zu befürchten."

„Oh ha", konterte seine Tochter. „Deinen Charme hast du dir gleich mit wegoperieren lassen. Danke für das Kompliment."

Karl Dernauer ging auf diese Spitze nicht ein, sie war ja auch nicht ganz unberechtigt. Er ließ seinen Blick durch den Raum schweifen. Das Drei-Bett-Zimmer teilte er sich nur mit einem weiteren Patienten – der Mann war, das wusste er aus den Stunden vor der Operation –, ein Jahr älter als er. Auch ihm war der Blinddarm entfernt worden, in der ersten OP des Tages.

„Bei Ihnen auch alles in Ordnung?", fragte er seinen Leidensgenossen.

„Schon wieder topfit", antwortete der Mann. „Wenn ich dran denke, dass meine Tochter vor zwanzig Jahren noch fast zwei Wochen im Krankenhaus bleiben musste. Da geht es uns heute viel besser: Die Schwester hat mir gesagt, dass wir bis Ende der Woche wahrscheinlich beide raus sind."

„Das hört sich gut an." Karl schaute wieder in Clarissas Gesicht. Dann hob er leicht die Bettdecke. Unter seinem OP-Hemdchen war nur ein Pflaster auf seinem Bauch zu sehen, von dem ein Drainage-Schlauch abging. „Das geht ja heute mit diesen kleinen Löchern, durch die operiert wird. Man wird nicht mehr aufgeschnitten."

„Ich habe davon gehört", sagte Clarissa mit leicht gespitztem Mund. „Auch wenn es für mich ja nicht mehr von Belang ist, wie du mir soeben klargemacht hast."

Karl Dernauer lachte. Und seine Tochter lachte mit. Dann wurde sie wieder ernster. „Mensch, Paps, das war wirklich ein Riesenschreck, als Hub mich heute morgen anrief und mir erzählte, dass er dich heute Nacht ins Krankenhaus gebracht hat. Ich bin ja so froh, dass die ganze Geschichte eher harmlos ist."

„Ich auch. Wobei harmlos die Schmerzen nicht ganz korrekt beschreibt, die ich heute Nacht hatte."

„Aber jetzt geht es dir doch schon wieder richtig gut." Clarissas aufmunternde Worte trafen ihn bei einem ganz anderen Gedanken. Bald stünde ja wohl die Visite an. Er konnte sich den Grund selbst nicht genau erklären, aber ihn störte die Vorstellung, dass seine Tochter dabei war, wenn er die Ärztin wiedersah.

„Ja. Ähh – schon wieder richtig gut. Nur müde bin ich. Lässt du mich noch ein wenig schlafen? Vielleicht schaffst du es ja morgen, mich mit den Kindern zu besuchen." Das mit der Müdigkeit war glatt gelogen. Er fühlte sich putzmunter bei dem Gedanken, Frau Doktor wiederzusehen. Zur Bekräftigung seiner Aussage schloss er leicht die Augen.

Klärchen stand auf und streichelte ihm zärtlich über die Stirn. „Das machen wir. Bis morgen, Paps." Mit einem Gruß an den Bettnachbarn ihres Vaters verließ sie das Zimmer.

Die Visite konnte kommen. Möglichst bald, hoffte Karl Dernauer.

Kapitel 18

Fahrig blätterte Karl Dernauer in mehreren Zeitschriften, ohne auch nur einen einzigen Text wirklich zu lesen. Er fieberte dem Besuch seiner Falbala – so nannte er die Ärztin inzwischen – wie ein Jugendlicher seiner ersten harmlosen amourösen Verabredung entgegen. Als sich die Tür öffnete und eine ganze Gruppe von Frauen und Männern in weißen Kitteln den Raum betrat, überschlug sich sein Herz fast.

Mitten im Pulk stand sie jetzt an seinem Bett. Der Chefarzt witzelte ein wenig vor sich hin, die Nachwuchs-Ärzte gaben sich erheitert. Es war wohl für alle im Zimmer eine entspannte Atmosphäre – nur für Karl Dernauer nicht.

Selbst die einfachsten Fragen zu seinem Wohlbefinden beantwortete er eher mit einem leisen Grunzen als mit einem klaren Satz. Er suchte schüchternen Blickkontakt zu ihr.

Sie lächelte dieses schwer definierbare Lächeln, das sie ihm schon am Vormittag geschenkt hatte – und sprach kein einziges Wort. Das ganze Geplauder drang nicht bis zu seinem Verstand durch, er hätte nach der Visite so gut wie kein Wort wiederholen können, das gesprochen worden war. Nach wenigen Minuten war der Spuk vorbei. Falbala trat noch kurz an sein Bett, ehe sie den Raum verließ, und drückte ihm die Hand.

„Es freut mich, Sie schon wieder so munter zu sehen", sagte sie dabei halblaut und ihre Augen leuchteten noch strahlender als am Morgen. „Sie werden bestimmt schon das Wochenende wieder zu Hause verbringen können." Der Händedruck war irgendwie seltsam. Schon hatte sie sich wieder umgedreht und verließ mit zügigem Schritt das Zimmer.

Karl Dernauer drehte sich leicht zur Fensterseite, sodass sein Zimmergenosse nicht sehen konnte, wie er seine Hand öffnete. Falbala hatte ihm eine Visitenkarte zugeschoben. Er nahm eine der Zeitschriften von seinem Nachttisch und setzte seine Lesebrille auf. Dann studierte er heimlich das Kärtchen.

Doktor Gabriella Rossini – das war also ihr Name. Den hatte er am Morgen gar nicht registriert, er hatte nur auf die Zimmernummer des Untersuchungsraums geachtet. War sie Italienerin? Darauf hätte er nie getippt. Sie sprach absolut akzentfreies Deutsch. Unter dem Namen stand ihre Privatadresse. Sie wohnte nur wenige Straßen von ihm entfernt. In drei weiteren Zeilen folgten Festnetz- und Mobilfunknummer und die private Mailadresse.

Langsam drehte er die Karte zwischen seinen Fingern. Auf der Rückseite las er in schöner, schwungvoller, sehr kleiner Schrift: *Ich habe ab morgen ein paar Tage Urlaub. In der kommenden Woche würde ich mich über einen Anruf freuen. Ziegenmilch steht bei mir eigentlich immer kalt. G.*

Wow.

Bei ihr hatte es offenbar genauso gezündet wie bei ihm. Seine Hand schloss sich fest um die Karte und er sank in einen sanften Schlaf. Er erwachte wieder, als die Zimmertür ins Schloss fiel. Als er sich orientiert hatte, wo er überhaupt war, stand Hub neben seinem Bett.

„Alter Junge, du bist ja wirklich immer für eine Überraschung gut. Siehst viel besser aus als heute Nacht." Dabei strahlte er ihn bestens gelaunt an.

Karl Dernauer knurrte seinen Freund an. „Mein Alter scheint ja das Stadtgespräch überhaupt zu sein." Er registrierte Hubs verständnislosen Blick, und seine Stimme wurde jetzt bedeutend freundlicher. „Zieh dir einen Stuhl ran und setz dich zu mir." Nach einer kurzen Pause ergänzte er. „Danke übrigens – für heute Nacht."

„Papperlapapp." Hub gab diesem Ausdruck immer perfekt dieselbe Akzentuierung wie die Schwester des Earls von Dorincourt in *Der kleine Lord*. Karl Dernauer antwortete darauf häufig mit dem gehüstelten Gekicher von Sir Harry, dem Gatten von Lady Lorradaile. So auch diesmal.

„Solche Schmerzen kannte ich wirklich noch nicht", sagte Karl Dernauer. „Aber jetzt fühle ich mich wieder sehr ordentlich. Ich soll übrigens schon wieder aufstehen und auch möglichst viel rumlaufen. Mein Leidensgenosse …", Karl Dernauer bewegte seinen Kopf in die Richtung des leeren Bettes, „ … war übrigens schon wieder zum Rauchen draußen. Das ist mir noch zu früh."

„Ich habe deinen Roman schon gut zur Hälfte durch. Heute Abend gebe ich mir den Rest." Hub grinste betont frech.

„So schlimm?" Karl Dernauer gab sich verunsichert, obwohl er sich sicher war, dass der Oberstaatsanwalt Gefallen an seinem Krimi gefunden hatte.

„Für einen ersten Versuch ganz beachtlich." Hub zog seinen Mund noch mehr in die Breite. „Hast du eigentlich schon einen Verlag? Oder schreibst du nur fürs eigene Ego?"

„Hat mich Klärchen auch direkt gefragt. Ich selbst hatte daran noch gar nicht gedacht, aber ich habe inzwischen mal ein paar

Häuser angeschrieben. Jetzt kribbelt es schon, welche Reaktionen ich auf mein Manuskript kriege."

Eine Krankenschwester brachte das Abendessen. Und auch schon die Tabletten für die Nacht. Hub verabschiedete sich, und Karl merkte jetzt, dass ihm der chirurgische Eingriff nicht im OP-Leibchen stecken geblieben war. Die Schlaftablette wirkte ausgezeichnet. Er schlief tief und fest fast einmal rund um die Uhr.

Kapitel 19

Der nächste Morgen begann früh, wie das nun einmal im Krankenhaus üblich ist. Karl Dernauer war bester Laune: Ihm schmeckten sogar das Kantinen-Frühstück und der schwache Kaffee. Seine Bewegungsfreiheit war nur geringfügig eingeschränkt durch die Infusions-Stange, die sich auf ihren Rollen aber problemlos manövrieren ließ. Seine OP-Wunden waren in der Tat nur so groß wie Knopflöcher, was ja die entsprechende Technologie versprach.

Nur gut dreißig Stunden war es her, dass er sich mit schmerzverzerrtem Gesicht am Küchenschrank festgekrallt hatte – und jetzt spazierte er schon vor dem Krankenhaus in der kräftigen Morgensonne. Die sympathische Schwester aus dem Frühdienst hatte ihn schon beim Wechsel der Pflaster gelobt, wie schön das vor sich hin heile. Als wäre das sein Verdienst … Schon am nächsten Tag sei er die Infusions-Stange los, hatte sie angekündigt. Und am übernächsten, am Freitag, dürfe er schon wieder nach Hause, wenn die Ärzte weiterhin mit ihm zufrieden seien. Ihn amüsierte der suggerierte Kausal-Zusammenhang, dass es vor allem an seinem guten Willen liege, ob er das Krankenhaus schon vor dem Wochenende verlassen dürfe.

Am Nachmittag besuchte ihn Klärchen mit den Zwergen. Carl ließ sich detailliert schildern, was dem Opa passiert war und wie man ihm im Krankenhaus geholfen hatte, weil man ihm den entzündeten Wurmfortsatz seines Blinddarms herausoperiert hatte.

Betty hörte dabei scheinbar desinteressiert zu, fragte dann aber doch, wozu man denn „so ein komisches Würmchen“, wie sie es nannte, überhaupt im Körper habe, wenn man es doch überhaupt nicht brauche. Karl quittierte die Frage mit einem ernsten Gesichtsausdruck: „Das ist wirklich eine der großen Fragen der Menschheitsgeschichte, mein kleines Schätzeken.“

Der von der Krankenschwester postulierte gute Wille von Karl Dernauer zahlte sich aus: Der Heilungsprozess verlief nach Plan. Am Freitagnachmittag holte Hub ihn ab und brachte ihn nach Hause. Der erste Weg führte Karl Dernauer in seine Küche.

„Das Wichtigste ist jetzt ein richtig guter Kaffee. Willst du auch einen?“ Hub nickte.

Bei besonderen Anlässe betrieb Karl Dernauer einen höheren Aufwand als im Alltag. Normalerweise nutzte er die schlichte Kaffeemaschine, aber jetzt holte er die kleine elektrische Mühle und die Dose mit den Kaffeebohnen aus dem Schrank. Er setzte den alten Porzellanfilter auf die ebenso alte Porzellankanne und brühte den frisch gemahlenen Kaffee langsam von Hand auf. So hatte es schon sein Vater vor Jahrzehnten jeden Morgen getan – und er hatte diesen Duft immer sehr geliebt.

„Ich sollte wieder ganz auf frisch gemahlenen Kaffee umsteigen“, sagte er zu Hub, als er die beiden Tassen auf dem Terrassentisch füllte. „Ich sollte nicht nur, ich werde. Das Leben ist zu kurz, als dass man schlechten Kaffee trinken sollte.“

Hub lachte. „Den Spruch kenne ich von dir auf Wein bezogen. Aber wo du recht hast, hast du recht: Es gilt in beiden Fällen.“

Kapitel 20

Am Wochenende ließ es Karl Dernauer betont langsam angehen. Seine überraschende Erkrankung hatte ihn körperlich wenig beansprucht, aber mental doch stärker mitgenommen, als er es sich eingestehen wollte. Er hatte so etwas wie Todesangst verspürt, als er sich mit den höllischen Schmerzen in der Küche krümmte – so harmlos die Ursache auch gewesen sein mochte. Erst jetzt im Rückblick wurde ihm bewusst, wie sehr er offenbar am Leben hing. Ein Gedanke, der ihm in dieser klaren Form seit Monicas Tod nicht mehr in den Sinn gekommen war.

Als Klärchen ihn am Samstag schon früh am Morgen anrief und fragte, ob sie ihn mit den Zwergen besuchen sollte, lehnte er zu ihrer Überraschung ab. Das war noch nie vorgekommen. Sie ließ sich aber leicht beruhigen, als er ihr mit durchaus munterer Stimme versicherte, dass er sich noch ein wenig schlapp fühle. Auch Hub verzichtete darauf, ihn am Wochenende zu behelligen – ob aus Rücksichtnahme oder weil ihn wieder einmal eine weibliche Versuchung davon abhielt, blieb für Karl Dernauer unbeantwortet. Es beschäftigte ihn aber auch nicht weiter.

Nach dem Gespräch mit Clarissa setzte er sich mit der Zeitung an seinen Terrassentisch und gönnte sich eine ausgiebige Lektüre. Er las fast alle Artikel, auch die im Lokalteil über das Vereinsleben in Orten, die er eigentlich nur vom Namen her kannte und zu denen er keinerlei persönliche Beziehung hatte. Mit einem Schmunzeln legte er das Blatt schließlich zur Seite. Er hatte an Onkel Alfred denken müssen, der als Pensionär die Zeitung an jedem Morgen höchst intensiv gelesen hatte – auch Bekanntschafts- oder Auto-Anzeigen, obwohl er glücklich verheiratet war und kurz vor der Goldenen Hochzeit stand und obwohl er nie einen Führerschein besessen hatte. Zur Begründung hatte sein Onkel immer gesagt, dass er die ganze Zeitung bezahlt habe und dass es deshalb ja wohl sein gutes Recht sei, wenn er auch jeden Buchstaben lese.

Es war angenehm mild, nur ein ganz leises Lüftchen bewegte die Zweige an den Bäumen und Sträuchern in Karls Garten. Er zog eine dünne Strickjacke über und verließ den Garten durch das kleine Törchen. Die Küchentür ließ er offen – Angst vor Einbrechern hatte er noch nie gehabt, auch wenn er für dieses sorglose Verhalten von seiner Tochter schon des Öfteren gerügt worden war. Ihm stand der Sinn nach einem Spaziergang, was selten vorkam – und er wunderte sich ein wenig über diese Anwandlung.

Karl schlenderte zunächst zu dem kleinen See, der nur wenige Hundert Meter von seinem Haus entfernt lag. Dort setzte er sich auf eine Bank und schaute einer Gruppe von Kindern im Grundschulalter zu, die auf dem kleinen Spielplatz lärmend umhertollten. Er hätte sich ein Buch mitnehmen sollen, schoss es ihm kurz in den Kopf. Doch dann fand er Gefallen daran, dass seine Gedanken nicht durch die eines anderen beeinflusst wurden, so geistreich der Autor auch sein mochte. Er erhob sich und spazierte in Richtung Rhein und dann flussaufwärts auf dem kleinen Pfad am Ufer entlang. Nach rund einem Kilometer ruhte er sich auf einer Bank erneut aus.

War das vernünftig, nur wenige Tage nach seiner Operation schon eine solch lange Strecke zu Fuß zurückzulegen? Warum eigentlich nicht, dachte er. Er sollte doch laufen, hatte man ihm im Krankenhaus gesagt. Und er verspürte keine Schmerzen. Wenn es ihm zu viel würde, könnte er ein Taxi rufen und sich nach Hause fahren lassen.

Wie immer faszinierte es ihn, den großen Schiffen zuzusehen, die stromabwärts mit erstaunlichem Tempo fuhren und sich gegen die Strömung nur langsam vorwärtsquälten. Er dachte daran, wie er früher öfter mit Hub am Rhein gejoggt war, wobei sein Freund sich immer Karls langsamerem Tempo angepasst hatte. Hub hatte dann gerne noch eine Runde zusätzlich gedreht, was fast zwei Kilometern entsprach – und dann trotzdem Karl Dernauer auf dem drei Kilometer langen Heimweg noch eingeholt. Sollte er es noch einmal mit Joggen versuchen? Der Zustand seiner lädierten Knie sprach dagegen. Aber irgendeine Form von sportlicher Betätigung musste er für sich finden. Schwimmen oder Radfahren wurden ja immer empfohlen, weil beides die Gelenke schonte. Aber beides machte ihm nur leidlich Spaß.

Karl war so sehr in seine Gedanken vertieft, dass er erst nach ein paar Minuten merkte, dass er wieder aufgestanden und weiterspaziert war. Er war schon in einem neuen Stadtteil angekommen, die Kirchturmuhr verriet ihm, dass es fast zwei Uhr am Nachmittag war. Auch sein Magen teilte ihm dies fast gleichzeitig mit, denn er knurrte. Der Biergarten, den er jetzt erreicht hatte, kam ihm gerade recht.

Er holte sich am Verkaufsstand einen Spießbraten mit Kartoffelsalat und dazu ein Hefeweizen. Das Fleisch schmeckte ganz ordentlich, aber der Kartoffelsalat war eine Zumutung. Die erste Gabel des überwürzten und in Mayonnaise ertränkten Etwas spülte er mit Bier hinunter, den Rest ließ er auf dem Teller. Das Bratenstück vertilgte er hingegen komplett.

Zu einem zweiten Weizenbier gönnte er sich die erste Zigarette, seit er mit dem Rettungswagen in die Klinik gebracht worden war. Sie schmeckte. Und dann stellte er sich eine Frage, die in den vergangenen gut vierzig Jahren kaum eine Rolle gespielt hatte: Sollte er mit dem Rauchen aufhören? Hatte sein Körper ihm vielleicht ein Warnsignal gesandt, dass er grundlegend etwas in seinem Leben ändern sollte?

Er würde zumindest versuchen, bewusster zu rauchen – und generell bewusster zu leben. Was immer das konkret heißen mochte. Vielleicht half ja eine systematische Bestandsaufnahme, wo er als Endfünfziger in seinem Leben angekommen war.

Karl Dernauer nahm einen Bierdeckel aus der kleinen Plastikhalterung auf dem Tisch und bat die Servicekraft, die seinen Teller abräumte, ihm kurz einen Kugelschreiber zu leihen.

Die kräftige Frau mittleren Alters entsprach seinem Wunsch: „Den können Sie behalten, der Clip ist abgebrochen und mir fällt das blöde Ding sowieso dauernd aus der Tasche“, sagte sie mit einem schrägen Lächeln.

Auf dem Bierdeckel war erfreulich viel Platz zum Schreiben, da er auf beiden Seiten nur ein kleines Brauerei-Logo in der Mitte hatte. Karl Dernauer notierte auf der einen Seite *Gut* und unterstrich das Wort. Er drehte den Deckel um und wollte *Schlecht* als Titelzeile schreiben. Dann entschied er sich jedoch für *Nicht ganz so gut*. Er wertete diese Rubrizierung als erstes Zeichen dafür, dass er eigentlich ganz zufrieden mit seinem Hier und Jetzt war. Auf dieser Seite der runden Pappe folgte unter Punkt 1: *Monicas Tod.* Er empfand es als höchst unpassend, dass darüber jetzt *Nicht ganz so gut* stand. Sollte er den Titel doch wieder ändern?

Versonnen drehte er seinen improvisierten Schreibblock zwischen den Fingern, bis er über sich selbst den Kopf schüttelte. Was sollten diese unsinnigen Gedanken in seinem Hirn? Saß etwa Monica auf ihrer Wolke und war empört über seine Formulierung? Wenn sie da saß, dann würde sie eher amüsiert lächeln.

Erneut drehte er den Bierdeckel. In Windeseile hatte er fast die ganze freie Fläche vollgekritzelt, wobei er sich sogar disziplinierte, möglichst klein und mit knappen Stichworten zu schreiben: *Klärchen, Zwerge, Hub, keine Geldsorgen, mein Häuschen, Garten, Gaspard, Romane schreiben, robuste Gesundheit, Kochen, Wein.* Er hielt inne, weil er merkte, dass er Gefahr lief, sich in Belanglosigkeiten zu verlieren. Seine Gedanken wanderten zu dem neuen Gefühl, das er seit vier Tagen mit zunehmender Intensität verspürte. Ein einziger großer Buchstabe, war das Letzte, was er auf den Deckel malte: G.

Ein unbeschreiblich wohliger Strom floss ihm durch den ganzen Körper, in den Zehenspitzen fühlte er ein heftiges Kribbeln. Gedankenverloren legte er den Bierdeckel beiseite und blickte auf den Fluss, wobei er die Schiffe überhaupt nicht wahrnahm. Er war verliebt. Genau wie damals, vor mehr als fünfundreißig Jahren, als er Monica kennengelernt hatte. Verliebt. Verliebt. Verliebt.

Kapitel 21

Der ausgiebige Spaziergang hatte ihn stärker ermüdet, als er zunächst bemerkt hatte. Karl Dernauer bestellte ein Taxi. Als er durch das Gartentörchen sein Grundstück betrat, spürte er immer noch dieses Wohlgefühl. Er ging durch die Terrassentür in die Küche und begann eher mechanisch, sich einen Kaffee aufzubrühen. Leicht irritiert kramte er in seinen Hosentaschen. Er hatte den Bierdeckel auf dem Tisch vergessen. Karl schmunzelte bei dem Gedanken daran, wie ein Fremder diese vermeintlich wirren Notizen interpretieren würde, wenn er das nur auf einer Seite vollgeschriebene Stück Pappe fand – und auf der Rückseite das für einen Fremden kaum nachvollziehbare *Nicht ganz so gut: Monicas Tod.*

Als er sich mit dem Kaffee auf die Terrasse setzte und sich zu dem aromatisch duftenden Getränk eine Zigarette entzündete, zog er für sich ein Resümee seiner Bierdeckel-Aktion. Es ging ihm gut. Sehr gut sogar. Er dachte an die Aufzählung aller positiven Aspekte seines Lebens, die er notiert hatte. Noch vor ein paar Wochen waren die Rahmenbedingungen identisch gewesen, aber er hatte seine Tage in einer eher freudlosen Grundstimmung verbracht. Was hatte sich verändert? Der neue Spaß am Schreiben, klar. Aber noch bedeutsamer war die Begegnung im Krankenhaus gewesen. Wie ein Hologramm sah er die Frau vor sich, die im Begriff war, sein Leben über den Haufen zu werfen. Er freute sich auf die bevorstehenden Turbulenzen.

Sollte er sie anrufen? Jetzt gleich? Das Herz schlug ihm bis zum Hals bei dieser Vorstellung. Er empfand seine jugendliche Verliebtheit einerseits als albern und als seinem Alter nicht angemessen; andererseits fand er Gefallen an dieser berauschenden Gemütsverfassung. Die Visitenkarte hatte er in seinen Geldbeutel gesteckt. Er nahm sie heraus und lief mit dem Kärtchen in der Hand mehrmals zwischen Küche und Arbeitszimmer hin und her. Dann setzte er sich an seinen Schreibtisch und las die Zeilen in der wunderschönen Schrift mehrfach durch.

„In der kommenden Woche würde ich mich über einen Anruf freuen." Das hieß ja wohl, dass ihr eine Kontaktaufnahme am Wochenende noch nicht passen würde. Oder interpretierte er zu viel in dieser Formulierung hinein? Vielleicht war sie nur davon ausgegangenen, dass er sich am Wochenende noch nicht genug erholt haben würde von der Operation?

Auf keinen Fall wollte er durch eine übereilte Aktion irgendwelche Irritationen auslösen. Wenn er sie mit einem Anruf bei nicht passender Gelegenheit erwischte … Das wäre einfach nur überflüssig und blöd, vielleicht sogar peinlich. Er wusste doch gar nichts von ihr und ihrem Leben. Lebte sie überhaupt allein? Oder hatte sie Familie?

Einen Mann oder einen sonstigen Lebensgefährten hatte sie nicht, da war Karl sich absolut sicher. Sie war nicht auf ein Abenteuer aus, dafür war sie einfach nicht der Typ. Alle ihre Reaktionen hatten echtes Interesse an seiner Person gezeigt, sie empfand dieselbe Sympathie für ihn wie er für sie. Aber war da auch bei ihr mehr? So wie bei ihm. Viel mehr sogar.

Endlich kam ihm die rettende Idee: Mit einer SMS konnte er nichts kaputtmachen. Eine Kurzmitteilung zeigte einerseits sein Interesse, war aber nicht aufdringlich. Und es ließ ihr allen Spielraum. Sie konnte sofort reagieren. Oder später – ganz wie es ihr passte.

Er nahm sein Smartphone vom Schreibtisch. Und schon hatte er das nächste Problem. Wie sollte er sie anreden? Mit Hallo? Mit ihrem vollen Namen, sogar mit Titel? „Hallo Frau Doktor Rossini …“ Das klang gestelzt und förmlich. Wieder schaute er auf die Visitenkarte – die Lösung seines Problems war doch so einfach.

Liebe G. Er nahm einfach ihre Methode auf. Sie hatte ja offenbar ebenfalls nicht so genau gewusst, wie sie sich auf dem schmalen Grat zwischen Plumpheit und Distanziertheit bewegen sollte. Aber sie hatte die Klippe elegant umschifft. Diese Gedanken lenkten ihn ab. Was für eine unsägliche Metapher. Auf einem Grat bewegte man sich ja wohl im Gebirge, eine Klippe umschiffte man auf einem Gewässer. Zurück zu dem, was er ihr denn überhaupt mitteilen wollte.

Er tippte weiter. *Dank Ihrer Hilfe bin ich wieder gesund und munter zu Hause. Ich hätte da einen Rotwein, der exzellent zu einer Ziegenmilch passt. Wann darf ich Sie zu einem Glas einladen, um mich zu bedanken? K.*

Er legte das Smartphone wieder auf den Schreibtisch und zündete sich eine Zigarette an. Zufrieden lehnte er sich in seinem Sessel zurück. Ja, er hatte bestimmt den richtigen Ton getroffen.

Seine Nachricht zeigte großes persönliches Interesse, trieb sie aber nicht in die Enge. Sie durfte das Tempo bestimmen. Das war gut so.

Warum antwortete sie nicht?

Jetzt saß er schon fast eine halbe Stunde an seinem Schreibtisch. Er hatte die dritte Zigarette nacheinander weggequalmt und dabei mehr oder weniger ununterbrochen auf das Telefon gestarrt. Sein Verhalten nahm völlig irrationale Züge an. So kannte er sich gar nicht. Er musste sich irgendwie beschäftigen. Wie auch immer.

Ein Bad konnte auf keinen Fall schaden. Er ließ sich Wasser ein, holte einen Agatha-Christie-Krimi aus seiner Vitrine und füllte ein Rotweinglas sehr wohlwollend bis weit über den nicht vorhandenen Eichstrich. Als er zu seinem Smartphone griff, um auch dieses neben der Wanne zu platzieren, rief er sich selbst zur Ordnung: Man konnte es mit der albernen Teenager-Verliebtheit auch übertreiben. Das Telefon ließ er auf dem Schreibtisch liegen.

Fast zwei Stunden brachte er in seiner Wanne zu, er las einige Kapitel, mehrfach nickte er kurz ein. Als er sich in seinen Bademantel hüllte, war es schon früh am Abend. Sein erster Weg führte ihn ins Arbeitszimmer. Eine SMS war angekommen, seine Entspannung schlug in Aufregung, ja fast Erregung um.

Bin noch in Rom. Lande morgen Abend. Passt Montag? Wenn ja, freue ich mich sehr. G.

Kapitel 22

Karl Dernauer verbrachte eine unruhige Nacht mit seltsamen Träumen, in denen er sich gemeinsam mit Monica und der Ärztin an verschiedenen, teils seltsamen Orten aufhielt. Sie tollten zu dritt durch Blumenwiesen und retteten sich gemeinsam von einem sinkenden Schiff auf eine einsame Insel. Aber immer verstanden sich die beiden Frauen hervorragend, als wären sie seit Kindertagen beste Freundinnen. Als er am Sonntag aufwachte, schwanden die Träume leider sehr zügig aus seinem Bewusstsein. Er hätte sich gerne noch ein wenig mit deren Bedeutung beschäftigt.

Der Himmel war trüb, als er sich mit seinem ersten frisch gebrühten Milchkaffee auf die Terrasse setzte. Es war kühl, und so zog er bald an den Küchentisch um. Mit jedem Schluck steigerte sich sein Tatendrang. Er hatte für den Abend des nächsten Tages noch eine Menge an Vorbereitungen zu treffen.

Gleich nach dem Erhalt der SMS, die ihn in einen Glückszustand versetzt hatte, hatte er zurückgeschrieben und seine Adresse durchgegeben. Neunzehn Uhr hatte er vorgeschlagen. Unmittelbar danach hatte er die Bestätigung erhalten – ein schlichtes *Ja.*

Jetzt holte er sich seinen Notizblock und begann mit einer To-do-Liste. Morgen Abend wollte er sich von seiner besten Seite zeigen und nichts dem Zufall überlassen. *Menü* schrieb er auf das Blatt. Er unterstrich das Wort und ließ darunter eine halbe Seite frei. Dann folgte das Wort *Einkaufen*, wieder mit einem Strich darunter.

Was sollte er kochen? Etwas Italienisches schloss er sofort aus. Sie war bestimmt eine gute Köchin, da war er sich sicher. Wenn er sich in der Küche ihres Heimatlandes versuchte – war sie überhaupt in Italien geboren? – dann würde er sich entweder blamieren, weil sie es besser konnte. Oder er würde sie übertrumpfen, was ebenfalls kein wünschenswertes Entree in die neue Beziehung war.

Er ließ den Stift sinken. Wieder wurde ihm bewusst, dass er im Prinzip rein gar nichts von der Frau wusste, um die seit Tagen seine Gedanken kreisten. War sie vielleicht Vegetarierin? Oder sogar Veganerin? Das musste er herausfinden, ehe er sich weitere Gedanken machte.

Er holte sein Smartphone und schrieb ihr noch eine SMS, obwohl er sich eigentlich vorgenommen hatte, auf diese Form des Kontaktes zu verzichten, bis sie ihn besuchte, um nicht aufdringlich zu wirken: *Darf der Imbiss Fleisch enthalten?*

Karl hatte das Mobiltelefon gerade vor sich auf dem Tisch abgelegt, als es schon vibrierte. *Sehr gerne*, las er. Eine gute Nachricht, denn das machte ihm die Planung deutlich leichter. Fleischgerichte konnte er am besten.

Französisch notierte er unter dem Wort *Menü*. Zunächst würde er sich Gedanken über die Hauptspeise machen. Wie ein Blitz fuhr es ihm in den Kopf. Natürlich: Er hatte doch noch ein kleines Stück Ziegenbraten im Gefrierschrank. Bestes Fleisch, das er immer mal wieder von einem entfernten Verwandten aus der Eifel bezog. Dieser Leckerbissen hatte geradezu auf den richtigen Moment gewartet, um zubereitet zu werden – und dieser Moment war jetzt eindeutig gekommen. Wo doch das Wort Ziegenmilch eine Art Synonym für ihre nicht zu leugnende Seelenverwandtschaft war.

Das Bratenstück legte er zum Auftauen in eine kleine Schüssel. Später würde er das Fleisch in Buttermilch und Rotwein mit einer Menge provenzalischer Kräuter marinieren. Dazu würde er sein schlichtes, aber schmackhaftes Kartoffelgratin und ebenso schlichten grünen Salat mit reichlich Kräutern servieren. Der Hauptgang war ein Selbstläufer, das wusste er.

„Ziegenmilch" – das eignete sich doch perfekt als Motto des Abends. Er würde morgen den Ziegenmilchkäse in der Salzlake kaufen, den sein türkischer Feinkosthändler immer im Angebot hatte. Dazu dann von dem exzellenten Feigensenf, der im Kühlschrank stand – auch der Käsegang stand.

Als Nachtisch eine Creme brulee – das ging immer. Ein befreundeter Konditor hatte ihm vor Jahren gezeigt, wie man diese perfekt zubereitete. Was machte Johann eigentlich heute? Schade, dass der Kontakt zu ihm abgebrochen war. Er nahm sich fest vor, ihn bald mal wieder anzurufen.

Zum Abschluss Mokka und Haselnussgeist – hinten raus entsprach das Menü schon perfekt seinen Vorstellungen. Aber was sollte er vor dem Hauptgang anbieten?

Konnte er irgendwie noch Ziege oder besser sogar Ziegenmilch als Vorspeise integrieren? Ohne dass er das Thema totritt? Eine Suppe schied aus seinen Überlegungen schnell aus. Wie wäre es mit einer Pastete? Er könnte ein wenig von dem Ziegenbraten abschneiden und eine kleine Elsässer Winzerpastete – gerade groß genug für zwei Personen – mit Ziegenfleisch abwandeln. Ein kleines Risiko war dabei, denn das hatte er noch nie versucht. Und als Aperitif vielleicht einen Cocktail mit Ziegenmilch? Doch dann herrschte er sich laut an:

„Du bist ein Spinner, Karl Dernauer. Keine Experimente, hat schon der alte Adenauer gesagt."

Als Willkommens-Drink würde er einen Winzersekt von der Mosel mit einem Schuss von dem exquisiten Holunderblütenlikör anbieten. Und als Vorspeise würde er Jakobsmuscheln in Limettenbutter und Flusskrebse in verschiedenen pikanten Saucen mit Weißbrot auftischen. Irgendetwas davon würde den Gaumen seiner G. schon erfreuen. Wahrscheinlich machte er sich ohnehin zu viele Gedanken. Sie war bestimmt eine Feinschmeckerin und würde alles mit Genuss verspeisen.

Mit der Zusammenstellung des Menüs war der erste wichtige Schritt getan. Es hatte aufgeklart, wie ihm ein Blick durch das Küchenfenster verriet. Jetzt war er bereit für ein reichhaltiges Terrassen-Frühstück.

Kapitel 23

Schon während des Frühstücks arbeitete Karl Dernauer weiter an seiner To-do-Liste. Zunächst machte er sich eine Einkaufsliste. Das ging schnell, da er viele der benötigten Zutaten im Haus hatte. Dann begann er, darüber nachzudenken, was er sonst noch vorbereiten musste. Er schrak auf, als er daran dachte, dass er nicht nur seinen Garten in den vergangenen Wochen vernachlässigt hatte.

Seine Perle, die einmal pro Woche das Gröbste im Haushalt auf hohem Niveau erledigte, war nun schon seit fünf Wochen nicht mehr da gewesen. Zunächst war sie krank zwei Wochen ausgefallen, dann hatte sie sich für drei Wochen in ihren verdienten Jahresurlaub verabschiedet. Entsprechend schlimm sah es in seinem Häuschen aus. Ein intensiver „Sommerputz“ stand an. Er wollte nicht das Bild des verwahrlosten Witwers abgeben, der er ja auch gar nicht war.

Wie mochte Gabriella leben? Liiert oder gar fest gebunden war sie auf keinen Fall – so sehr konnte er sich in ihr nicht täuschen. Sie war frei – vielleicht sogar für ihn. Wieder spürte er dieses Kribbeln bis in die Zehenspitzen.

Sie hatte aber auf jeden Fall noch ihre Bande nach Italien. Wahrscheinlich auch familiäre. Karl konnte sich nicht vorstellen, dass sie ihr Leben lang allein gelebt hatte. War sie geschieden? Oder etwa auch Witwe? Hatte sie Kinder? Auf diese Fragen würde er bestimmt morgen schon eine Antwort erhalten, auch wenn er sich fest vornahm, sie nicht mit allzu privaten Fragen zu überfallen. Genauso würde er sie nicht mit zu vielen persönlichen Details überschütten. Er hatte nichts zu verheimlichen, was sich ergab, das würde er erzählen. Dennoch beschloss er, sich zunächst einmal stark zurückzunehmen.

Nachdem er den Terrassentisch abgeräumt hatte, machte er sich einen Plan, wie er die Grundreinigung angehen sollte. Er musste Prioritäten setzen. Am wenigsten hatte er im Schlafzimmer zu tun. Das musste sauber sein, aber nicht blitzeblank. In diesem Raum würden sie sich am ersten gemeinsamen Abend nicht aufhalten. Aber wenn sie einen Rundgang durch sein Haus machen wollte, dann würde er ihr natürlich einen Blick in das Zimmer nicht verwehren.

Sein Arbeitszimmer musste sauber sein – aber es dürfte natürlich die übliche leichte Unordnung herrschen. Er wollte nicht den Eindruck erwecken, als hätte er eigens für sie alles auf Hochglanz poliert. Aber es durfte keine Schmuddelecken geben, vor allem im Bad nicht. Und so machte er sich zunächst daran, hier bis in den letzten Winkel alles glänzen zu lassen. Rund zwei Stunden investierte er in diese Arbeit. Mit entsprechend großem Stolz blickte er anschließend auf sein Werk. So sauber war das Bad noch nie gewesen, noch nicht einmal, wenn seine Perle hier gewirkt hatte.

Karl Dernauer gönnte sich ein halbstündiges Nickerchen auf seiner Wohnzimmer-Couch, ehe er sich an die nächsten Aufgaben machte. In der Küche und im Arbeitszimmer putzte er sogar die Fenster, weil das hereinfallende Sonnenlicht schonungslos offenbarte, wie schmutzig die Scheiben waren. Die kleinen Scheiben des Erkers brauchten deutlich länger, als er vermutet hatte. Küche, Wohn- und Schlafzimmer und auch das kleine Gästezimmer mussten warten, darum könnte er sich erst am nächsten Tag kümmern.

Es war schon Abend, als er sich endlich um das Marinieren seines Bratens kümmern konnte. Der spanische Rotwein, den er dafür öffnete, mundete wieder einmal hervorragend: schön trocken, aber mit einer starken und frischen Fruchtnote. Während er auf der Terrasse den Rest der Flasche leerte, beschloss er, eben diesen Wein auch seiner Ärztin zu servieren.

In dieser entspannten Atmosphäre schoss ihm ein Gedanke in den Kopf, der fast schon eine Art Panik auslöste: Oh, Gott, nicht auszudenken, wenn morgen Abend Hub wieder einmal unangemeldet bei ihm reinschneite. Am ersten gemeinsamen Abend, von dem er sich so viel versprach, dem er so sehr entgegenfieberte. Natürlich würde Gabriella seinen besten Freund bald kennenlernen. Das sollte sie auch, Hub war ja in gewisser Weise ein Teil von ihm. Und nicht einmal ein unbedeutender. Aber auf keinen Fall am ersten Abend! Den wollte er ganz allein mit ihr verbringen. Als klassisches Rendezvouz, als Candle-Light-Dinner.

Apropos: Wo hatte er die Kerzen? Hatte er überhaupt noch welche? Und wo waren die Kerzenständer? Oder war das ein übertriebenes Ambiente? Auf einen Schlag fühlte er sich unsicher, ob er mit seiner Menü-Idee nicht überdrehte. Vielleicht würde Gabriella sich überfahren fühlen, empfände den Aufwand als unangemessen. Eigentlich war doch nur von einem Glas Wein die Rede gewesen. Vielleicht hatte sie nur ein oder zwei Stunden für den Besuch bei ihm eingeplant und fühlte sich genötigt, länger zu bleiben, als sie es eigentlich wollte.

Er kochte sich einen Mokka und setzte sich mit Haselnussgeist und Zigarette wieder auf die Terrasse. Angenehm mild war es. Seine Zweifel lösten sich allmählich in Luft auf. Wenn sie nur annähernd das Gleiche für ihn empfand wie er für sie, dann würde sie sich über sein Engagement freuen. Und wenn nicht, dann war es halt nicht mehr als eine emotionale Episode, ein Gefühl, das nicht erwidert wurde. Wenn das so war, dann war es besser, dass das schnell klar würde. Einen kurzen, heftigen Schmerz würde er besser wegstecken als erst nach einigen Wochen enttäuschte Erwartungen, die in den vergangenen Stunden rasant angestiegen waren, wie er sich eingestehen musste.

So weit, so gut. Aber sein drohendes Problem mit Hub hatte er immer noch nicht gelöst. Er verspürte nicht die geringste Lust, seinem Freund reinen Wein einzuschenken. Es war noch zu früh, um einen Dritten an dieser Liebesgeschichte teilhaben zu lassen. Und dass es eine Liebesgeschichte war, oder besser werden würde, das schien ihm plötzlich wieder sonnenklar.

Endlich hatte er die Idee, wie er einen Überraschungsbesuch von Hub am nächsten Abend vermeiden konnte. Er hatte doch gerade erst das Krankenhaus verlassen, die Operation lag noch nicht einmal eine Woche zurück. Dass er sich schon wieder so kerngesund fühlte, konnte ja außer ihm niemand wissen. Und er konnte Hubs Besuchsverhalten doch ganz einfach steuern, indem er ihn selbst einlud – aber eben nicht für den morgigen Tag, sondern erst für übermorgen.

Er holte sein Smartphone und schrieb die nächste bedeutende SMS der vergangenen zwei Tage: *Fühle mich noch ein bisschen schlapp. Aber am Dienstag würde ich dich gerne bekochen, als Dank für deine Erste Hilfe. Passt dir übermorgen um 19 Uhr?*

Karl legte das Smartphone auf den Terrassentisch. Er ging zum Weinregal und entkorkte in der Küche noch eine Flasche von dem süffigen Rotwein. Als er wieder ins Freie kam, sah er das Symbol für eine eingegangene Nachricht.

Das ist ja wohl auch das Mindeste, was ein Lebensretter erwarten darf. Erhol dich gut. Bis Dienstag.

Karl klatschte vor Freude in die Hände. Sein Plan war zu hundert Prozent aufgegangen. Hub würde am Montagabend nicht durchs Gartentörchen schlendern, wenn er gerade mit seiner Ärztin in inniger Zweisamkeit zusammensaß.

Kapitel 24

Seit seinem Ausscheiden aus der Zeitungsredaktion hatte sich Karl Dernauer keinen Wecker mehr gestellt, um am nächsten Morgen pünktlich aufzustehen. Diesmal schon, denn er hatte einen arbeitsreichen Tag vor sich. Es wäre allerdings nicht nötig gewesen: Seine innere Uhr weckte ihn fünf Minuten vor der Zeit.

Es würde ein herrlicher Sommertag werden – nicht zu heiß, aber bestimmt auch am Abend noch so mild, dass sie auf der Terrasse speisen konnten. Als Karl sich dazu entschloss, hatte sich auch die Frage nach dem Candle Light erledigt: Das passte nicht zum Ambiente. Wahrscheinlich kam es auch besser rüber, wenn er alles möglichst schlicht hielt – außer Speis und Trank natürlich.

Einfach nur erstaunlich, wie fit er sich schon wieder fühlte. Es war noch keine Woche her, dass er unter G's Messer gelegen hatte. Sie hatte ihn doch selbst operiert – oder? Ganz sicher war er sich dabei überhaupt nicht.

Mit unglaublichem Elan erledigte er alles, was er sich vorgenommen hatte: Einkäufe, Hausputz, Aufräumen. Erst gegen vier Uhr nachmittags legte er eine Pause ein und setzte sich mit Kaffee und Zigarette unter den Sonnenschirm auf der Terrasse. Es war erst die zweite Zigarette des Tages, wie er völlig überrascht feststellte. Hatte er, ohne es selbst zu merken, den Weg zum Nichtraucher eingeschlagen? Vielleicht, weil sich eine Liebesbeziehung zu einer Ärztin anbahnte? Steuerte ihn sein Unterbewusstsein so gezielt?

Viel Zeit, sich grundsätzlichen Betrachtungen hinzugeben, hatte er nicht. In der Küche wartete noch jede Menge Arbeit auf ihn. Mit perfektem Timing schaffte er es, bis Viertel vor sieben alle Vorbereitungen beendet zu haben. Jetzt erst verspürte er eine ausgeprägte Aufgeregtheit in sich, die sich fast mit jeder Sekunde steigerte. Ein letzter Kontrollgang durch das Haus endete auf der Terrasse. Der Tisch war gedeckt, alles an seinem Platz. Sollte er sich noch mit einer Zigarette beruhigen? Es klingelte an der Tür.

Als er öffnete, kippte er fast aus seinen Schuhen. So atemberaubend schön hatte er diese Frau gar nicht in Erinnerung gehabt. Wie auch? Er kannte sie ja nur im Arztkittel.

Jetzt trug sie ein schlichtes, aber knallrotes Sommerkleid, das kurz unter den Knien endete. Und vor allem ihr strahlendes Lächeln. Wieder meldete sich sein innerer Obelix. Er brachte sekundenlang kein Wort über die Lippen.

Als er gerade losstammeln wollte, rettete G. mit einem einzigen Satz die Situation: „Ich habe mich sehr darauf gefreut, Sie wiederzusehen."

„Ähh, hmm … ich auch". Gepflegte Konversation ging anders. Aber zumindest hatte er seine Sprache wiedergefunden. „Bitte treten Sie doch ein in mein bescheidenes Heim."

Als er die Haustür hinter Gabriella schloss, reckte sie die Nase in die Luft und schnupperte. „Oh, das duftet ja extrem verführerisch. Auf diesen Imbiss bin ich höchst gespannt."

Karl führte seinen Gast auf die Terrasse. „Ein kleiner Willkommenstrunk?"

Sie lächelte ihm ein „Sehr gerne" zurück.

Diese Augen! Dieses … Alles-an-ihr! Fast wäre er gestolpert, als er zurück in die Küche zum Kühlschrank ging. Er musste sich in den Griff bekommen, wenn er nicht die totale Witzfigur abgeben wollte.

Sie nippte an ihrem Sektglas. „Oh, das schmeckt ja fein. Was ist da drin?" Wieder diese leuchtenden Augen und das strahlende Lächeln. Und dieser dezente, aber doch verführerische Ausschnitt. Schau ihr in die Augen! Trau dich!

„Holunderblütenlikör." Er musste die Kurve zu Mehrwort-Sätzen kriegen. Aber wenigstens schaffte er es jetzt, sie mit einem festen Blick in die Augen anzusehen. „Den habe ich im vergangenen Jahr entdeckt. Stammt von einem sehr guten Winzer an der Mosel. Der Sekt übrigens auch." Na endlich. Das war zwar alles noch nicht sonderlich geistreich, aber wenigstens sprach er jetzt einigermaßen unfallfrei vor sich hin.

„Schön haben Sie es hier. Darf ich mir Ihren Garten mal ein wenig näher ansehen? Ich habe nämlich leider nur einen viel zu kleinen Balkon."

„Ich", hatte sie gesagt. Sie lebte also allein.

„Selbstverständlich. Sie verzeihen doch sicherlich, wenn ich Sie einem Moment allein lasse. Ich muss kurz in die Küche." Sie nickte und spazierte mit ihrem Glas in der Hand von der Terrasse in den Garten. Karl ging in die Küche und band sich die Schürze um, die Hub ihm geschenkt hatte. Dann briet er die Jakobsmuscheln kurz von beiden Seiten an. Er war sich sicher, dass er wie immer den optimalen Garpunkt traf. Dann holte er die großen weißen Teller mit den eingelegten Flusskrebsen aus dem Kühlschrank und legte je zwei Jakobsmuscheln dazu, die er großzügig mit der Limettenbutter übergoss. Er stellte die Teller zusammen mit einem Korb voll frisch geschnittenem Weißbrot auf den Tisch und sah dann Gabriella entgegen, die mit einem zauberhaften Ausdruck in den Augen auf die Terrasse zurückkehrte. „Der Garten ist ja wirklich wunderschön."

„Ja, ich habe es ganz gut getroffen." Er spürte, dass er zunehmend an Selbstsicherheit und Lockerheit gewonnen hatte, doch ihr nächster Satz verunsicherte ihn.

„In den Gast bitte auch."

„Wie bitte?"

Sie blickte gezielt auf seine Brust.

„Ach ja, natürlich." Karl Dernauer lachte befreit auf. Ihr trockener Humor war ihm ja schon im Krankenhaus aufgefallen. „Ist es Ihnen recht, wenn wir einen trockenen Grauburgunder in uns hineinschütten?"

„Ich erkläre Sie hiermit für diesen Abend zum Sommelier meines Vertrauens."

Für Karl Dernauer schwang in dieser Antwort auch die erfreuliche Botschaft mit, dass sie sich nicht nur auf einen Kurzbesuch eingerichtet hatte.

Kapitel 25

Erneute Erleichterung: Mit der Vorspeise hatte Karl Dernauer schon mal den Geschmack von G. getroffen. Sie war vor allem von den Muscheln sehr angetan und ebenso von dem schlichten frischen Sommerwein, der dazu getrunken wurde.

„Sie waren in Rom?" Karl Dernauer versuchte sich in einem interessierten Plauderton, der seinem Gegenüber alle Möglichkeiten offenließ, so viel von sich preiszugeben, wie sie wollte.

„Ja, bei meiner Tochter." Die Ärztin lächelte ihn wieder auf ihre unvergleichliche Art an und setzte das Weinglas an ihre Lippen. Sie machte keine Anstalten, Näheres aus ihrem Privatleben zu erzählen. Sollte er nachhaken? Und wenn ja wie?

Doch dann löste Gabriella sein gerade entstehendes Problem. „Laut Pass bin ich Italienerin. Ich bin in Mailand geboren, habe auch einen Italiener geheiratet, aber wir sind schon vor dreißig Jahren nach Deutschland gezogen, weil er hier eine Arztpraxis übernehmen konnte, in der ich dann direkt nach dem Studium mitgearbeitet habe."

Er hatte ein neues Problem. Sie war also verheiratet. Das war ein Schock. Aber wieso verhielt sie sich so ungezwungen? Was wollte sie von ihm? War er nur ein kleiner Flirt für sie? Einer unter vielen? Karl Dernauer brachte kein Wort über die Lippen. Hilflos griff er zu seinem Weinglas.

Sie aber strahlte ihn an und erzählte weiter. „Vor rund drei Jahren hat mein Mann – nein, inzwischen Ex-Mann – mich verlassen. Sie sind der erste Mann, mit dem ich seither allein bei einem Wein zusammensitze. Ich hoffe, Sie sind sich Ihrer ungeheuren Verantwortung bewusst." Das Lächeln changierte in seiner Ausstrahlung zwischen Bedeutungsschwere und Ironie. Karl war wieder verunsichert, aber auch sehr erleichtert.

Am besten, er begab sich zunächst mal auf eher unverfängliches Terrain. „Aber wieso sprechen Sie völlig akzentfreies Deutsch? Bei mir würde man bestimmt noch den rheinischen Singsang raushören, wenn ich vor dreißig Jahren nach Italien ausgewandert wäre."

„Ihr Singsang klingt sehr angenehm." Sie sagte das mit einem tiefen Blick in seine Augen. Karl Dernauer spürte, wie er rot wurde. Mein Gott, war das peinlich. Doch wieder rettete sie die Situation für ihn.

Gabriella legte ihr Besteck beiseite und sprach weiter. „Ich bin bei meinen Großeltern in Südtirol aufgewachsen, weil meine Eltern ihre Karriere beide über ihre Ehe gestellt haben. Wenn ich also einen Akzent überspielen müsste, dann eher den Südtiroler. Was mir im Italienischen übrigens weniger gelingt als im Deutschen. Am Wochenende bin ich von Freunden meiner Tochter wieder einmal darauf angesprochen worden, woher ich denn so gut Italienisch spreche, weil sie mich für eine Deutsche hielten. Ist das nicht witzig?"

Wie diese Augen leuchten konnten! Karl fühlte sich durch ihre unkomplizierte Art zunehmend befreit.

„Darf ich eine ganz persönliche Meinung äußern? Sie dürfen mir gerne sagen, wenn Sie die Frage zu intim finden."

„Nur zu. Ich bin nicht so leicht aus der Bahn zu werfen."

„Wie dumm muss ein Mann sein, um Sie zu verlassen? Jetzt sagen Sie nur noch, wegen einer Jüngeren?" Als er die Frage gerade gestellt hatte, hätte er sich am liebsten auf die Zunge gebissen. Das konnte ein randvolles Fettnäpfchen sein, in dem er da ohne Not gelandet war.

„Darf ich noch einen kleinen Schluck Wein haben?" Noch eine Peinlichkeit. Er hatte übersehen, dass ihr Glas leer war.

Während Karl Dernauer beide Gläser wieder mit Grauburgunder füllte, vertrieb sein Gast mit einem herzhaften Lachen alle wirren Gedanken daran, dass er im Begriff war, gleich am ersten Abend alles zu vermasseln. „Sie haben mit Ihrer Vermutung nur zu fünfzig Prozent getroffen“, antwortete sie mit einem mysteriösen Zug um den Mund, den Karl Dernauer zunächst nicht zu deuten wusste. Als sie seine Irritation bemerkte, fuhr sie fort. „Wegen eines Jüngeren, nicht wegen einer.“

Er nahm noch einen Schluck Wein. „Ähh, im Ernst? Und wie war das für Sie? Ich meine vom Gefühl her?“

Wieder lachte Gabriella laut: „Jedenfalls viel leichter, als wenn er es wegen einer Frau getan hätte. Es kommt gar nicht so selten vor, dass Männer erst nach vielen Ehejahren spüren, dass sie sich eigentlich mehr zu anderen Männern hingezogen fühlen. Nach dem ersten Schock war mir klar, dass ich gegen einen anderen Mann keine Chance habe, wenn mein Mann schwul ist.“

Ihre Offenheit war erfrischend. Und sie selbst ungeheuer anziehend – das Gefühl wurde in Karl Dernauer immer dominanter. Er musste aufpassen, dass er nicht schon am ersten Abend zu sehr in ihr Privatleben eindrang. Ein Themenwechsel konnte an dieser Stelle kaum schaden.

„Und jetzt arbeiten Sie im Krankenhaus als Oberärztin und operieren alte Männer wie mich.

Wieder lachte sie. „Ich habe Sie mit meiner flapsigen Bemerkung ja offenbar ganz schön getroffen. Dabei hatte ich doch sofort auf Männer im besten Alter korrigiert – was ich gerne an dieser Stelle noch einmal betone.“ Dazu wieder ein tiefer Blick in seine Augen. Keine Frage. Sie flirtete mit ihm. Und wie!

Dann aber steuerte Gabriella das Gespräch in unverfängliche Gefilde. „Der Imbiss war ausgezeichnet. Ich hätte noch mehr davon essen können. Einfach nur lecker.“ Sie gab sich bewusst naiv, denn sie hatte natürlich sofort, als sie das Haus betreten hatte, am Bratenduft erkannt, dass es noch mindestens ein weiteres Gericht geben müsste. Das Stichwort passte.

„Aber nein! Eine Kleinigkeit habe ich schon noch für Sie vorbereitet“, nahm Karl Dernauer diesen Ball dankbar auf.

„Wenn Sie mich noch einmal für ein paar Minuten entschuldigen würden, ich muss noch einmal in die Küche."

Sie erhob sich ebenfalls. „Wo finde ich …"

Karl Dernauer fiel ihr ins Wort. „Begleiten Sie mich ins Haus, ich zeige Ihnen alles." Die Türen der Zimmer im Erdgeschoss standen zum Flur hin offen. „Die Toilette ist dort hinten links. Hier ist das Wohnzimmer, dort das Arbeitszimmer. Sie können sich gerne ein wenig umsehen, während ich in der Küche noch vor mich hin werkele."

Als er den Ziegenbraten mit dem Gratin auf den Tellern angerichtet hatte, ging er ins Arbeitszimmer, in dem Gabriella mit einem gerahmten Foto in der Hand im Erker stand. Sie hatte es vom Schreibtisch genommen und hielt es ihm jetzt entgegen. „Ich durfte doch …"

„Aber natürlich. Meine Tochter und mein Schwiegersohn, zusammen mit den beiden Zwergen. Das Bild ist noch relativ aktuell, das hat Clarissa mir zu Ostern geschenkt."

„Die Kleinen sind ja zuckersüß." Gabriella stellte das Foto zurück auf den Schreibtisch, neben das von Monica. Sie fragte nicht, doch Karl Dernauer hielt den Moment für richtig: „Meine Frau Monica. Sie ist vor zehn Jahren bei einem Autounfall ums Leben gekommen."

Gabriella reagierte auf eine Art, die Karls Emotionen fast überkochen ließ. Sie blickte ihn voller Empathie an: „Sie ist wunderschön. Sie haben sie sicher sehr geliebt."

Karl Dernauer versuchte, den Kloß in seinem Hals durch Schluckbewegungen zu lösen. „Ja", sagte er schließlich. Und dann schaute auch er ihr tief in die Augen.

„Sie sind auch wunderschön."

Sie standen sich einige Sekunden stumm gegenüber. Dann schüttelte Gabriella sich kurz. „Ich habe immer noch einen Riesenhunger. Was gibt es denn Leckeres?" Mit ihrem strahlendsten Lächeln schwebte sie an Karl Dernauer vorbei auf die Terrasse.

Kapitel 26

„Sagenhaft. So zartes Fleisch habe ich, glaube ich, noch nie gegessen." Karl Dernauer hatte mit dem Ziegenbraten ins Schwarze getroffen. „Es ist weder Rind noch Kalb, Lamm ist das aber auch nicht."

„Nein", lächelte Karl sie an. „Ziege. Ein glückliches Tier, das auf saftigen grünen Eifelwiesen gelebt hat. Bei einem Verwandten von mir."

Gabriella zeigte sich von der Bewirtung noch begeisterter, als Karl zu hoffen gewagt hatte. „Und der Wein, der ist ein wahrer Genuss dazu. Wo kommt der her? Ein französischer?"

„Nein, ein Rioja, den ich vor ein paar Monaten eher zufällig entdeckt habe. Er mausert sich zurzeit zu einer Art Hauswein."

„Was machen Sie eigentlich beruflich?"

„Ich schreibe."

„Lassen Sie mich raten: Kochbücher." Dieses Kompliment schmeichelte Karl Dernauer sehr.

„Nein, nein." Er lachte aus dem Bauch heraus. „Dafür reicht es wirklich nicht. Das ist nur ein Hobby, aber in der Tat eines, das ich sehr pflege und das mir auch viel Spaß macht. Ich war viele Jahre Zeitungsredakteur. Bis ich dann einfach keine Lust mehr hatte, jeden Tag aufs Neue über immer wieder neue vermeintlich wichtige Sachen zu schreiben, die morgen schon wieder keinen mehr interessieren. Zurzeit dilettiere ich ein wenig als Romanautor vor mich hin."

„Wirklich? Das ist ja toll. Was schreiben Sie denn? Lassen Sie mich noch einmal raten: Liebesgeschichten eher nicht. Etwas Historisches, aber bestimmt auch spannend. So in Richtung 'Name der Rose' tippe ich."

„Reichlich große Schuhe." Karl Dernauer wiegelte ab. „Nein, ich habe mich an einem ganz klassischen Krimi versucht. Der erste ist gerade fertig geworden. Jetzt bin ich mitten im zweiten."

Er begann einen Moment zu grübeln, als er das sagte. Von mittendrin konnte man ja wohl kaum reden. Sein zweiter Roman war noch in der Entwicklungsphase, gerade erst war ein Mord verübt worden. Und seit einer Woche hatte er keine einzige Zeile mehr geschrieben. Er war ein wenig irritiert. Nun gut, der Blinddarm war dazwischengekommen. Aber es war doch verwunderlich, dass ihn nach den rauschhaften Schreibphasen derzeit so gar nichts zu seinem neuen Manuskript hinzog. Die Prioritäten hatten sich verschoben. Lag das nur an der Frau, die ihm heute Abend gegenübersaß?

Als er den Hauptgang abgeräumt hatte, verspürte er unbändiges Verlangen nach einer Zigarette. Wie würde die Ärztin reagieren, wenn sie von seinem Laster erfuhr, das ja in weiten Kreisen inzwischen mehr als verpönt war? Dennoch traute er sich zu fragen, da die Atmosphäre zwischen ihnen sehr entspannt war – ganz so, als seien sie seit Jahren eng befreundet.

„Würde es Sie sehr stören, wenn ich eine Zigarette rauche, bevor wir uns mit dem kleinen Menü auf die Zielgerade bewegen?"

„Nicht, wenn Sie mir auch eine anbieten."

Zum wiederholten Male erhielt er an diesem Abend eine Antwort, mit der er nicht im Geringsten gerechnet hatte.

Seinen überraschten Blick verstand Gabriella sofort. „Ich bin reine Genuss-Raucherin. Nur nach einem guten Essen, zu einem guten Glas Wein. Wochenlang rauche ich gar nicht, dann aber auch schon mal an einem Abend drei oder vier. Das hat schon immer bei mir ganz gut geklappt."

„Bewundernswert, wenn man das kann!" Karl entflammte ihr die Zigarette und zündete danach auch seine an. „Ich ärgere mich häufig über mich selbst, wenn ich wieder mal am Aschenbecher feststelle, dass ich jede Menge Zigaretten geraucht habe, ohne es überhaupt zu bemerken."

„Das ist aber ungesund", antwortete die Ärztin mit gespielt strengem Unterton. „Ich denke, Sie brauchen jemanden, der ein wenig auf sie aufpasst."

Die scheinbar beiläufige Bemerkung verfehlte ihre Wirkung auf Karl Dernauer nicht. Er verspürte ein ihm völlig unbekannt gewordenes Glücksgefühl. Diese Frau wollte mehr von ihm. Viel mehr. So wie er von ihr.

Und doch ging ihm das alles zu schnell. Ja, er begehrte diese Frau. Er wollte sich auch auf sie einlassen, mit Haut und Haaren. Aber wenn er sich auf eine neue Liebe einließ, dann würde er sie an Monica messen. Es wäre einfach unfair, wenn er sich jetzt von einer reinen Verliebtheit leiten ließ, ohne ihr die Chance zu geben, ihm auch die eine oder andere kleine Schwäche zu zeigen. Sie musste Macken haben. Jeder Mensch hatte sie in diesem Alter. Das wusste er von sich selbst am besten. Er war auch alles andere als einfach.

Ihm fiel auf, dass sie fast zehn Minuten schweigend beieinander gesessen hatten. Das erzeugte ein neues Glücksgefühl in ihm. Miteinander gut schweigen zu können, das war oft noch wichtiger, als gut miteinander reden zu können. Er blickte ihr in die Augen – und sie erwiderte dies mit einem Blick, aus dem er nichts als Zärtlichkeit las. Nein, noch etwas: Vertrauen. Tiefes und vorbehaltloses Vertrauen.

Er erhob sich und deutete an, in Richtung Küche zu gehen. „Eine Kleinigkeit sollten wir noch zu uns nehmen. Eine Kleinigkeit, die uns verbindet."

Sie sagte nichts, doch ihre Augen vermittelten belustigtes Unverständnis. Er kehrte zurück mit zwei kleinen weißen Tellern, auf denen sich jeweils ein Stückchen Käse mit einem Klecks Feigensenf befand. „Der ist aus Ziegenmilch", sagte er, als er ihren Teller auf den Tisch stellte.

Kapitel 27

Es war zwar immer noch mild, aber Karl Dernauer registrierte, dass Gabriella leicht fröstelte. Er stand auf und ging wortlos ins Haus. Kurz darauf kehrte er mit seiner uralten Strickjacke zurück, die einmal fast weiß gewesen war. Heute ließ sich die Farbe nicht mehr genau definieren – eierschalenfarben hätte es wohl am ehesten getroffen. Immer noch schweigend legte er ihr die Jacke um die Schultern.

Der weitere Abend verlief in einer Harmonie, die Karl an sein Romanhelden-Ehepaar erinnerte. Hatte er sein Liebesglück, das sich gerade anbahnte, herbeigeschrieben? Ein eigentümlicher, wenngleich auch faszinierender Gedanke.

Kurz vor Mitternacht signalisierte Gabriella, dass sie den Heimweg antreten wollte: „Es war ein wunderschöner Abend. Aber ich denke, ich sollte mich jetzt aufmachen. Ich werde versuchen, mich möglichst bald mit einem Imbiss bei mir zu revanchieren. Wenngleich ich einräumen muss, dass meine Wohnung mit diesem einzigartigen Ambiente hier bei Ihnen nicht mithalten kann."

Karl sprang auf und hielt ihr den angewinkelten Arm entgegen, ganz so, als wollte er sie auf eine Tanzfläche führen. „Selbstverständlich bringe ich Sie nach Hause."

„Die paar Meter schaffe ich wirklich allein. Ich wohne doch nur ein paar Straßen weiter."

„Papperlapapp", antwortete er.

„Ich werde Ihnen nicht widersprechen, Lady Lorradaile."

Das war einfach unfassbar: Sie teilte nicht nur seine Vorliebe für Asterix-Hefte, sondern sie kannte offenbar auch wie er *Der kleine Lord* aus dem Effeff. Er fühlte sich mit ihr in fast jeder neuen Situation im richtigen Film.

„Meine Frau hat mich früher immer damit aufgezogen, wie mir Jahr für Jahr der Film ans Herz ging. Anderen Leuten hat sie dann oft erzählt: ‘Mein Mann fängt beim *Kleinen Lord* schon bei der Titelmelodie an zu weinen.‘"

„Besser früh als nie, wie Mr. Hobbs auch gesagt haben könnte", antwortete sie lachend, als sie sich bei ihm einhakte.

Als sie die Haustür schon geöffnet hatten, um auf die Straße zu gehen, stoppte Karl plötzlich. „Moment noch, fast hätte ich ja vergessen, dass ich noch etwas für Sie habe." Er drehte sich auf dem Absatz um und kehrte Sekunden später aus dem Arbeitszimmer zurück. Dann streckte er ihr ein Blatt entgegen.

Auf weißem Büttenpapier hatte er mit seinem Füllfederhalter, den er von seinem Vater geerbt hatte und den er nur ganz selten benutzte, in seiner feinsten Schrift fast schon gemalt.

Menü für G. Die Überschrift war mit einer geschwungenen Linie unterlegt. Darunter hatte er die einzelnen Gänge aufgeführt und unten rechts das Datum platziert.

„Als kleine Erinnerung an einen hoffentlich auch für Sie unvergesslichen Abend."

Sie sagte nichts, sondern drückte ihm einen flüchtigen Kuss auf die Wange. Er registrierte, dass ihre Augen nicht ganz trocken geblieben waren.

Sie schlenderten Arm in Arm durch die laue Sommernacht, ohne auch nur ein Wort zu reden. Vor einem viergeschossigen Altbau stoppte sie. „Wir sind da." Er gab ihren Arm frei und schaute auf die hohe, schmale Einfahrt hinter dem schmiedeeisernen Eingangstor, das sie gerade aufschloss. Wie bei vielen der repräsentativen Bürgerhäuser aus der Zeit um 1900 war ein Sinnspruch über der Einfahrt ins Gemäuer eingemeißelt. Er las laut: *„Gott schütze uns vor Sturm und Wind – und vor Gesellen, die langweilig sind.*"

„Ein Lebensmotto, das ich gerne unterschreibe", meinte er. „Heute Abend habe ich offenbar unter besonderem Schutz des Herrn gestanden, nicht nur was das Wetter angeht."

„Ich allerdings auch. Sehen wir uns am Samstag, neunzehn Uhr bei mir? Ich stehe vor einer großen Herausforderung, was den Imbiss angeht. Aber ich habe vor, mich dieser Aufgabe zu stellen."

Er nickte, doch noch ehe er etwas sagen konnte, hatte sie ihm einen Kuss auf die andere Wange gegeben und war durch das Tor geschlüpft. Sie hatte den Arm gehoben und winkte, ohne sich zu ihm umzudrehen. Dann war sie im Dunkel der Einfahrt verschwunden.

Karl Dernauer verharrte noch einige Sekunden vor dem Haus, ehe er den Heimweg antrat. Nicht einmal fünf Minuten später schloss er seine eigene Haustür auf. Er ging in sein Arbeitszimmer und nahm Monicas Bild vom Schreibtisch. Mit einem letzten Glas Rotwein und einer Zigarette setzte er sich noch einmal auf die Terrasse.

Er blickte Monica an. „Was meinst du? Werde ich mit ihr glücklich werden? So wie mit dir?“

Völlig unvermittelt überkam ihn ein Tränenausbruch. Es waren traurige Tränen in Gedanken an Monica. Aber auch glückliche. Sehr glückliche sogar.

Kapitel 28

Karl Dernauer legte am nächsten Morgen beim Frühstück die Zeitung nach wenigen Minuten beiseite. Die Tagesaktualität drang nicht zu ihm vor, sie hatte heute keine Bedeutung. Er versuchte sich erneut an einer Bestandsaufnahme, wie schon drei Tage zuvor im Biergarten. Diesmal ließ er allerdings seinen Gedanken freien Lauf. Sein Grundbefinden war eindeutig, er benötigte keinerlei Notizen, um sich über seine Situation klar zu werden: Er war glücklich. Ganz ohne jede Einschränkung.

G. hatte von seiner Gefühlswelt Besitz ergriffen. Im Moment war da kaum Platz für irgendetwas anderes. Ihm schossen Situationen des Vorabends hier auf dieser Terrasse in vermeintlich willkürlicher Reihenfolge durch den Kopf. Die leuchtenden Augen und das unvergleichliche Lächeln waren omnipräsent. Er schloss die Augen, um sich noch intensiver in die Vorabendstimmung zu vertiefen.

Doch dann wurde er schlagartig rational. Es war bestimmt kein Zufall, dass ihm dieses neue Glück jetzt widerfuhr. Keine Frau der Welt hätte ihn in den vergangenen Jahren attraktiv finden können. Er war seit Monicas Tod immer stärker in eine emotionale Isolation hineingeglitten, hatte nur Klärchen, die Zwerge und Hub näher an sich herangelassen. Das war für seine Umwelt sicherlich nicht leicht, auch wenn er selten wirklich mürrisch war. Eher teilnahmslos und desinteressiert. Ihm selbst hatte das aber am wenigsten gut getan. Wenn er ehrlich war: Er hatte sich selbst nicht mehr leiden mögen. Wie sollte es dann einem fremden Menschen gelingen, ihn zu mögen? Er hatte niemandem eine Chance gegeben, erst recht keiner Frau.

Die Wende hatte er erst geschafft, als er sich in seinen Roman verbissen hatte. Er hatte sich selbst damit quasi wiederbelebt. Es war höchste Zeit, dass er sich wieder mit seinem zweiten Krimi beschäftigte.

Mit einer neuen Tasse Milchkaffee setzte er sich an seinen Schreibtisch und schaltete den Computer ein. Er rief die Roman-Datei auf und scrollte die Seiten auf dem Bildschirm mehrfach rauf und runter, las immer wieder in einzelne Kapitel rein. Aber er fand keinen Einstieg. Sein eigener Roman war ihm fremd. Wie konnte er das ändern? Er musste sich einlesen. In das was er selbst geschrieben hatte. Komischer Gedanke – aber wahrscheinlich die einzige Lösung.

Karl schickte sein Manuskript auf den Drucker. Den Papierstapel legte er auf das Tischchen neben der Badewanne, dann ließ er Wasser ein und suchte auf dem Regal nach einem passenden Badezusatz. Die unterschiedlichen Aromen mochte er sehr, wenngleich die Namen der Essenzen natürlich viel mehr versprachen, als sie hielten: *Glückliche Auszeit*, *Rausch der Sinne* oder *Zeit für Träume* stand auf den bunten Flaschen. Den Damen und Herren in der Werbeagentur schien der Gaul wohl völlig durchgegangen zu sein, als sie eine der Sorten *Freudentaumel* getauft hatten. Wie sollte der wohl in einer vollen Badewanne aussehen? Karl wollte an diese Vorstellung keine weitere Zeit verschwenden. Er entschied sich mit einem selbstironischen Lächeln für *Jungbrunnen.* Als er einen gehörigen Schuss ins Wasser gab, sagte er laut zu sich selbst: „Man muss was tun, wenn man sich im Alter noch einmal frisch verliebt.“

Bei der Lektüre fielen ihm zahlreiche Tippfehler auf, kein Wunder bei dem Tempo, in dem er die Seiten produziert hatte. Aber inhaltlich erschien ihm alles schlüssig. Der Boden war bereitet für den zweiten Fall der Bernsteins.

Karl Dernauer hoffte inständig, sich zügig wieder in seine Romanwelt hineindenken zu können. Das war er Eva und Arthur schuldig, die einen nicht unbescheidenen Anteil an seinem neuen Glück hatten. Da war er sich inzwischen sicher.

Hub würde sich am Abend mit Resteessen begnügen müssen. Aber so schlecht waren die ja nicht, wie ihm von Gabriella attestiert worden war. Also ab an den Schreibtisch.

Kapitel 29

Der Nebel hatte sich fast vollständig verzogen und es war schon hell, als Jakob Schindler rund eine halbe Stunde nach dem Anruf seines Freundes in Gärtners Garten eintraf. Er fand Eva und Arthur Bernstein in eine Decke gehüllt vor, auf einer kleinen Bank, die rund dreißig Meter vom Haus entfernt stand. Von diesem Platz aus hatte man keinen direkten Blick auf die beiden Toten.

Arthur Bernstein hatte rund eine Viertelstunde nach dem Telefonat den Taxifahrer mit einem weiteren Fünfziger als Entlohnung für die Wartezeit weggeschickt. Erst als das Dunkel der Nacht sich verabschiedet hatte, war er mutig genug, allein mit Eva auf das Eintreffen des Staatsanwalts zu warten. Als Jakob Schindler endlich da war, fühlte er sich sehr erleichtert, obwohl er sich sicher war, dass der oder die Täter sich nicht mehr in der Kleingartenanlage aufhielten.

„Jeden Augenblick muss auch die Streife hier sein. Und der Diensthabende von der Kripo. Ich habe sie natürlich sofort nach deinem Anruf informiert. Das kann doch alles gar nicht wahr sein, was du da am Telefon erzählt hast.“

Arthur und Eva Bernstein zitterten immer noch unter ihrer Decke. Ehe einer von ihnen antworten konnte, wurde ihre Aufmerksamkeit in Richtung Eingangstor gelenkt. Zwei Wagen waren zeitgleich eingetroffen. Ein Mittdreißiger in Zivil und zwei Uniformierte unterhielten sich leise, als sie vorsichtig und mit gezogenen Waffen das Grundstück betraten.

„Die Waffen können Sie wieder einstecken“, rief Arthur Bernstein ihnen zu. „Die Mörder sind weg.“ Beim zweiten Satz erhob er sich und schlug die Decke eng um seine Frau, die auf der Bank sitzen blieb.

Die Polizisten kamen sofort zu der kleinen Bank. Sie erkannten den Staatsanwalt und nickten Jakob Schindler kurz zu. „Wieso gehen Sie davon aus, dass es mehrere Täter waren?“, fragte der Mann in Zivil, der sich erst danach vorstellte. „Herrmann, mein Name, Kommissar Herrmann. Und wer sind Sie, wenn ich fragen darf? Und was genau ist hier überhaupt passiert? Es gab Tote, habe ich mir von den Kollegen sagen lassen. Und es soll Mord gewesen sein …“

„Ein bisschen viele Fragen auf einmal“, sagte Jakob Schindler in missbilligendem Ton. „Arthur, siehst du dich in der Lage, mit uns zu kommen und uns zu erzählen, was du weißt?“

„Wird schon gehen“, antwortete Arthur Bernstein mit brüchiger Stimme. Dann blickte er zu seiner Frau.

Jakob wusste, was sein Freund sagen wollte. „Bleiben Sie bitte hier bei Frau Bernstein?“ Es war keine wirkliche Frage, sondern eher eine Anordnung, die er einem der beiden Uniformierten gegenüber aussprach. Danach sah er Arthur an, der die Aufforderung verstand: Er setzte sich in Bewegung, in Richtung Haus – dahin, wo die Leichen von Paula und Anton Gärtner lagen.

Eva Bernstein blieb auf der Bank zurück. Immer noch in einem fast tranceähnlichen Zustand sprach sie den Polizisten an, der bei ihr geblieben war. „Wir brauchen einen Tierarzt. Für Pünktchen. Ich glaube, es ist ziemlich dringend.“ Der Polizeibeamte zückte sein Telefon und rief im Revier an.

Als sie die beiden Toten sahen, herrschte der Kommissar Arthur Bernstein an. „Bleiben Sie zurück. Wir dürfen nicht noch mehr Spuren zerstören, als sie es wahrscheinlich schon getan haben, als Sie die beiden gefunden haben.“

Jakob Schindler versuchte gar nicht erst, seine Empörung zu verbergen. „Jetzt reißen Sie sich mal zusammen, junger Mann, Ihr Ton ist unerhört.“

Der Kommissar biss sich erkennbar auf die Lippen, sagte dann aber nichts. Stattdessen zog er Einmalhandschuhe und Überschuhe an und näherte sich dann gemeinsam mit dem Beamten in Uniform zunächst der Leiche von Anton Gärtner.

Arthur Bernstein und Jakob Schindler blieben in einigen Metern Entfernung zu dem Toten. „Jetzt versuch mir bitte mal zu erklären, was heute Nacht hier passiert ist."

„Wir haben schon geschlafen, als das Telefon klingelte. Eva hat das schneller mitgekriegt als ich. Sie ist drangegangen und hörte dann Paulas Stimme, die aber keine klaren Sätze mehr rausgebracht hat. Eva sagt, sie habe nur gestöhnt. Aber sie wusste sofort, dass etwas ganz Schlimmes passiert sein muss."

Jakob Schindler wartete einen Augenblick, dann fragte er weiter. „Und dann seid ihr mit dem Taxi hierhin gefahren, stimmt's? Und ihr habt Paula und Anton gefunden. Waren beide schon tot? Oder konnte Paula noch etwas sagen?"

„Ja, so war das. Nein, Paula war auch schon tot."

„Wieso hast du vorhin gesagt, dass 'die Täter' weg sind? Hast du jemanden gesehen?"

„Nein. Ich habe nicht darüber nachgedacht, irgendwie bin ich einfach davon ausgegangen, dass es mehrere gewesen sein müssen. Vielleicht, weil ich gedacht habe, dass einer allein sich nicht gegen Anton und Pünktchen getraut hätte. Was weiß denn ich?" Arthur Bernstein schüttelte sich. Ihm war kalt. Trotz des dicken Sweatshirts und der Jacke, die er vor der Fahrt zu dem Schrebergarten angezogen hatte.

Nur langsam gewann der erfahrene Strafrichter seine Ausgeglichenheit zurück. Er war in seiner Karriere häufiger mit brutalen Morden konfrontiert worden, allerdings noch nie in so unmittelbarer Form.

„Es war dunkel und sehr neblig, als wir hier angekommen sind. Wir hatten beide unglaubliche Angst. Ich habe den Taxifahrer erst weggeschickt, als ich mir sicher war, dass der oder die Mörder – wie ich es ja wohl korrekt formulieren muss – ja, also dass der oder die weg ist oder sind. Und als es schon fast hell geworden war."

Jakob spürte, dass er seinem Freund ein wenig Ruhe gönnen musste. Er ging in Richtung Haus und rief dabei über die Schulter zurück: „Arthur, warte bitte kurz auf mich, ich bin gleich wieder bei dir."

Der Staatsanwalt schaute sich selbst am Tatort kurz um und wechselte leise einige Worte mit den beiden Polizeibeamten. Dann kehrte er zurück.

„Gleich wird hier viel Polizei auflaufen, Spurensicherung, Arzt und so weiter. Dann lasse ich euch von einer Streife zu uns nach Hause bringen, Marianne wird sich um euch kümmern. Ihr braucht jetzt erst einmal was Warmes zu trinken und vielleicht auch ein heißes Bad. In ein paar Stunden ist der erste Schock überwunden, dann reden wir weiter."

Arthur Bernstein nickte. „Ja, so wird es wohl am besten sein." Er wollte sich gerade umdrehen und wieder zu Eva auf ihrer Bank zurückkehren, als Jakob Schindler ihn noch einmal ansprach.

„Hast du eigentlich eine Idee, wieso Paula ausgerechnet euch angerufen hat, wo ihr euch doch erst heute Abend kennengelernt habt?"

Einen kurzen Moment lang grübelte Arthur vor sich hin, bevor er antwortete: „Dazu fällt mir im Moment nichts ein. Ich habe keine Ahnung."

Es dauerte nicht lange, bis die polizeiliche Verstärkung eingetroffen war. Eva und Arthur Bernstein waren froh, als die Streife sie vor dem Schindler-Haus absetzte. Ehe sie klingeln konnten, hatte Marianne schon die Tür geöffnet. Aus der Küche strömte das Aroma von frisch gekochtem Kaffee.

Kapitel 30

Karl Dernauer war erleichtert. Der Wiedereinstieg in seinen Roman war ihm nach der wurmfortsatzbedingten Zwangspause leichter gefallen, als er gedacht hatte. Er hatte noch ausreichend Zeit, um das Abendessen so vorzubereiten, dass Hub den Eindruck gewinnen musste, er hätte das Menü eigens für ihn zusammengestellt.

Daran war ihm aus zwei Gründen gelegen. Zum einen hatte Hub es verdient, dass er das Gefühl bekäme, die Leckereien seien originär für ihn zubereitet worden. Zum anderen wollte er auf keinen Fall jetzt schon mit irgendjemandem über seine neue Liebe reden – weder mit Klärchen noch mit Hub. Sein langjähriger Freund aber kannte ihn gut genug, dass er stutzig werden würde, wenn ihm auffiel, dass Karl Dernauer ihm Reste auftischte: Für sich allein pflegte er nämlich nicht so aufwendig zu kochen. Und dann käme er schnell in Erklärungsnotstand, denn belügen wollte er Hub auf keinen Fall.

Der Abend lief dann auch völlig ohne Komplikationen ab. Hub war wie immer begeistert von dem, was sein Freund vor ihn auf den Tisch stellte – und das mehr oder weniger einzige Thema des Abends war Karl Dernauers Erstlingsroman, den Hub natürlich inzwischen zu Ende gelesen hatte. Er hatte zwar ein paar Anmerkungen zu den beschriebenen polizeilichen Ermittlungen, aber er gewährte dem Autor die nötige dichterische Freiheit, die in der Formulierung mündete: „Das ist ja schließlich keine Dokumentation, sondern ein Roman."

Hub war stolz auf sich. Er hatte seinen besten Freund wieder zum Schreiben gebracht, was diesem offenkundig sehr guttat. Denn die exzellente Stimmung, in der sich Karl den ganzen Abend über präsentierte, führte Hub allein auf die neue Schreib-Leidenschaft zurück.

Karl Dernauer ließ ihn in dem Glauben. Und nahm sich vor, am nächsten Morgen wieder früh am Schreibtisch zu sitzen.

Kapitel 31

Eva Bernstein ließ sich im Flur von Marianne Schindler fest in den Arm nehmen, als diese die Haustür hinter ihnen geschlossen hatte. Länger als eine Minute verharrten beide Frauen in dieser Position, danach drückte Marianne Schindler auch Arthur Bernstein fest an sich, wenn auch nur für ein paar Sekunden.

Erst als sie an dem Tisch in der gemütlichen kleinen Küche Platz genommen hatten, sprach Marianne Schindler das Ehepaar an. „Jakob hat mir am Telefon nur kurz erzählt, was passiert ist. Das ist ja schrecklich! Auch für euch beide. Wer kann denn Paula und Anton …“ Ihre Stimme versagte und sie begann zu weinen.

Auf Eva wirkten die Tränen der Frau, die sie vor nicht einmal vierundzwanzig Stunden kennengelernt hatte, wie eine Befreiung. Endlich brach es nach der langen Schockstarre aus ihr heraus, jetzt heulte auch sie, immer wieder tief schluchzend. Auch Arthur weinte, aber nicht so heftig wie die beiden Frauen. Ganz allmählich wurden alle drei ruhiger. Marianne Schindler füllte drei große Becher mit Kaffee und stellte dazu Milch und Zucker auf den Tisch.

„Du zitterst ja immer noch“, sagte Marianne zu Eva. „Ich lasse dir jetzt erst einmal ein heißes Bad ein.“ Ohne eine Antwort abzuwarten, verließ sie das Zimmer und kehrte kurz darauf zurück. „So, und Hunger habt ihr doch sicher auch. Ich hole gleich frische Brötchen, aber ihr könnt natürlich auch jetzt schon ein Brot …“

„Ganz lieb von dir, aber nein – ich habe zwar Hunger, aber ich kann noch nichts essen. Erst mal den Kaffee, dann das heiße Bad, und danach hilft bestimmt auch ein Frühstück weiter.“ Arthur Bernstein nickte zu den Worten seiner Frau, auch ihm war noch nicht nach fester Nahrung.

Marianne Schindler goss einen kräftigen Schuss Milch in ihren Kaffee und sprach dann leise weiter. „Paula und Anton. Zwei so liebenswerte Menschen. Wer bringt die denn um? Habt ihr irgendetwas mitbekommen, wer das getan haben könnte?“

Arthur Bernstein hatte sich nach dem schrecklichen Erlebnis vor inzwischen gut zwei Stunden einigermaßen gesammelt. „Ich hatte zunächst nur den grausamen Anblick im Kopf und konnte lange gar keinen klaren Gedanken fassen. Aber allmählich ist ein bisschen Platz fürs Nachdenken da. Eva, die Tür zum Haus stand doch offen oder? Erinnerst du dich noch?“

„Bei mir ist noch kein Platz für etwas anderes als die schlimmen Bilder.“ Sie erhob sich. „Ich glaube, ich nehme jetzt erst mal das Bad.“ Marianne sprang auf und geleitete sie zum Badezimmer. Kurz darauf kam sie alleine zurück.

„Das wird Eva bestimmt guttun.“ Sie setzte sich wieder zu Arthur an den Tisch und hob die Kaffeetasse an den Mund. „Was meinst du damit, dass die Tür zum Haus offen stand? Hat das etwas zu bedeuten?“

„Das weiß ich nicht.“ Arthur Bernstein dachte angestrengt nach. „Jakob wird ja bestimmt auch bald wieder hier sein. Er kann uns dann sicher schon mehr sagen. Aber mir geht die Szene nicht aus dem Kopf, als Anton in der Nacht ziemlich laut erklärt hat, dass er seine millionenschwere Münzsammlung nach dem Wochenende wieder in den Banksafe bringen will.“

Er legte eine kurze Pause ein. Marianne Schindler sah ihn verständnislos an.

„Das hat er doch sehr laut gesagt. Jakob und du, ihr habt da ja am weitesten von uns weg gesessen. Habt ihr das mitbekommen? Wenn ihr das gehört habt, dann alle anderen, die im Garten waren, auch.“

Marianne Schindler stellte mit unverkennbarem Entsetzen ihre Tasse auf den Tisch. „Ja, natürlich haben wir das gehört. Aber das hieße ja … Meinst du im Ernst, dass einer aus unserer Runde Paula und Anton … Das wäre ja entsetzlich. Wegen der Münzsammlung? Nein, das kann ich einfach nicht glauben!“

Arthur Bernstein leerte seine Tasse. „Hast du noch einen Schluck für mich?“

Marianne füllte die Tassen nach. Arthur merkte, dass sein Verstand inzwischen wieder die Oberhand gewann. „Es ist noch viel zu früh, um in irgendeine Richtung zu spekulieren. Aber wenn die Münzen weg sind, dann wissen wir zumindest schon mal, dass wir es mit Raubmord zu tun haben.“ Er hielt kurz inne, dann sprach er in bedachtsamem Ton weiter. „Und wenn es

Raubmord war, dann kann es einer von denen gewesen sein, die gestern Abend im Garten waren. Aber das ist nicht zwingend, denn es war ja nicht erst seit gestern so, dass Anton seinen Schatz ständig mit sich herumgeschleppt hat.“

Marianne Schindler dachte über diese Argumentation angestrengt nach, was man ihr wegen der tiefen senkrechten Falte auf ihrer Stirn ansehen konnte. Dann stand sie auf. „Ich kann zwar immer noch nicht glauben, dass es einer von uns war. Aber es ist natürlich schon auffällig, dass es ausgerechnet in dieser Nacht passiert ist. Wenn jemand es auf die Münzsammlung abgesehen hatte, dann wurde er durch Antons Ankündigung, sie zurück in den Banksafe zu bringen, zu schnellem Handeln gezwungen. Wie dem auch sei: Ich gehe jetzt Brötchen kaufen.“

Kapitel 32

Karl Dernauer legte am frühen Nachmittag eine Pause ein. Eine mehr als verdiente, wie er fand. Im neuen Fall von Eva und Arthur Bernstein fühlte er sich wieder ganz zu Hause, die Zeilen schienen wie von selbst auf den Bildschirm zu fließen.

Er hatte am Morgen sehr ausgiebig gefrühstückt, sodass er noch keinerlei Hungergefühl verspürte. Dieser Jahrhundertsommer wollte genossen werden, dachte er sich. Ein ausgiebiges Nachmittagsnickerchen auf seiner Liege im Garten war jetzt ganz nach seinem Geschmack. Danach könnte er sich ja noch einmal an den Schreibtisch setzen, um den ersten Tag des Ehepaars Bernstein nach dem Doppelmord abzuschließen.

Zunächst stellte er die Liege an einen Platz, an dem sie auch in zwei Stunden noch im Schatten stehen würde. Dann ging er zur Agatha-Christie-Vitrine in seinem Arbeitszimmer und murmelte vor sich hin: „Mal sehen, was die Konkurrenz so treibt!“

Er hatte noch keine fünf Seiten gelesen, als er in einen tiefen Schlaf fiel. Fast drei Stunden später wachte er auf. Die Sonne war so weit gewandert, dass sie ihm ins Gesicht schien. Und Hunger hatte er auch. Aber keine Lust zu kochen.

Ein *Strammer Max* tat es an solchen Tagen auch als Abendessen. Dazu zwei Gläser Grauburgunder auf der Terrasse. Als ihm die kühle Flüssigkeit durch die Kehle rann, bekam er ein schlechtes Gewissen. Auch sein Garten war durstig. Eine intensive Bewässerung stand an. Die konnte gleich begonnen werden, denn die Abendsonne hatte sich schon hinter die umliegenden Baumwipfel und Hausfassaden zurückgezogen.

Als er später wieder auf der Terrasse saß und sich noch ein Glas Wein gönnte, dachte er besonders intensiv an G. Was sie wohl gerade machte? Er sehnte sich nach ihr, nach ihren Augen, nach ihrem Lächeln. Und nach ihrer Stimme. Ob er sie einfach einmal kurz anrufen sollte. Welchen Vorwand könnte er sich einfallen lassen?

Brauchte er überhaupt einen Vorwand? Vielleicht war sie ja genauso froh, ihn zu hören wie umgekehrt. Vielleicht saß sie gerade neben ihrem Telefon und überlegte, ob sie ihn anrufen sollte. Diese Vorstellung amüsierte Karl Dernauer.

Andererseits: Vielleicht hatte auch sie Sorge, dass sich alles im Transrapid-Tempo entwickelte. Dass irgendetwas überstürzt würde, dass sie vielleicht noch gar nicht bereit war für den endgültigen Mann des Lebens. Er fühlte zwar eine enge Verbundenheit zu ihr, aber wie gut kannte er sie wirklich? Kleiner Lord und Asterix – das durfte man genauso wenig überbewerten wie die gemeinsame Vorliebe für gutes Essen und guten Wein. Vielleicht gab es ja auch viele Dinge, die sie trennten, die bislang nur noch nicht Thema waren.

Alles in allem konnte er nicht viel Positives bewirken, wenn er sie jetzt anrief, aber – auch wenn ihm das im Moment sehr theoretisch vorkam – vielleicht etwas kaputtmachen. Er zog einen Schlussstrich: „Nur noch drei Mal schlafen“ würde er zu Betty oder Carl jetzt sagen, wenn sie sich ungeduldig auf etwas ganz Besonderes freuten.

Apropos: Morgen war ja schon wieder Enkeltag. Er freute sich darauf. Wobei er noch nicht wusste, dass es ein intensiverer Tag mit den Zwergen werden sollte als üblich.

Kapitel 33

Am nächsten Morgen weckte ihn das Telefon. Karl Dernauer schaute Richtung Nachttisch. Wer rief denn schon kurz nach sieben Uhr an? Wieder so ein blödes Call-Center, das seine Meinung zu irgendetwas abfragen oder ihm irgendetwas verkaufen wollte? Eine Unverschämtheit war das.

Als er Klärchens alles andere als fröhliche Stimme hörte, war die Missstimmung sofort verflogen. „Guten Morgen, Paps. Ich habe dich doch hoffentlich nicht geweckt?"

„Doch, hast du. Ist aber nicht weiter schlimm. Ich wollte heute sowieso früh aufstehen."

Seine Tochter kam sofort zur Sache. „Betty hat sich wahrscheinlich irgendeinen Magen-Darm-Virus eingefangen. Sie hat die ganze Nacht kaum geschlafen und hat ziemlich hohes Fieber. Um acht Uhr bin ich mit ihr beim Kinderarzt, aber ich bin sicher, dass sie und Carl heute nicht in die Kita dürfen. Kann ich dir die Zwerge schon nach dem Arzt bringen? Gaspard und ich können heute beide nicht freimachen. Morgen kriegen wir das geregelt, da kann Gaspard zu Hause bleiben, aber heute …"

Karl Dernauer zögerte keine Sekunde, wie bei allen ähnlich gelagerten Notfällen in den vergangenen Jahren. „Mach dir keinen Kopf, das kriegen wir drei schon hin."

„Oh Paps, du bist einfach der Beste. Bis später." Klärchen hatte diese Worte höchst erleichtert ins Telefon geflötet und unmittelbar danach aufgelegt, ohne auf eine Antwort ihres Vaters zu warten.

Die aktualisierte Tagesplanung passte Karl eigentlich überhaupt nicht. Er hatte schon sehr konkrete Vorstellungen, wie es am Frühstückstisch im Hause Schindler weitergehen sollte. Schnell machte er sich ein paar ein paar Notizen zu seinem Krimi und startete dann trotzdem gut gelaunt in den neuen Tag. Karl liebte seine wöchentlichen Einheiten mit den Enkelkindern, obwohl sie im Krankheitsfall auch ganz schön anstrengend sein konnten. Aber für ihn stellte sich nicht wirklich die Frage, ob er einen Hilfseinsatz ablehnen könnte: Opa schlug Autor auf jeden Fall.

Er duschte lange, abwechselnd heiß, kalt und warm, um möglichst schnell fit für den Tag zu werden. Danach brühte er sich zunächst nur Kaffee für einen großen Becher auf. Er würde später gemeinsam mit seinen Enkeln frühstücken. Carl und Betty liebten es, mit ihm auf der Terrasse zu sitzen und zwischen einzelnen Brot- oder Obst-Stückchen immer wieder aufzuspringen und im Garten zu spielen. Bei ihren Eltern durften sie das nämlich nicht, da mussten sie während der Mahlzeiten am Tisch sitzen bleiben. Nicht nur einmal hatte er mit Clarissa Diskussionen darüber geführt, ob ein Großvater in solch elementaren Fragen der Erziehung elterliche Autorität untergraben dürfe. Aber ihm selbst kam das kindliche Verhalten entgegen. Er würde in Ruhe seine Zeitung lesen können.

Schon vor halb neun klingelte es an der Haustür. In größter Hektik teilte Clarissa ihm mit, was der Arzt gesagt habe, in einem Sprechtempo, dass Karl Dernauer nur rund die Hälfte der Worte wirklich verstehen ließ. Sie drückte ihm ein Rezept in die Hand und sagte etwas wie: „Kannst du das gleich in der Apotheke besorgen?“ Es folgten zwei schnelle Küsse für die Kinder und etwas wie „Mami hat euch ganz doll lieb“ und „Der Papi holt euch dann später bei Opi ab“. Noch ein Küsschen für Betty und „Gute Besserung, mein kleiner Schatz.“ Und ein Kuss für Paps und ein noch einmal im Tempo gesteigertes „Was würde ich nur ohne dich machen.“ Bei den letzten Worten hatte sie sich schon vor der Haustür umgedreht und war zu ihrem Auto gehetzt. Die ganze Kinder-Übergabe-Aktion hatte kaum länger als eine Minute gedauert.

Wenn Karl Dernauer alles richtig verstanden hatte, dann litt Betty unter einer Art Brechdurchfall. Das Fieber war zwar heruntergegangen, aber die Dreijährige wirkte sehr matt. Karl Dernauer nahm seine Enkelin auf den Arm und trug sie in die Küche. „Beim Opi wirst du ganz schnell wieder gesund, versprochen, mein kleines Schätzeken. Bist doch Opas Schnuffi-Duffi-Knuffi-Buffi-Mausi!“ Er erfand immer neue lautmalerische Kose-Bezeichnungen für seine Enkelin, die sich nach solchen Wortungetümen meistens eng an ihren Großvater schmiegte. So auch diesmal.

Carl zeigte in solchen Krisensituation immer eine für einen Fünfjährigen beachtliche soziale Kompetenz. So sehr er sonst auch mit seiner kleinen Schwester zanken konnte, wenn es ihr nicht gutging, dann stellte er sich in die zweite Reihe, was seine berechtigten Forderungen nach Aufmerksamkeit anging. Er machte sich auf ins Gästezimmer, das in den vergangenen Jahren immer mehr den Charakter eines Spielzimmers angenommen hatte, und konzentrierte sich auf ein Spiel mit Playmobil-Figuren, wobei er munter die Akteure vom Bauernhof auf dem Piratenschiff mitmachen ließ.

Karl setzte sich mit Betty auf dem Arm an den Küchentisch und wiegte sie langsam mit leichtem Summen vor sich hin. Nach nicht einmal fünf Minuten war die Kleine eingeschlafen und er legte sie in sein Bett, ohne dass sie aufwachte.

„Frühstückst du mit dem Opi?“, fragte er Carl, als er auf dem Rückweg ins Spielzimmer blickte.

Sein Enkel sprang sofort auf und rief: „Ich will ein Marmeladenbrot. Und eins mit Fleischwurst. Und einen Kakao.“

Sein Großvater ermahnte ihn, dass er leise sein müsse, damit Betty schlafen könne und schnell wieder gesund werde. Carl schaltete schlagartig auf Flüstern um.

In der Küche zeigte sich der Junge sofort fasziniert davon, dass sein Großvater jetzt nicht mehr die Kaffeemaschine benutzte, sondern sich die Bohnen erst noch selbst mahlen musste. Alle technischen Neuerungen wollte der Kleine selbst ausprobieren. Und da er über ein erstaunliches Geschick verfügte, ließ der Großvater ihn auch vieles machen. Carl durfte die Bohnen in die elektrische Mühle füllen und dann das Gerät anschalten und in der Hand halten, bis das Kaffeepulver fertig war. Dann stellte er den Porzellanfilter auf die Kanne, wobei er sich betont vorsichtig zeigte, weil Opa ihm gesagt hatte, dass der Filter ganz leicht kaputtgehen könnte. Und dann durfte der Kleine sogar mit großväterlicher Assistenz das heiße Wasser in kleinen Dosen zugießen. Carl war wie immer stolz, wenn man ihn Dinge tun ließ, die sonst nur Erwachsenen vorbehalten waren.

„Wir zwei Männer werden es uns jetzt auf der Terrasse gemütlich machen", sagte Karl zu seinem Enkel, der genau wusste, wo im Haushalt seines Opas was zu finden war. Klein-Carl deckte den Tisch mit Tellern und Besteck, während sein Großvater alles Essbare aus der Küche nach draußen brachte. „Ich habe noch gar nicht die Zeitung geholt", sagte der Opi. Wie auf ein abgesprochenes Stichwort rannte Carl los und kehrte immer noch rennend mit der Frühstückslektüre vom Gartentörchen zurück.

Wenn Karl mit seinem Enkel allein war, dann entwickelten sich fast immer mehr oder weniger ernsthafte Gespräche über Gott und die Welt. Der Opa besetzte bei dem wissbegierigen Kleinen die Rolle des vermeintlich allwissenden alten Mannes – denn alt war Karl Dernauer für seine Enkel, das sagten sie ihm oft genug. Obwohl er als Endfünfziger eher ein relativ junger Großvater war.

Nur wenige Minuten ungestörtes Zeitunglesen waren dem großen Karl heute vergönnt. Der kleine Carl hatte eine intensive Fragestunde gestartet.

„Warum haben Mama und Papa keine Zeit für uns, wenn wir krank sind? Und warum sind wir immer den ganzen Tag in der Kita? Andere Kinder werden schon mittags abgeholt."

Aus Karls Erläuterungen, dass die Eltern arbeiten müssten, um Geld zu verdienen, entspann sich zunächst eine Betrachtung darüber, wozu man denn überhaupt Geld braucht. Der kleine Carl zeigte sich bald beeindruckt über all die Beispiele, die sein Opa auffuhr. Wobei ihn naturgemäß am meisten die aufhorchen ließen, die mit seiner kindlichen Welt zu tun hatten. Ohne Spielsachen oder Marmeladenbrote wäre sein Leben nicht so schön, stellte Carl fest.

Das Thema war aber noch nicht erschöpfend behandelt. Carl äußerte immer noch Kritik daran, dass seine Eltern nicht rund um die Uhr für ihre Kinder da seien. Sein Großvater ließ das nicht gelten. Er begann mit einer Aufzählung, was Eltern alles für ihre Kinder tun, wobei er nicht gewichtete, sondern spontan alles Mögliche aneinanderreihte. „Der Papa fährt mit dir zum Fußballtraining. Deine Eltern sorgen immer dafür, dass du keine schmutzigen Sachen anziehen musst. Sie waschen und putzen bei euch zu Hause. Oder möchtest du in dreckigen Sachen rumlaufen oder in einem schmutzigen Bett schlafen? Sie räumen auf, sie fahren mit euch zum Arzt, wenn ihr krank seid. Sie sind da, wenn einer von euch in der Nacht aufwacht, wenn er schlecht geträumt hat. Sie lesen euch Bücher vor. Sie kochen für euch, damit ihr was zu essen habt. Sie bauen euch ein Baumhaus, wie Papa zusammen mit Opa hier im Garten."

„Dabei habe ich aber geholfen", hakte Carl ein.

„Hast du, mein Großer, sogar ganz schön gut." Als Karl Dernauer gerade ansetzen wollte, seine pädagogisch ein wenig zu lehrerhaft geratene Erläuterung der elterlichen Wohltaten zu relativieren, sprang Carl auf und rannte Richtung Baumhaus. Offenkundig hatte der Opa seinen Enkel auf eine Spielidee gebracht. Was ihm selbst die Möglichkeit eröffnete, sich noch ein wenig in die Zeitung zu vertiefen.

Nach zwei Stunden wachte Betty auf. Wie so oft bei kleinen Kindern war die Erkrankung schnell gekommen und sie schien jetzt auch ebenso schnell wieder abzuklingen. Das Fieber war stark gesunken, die Kleine wirkte schon wieder ziemlich munter. Karl Dernauer verbrachte mit seinen Enkeln einen schönen Tag, der gleichwohl auch sehr anstrengend war.

Als Gaspard die beiden gegen siebzehn Uhr abholte, war der Großvater rechtschaffen müde. Heute würde er sich nicht mehr an den Schreibtisch setzen. Aber gleich morgen früh wieder.

Kapitel 34

Eva Bernstein war gerade aus dem Bad zurückgekehrt, als Jakob und Marianne Schindler gleichzeitig zur Haustür hereinkamen. Marianne hatte eine große Tüte mit Brötchen in der Hand. Sie begann in der Küche sofort damit, den Frühstückstisch zu decken.

Jakob wirkte ermattet und sehr nachdenklich. Die vergangenen Stunden hatten ihn stark mitgenommen. Erst nach einer Tasse Kaffee begann er zu reden.

„Das muss ein Monster gewesen sein. Paula und Anton …“ Der erfahrene Staatsanwalt konnte nicht weitersprechen. Er blickte nacheinander Eva und Arthur Bernstein an, die seine tiefe Betroffenheit aus eigenem Erleben teilen konnten.

Arthur versuchte, mit Sachlichkeit auf das Unfassbare zu reagieren und weiter daran zu arbeiten, die Bilder vor seinem geistigen Auge zu vertreiben. „Die Münzsammlung, ist sie weg? Dann müssen wir wohl von einem Raubmord ausgehen.“

Jakob Schindler war offenkundig froh, sich mit einer konkreten Frage befassen zu können. Er wirkte ruhiger und gelassener, als er antwortete: „Ja. Der Tresor stand offen, er wurde nicht gewaltsam geöffnet.“

„Wisst ihr schon, ob es ein Täter war? Oder waren es mehrere?“ Arthur Bernstein blieb bei seinem nüchternen Tonfall.

„Beides ist denkbar. Die Spusi ist noch bei der Arbeit, wir haben natürlich Unmengen von Spuren, weil gestern Abend eine ganze Reihe von Menschen im Garten waren.“

Jetzt schaltete sich auch Eva Bernstein ein, die sich offenbar von ihrem Schock allmählich erholte. „Was ist mit Pünktchen? Konnte er gerettet werden?“

Jakob Schindler holte einmal tief Luft, dann sprach er ganz ruhig weiter. Die Konzentration auf konkrete Sachfragen tat ihm weiterhin gut. „Ja. Schon kurz nachdem ihr gefahren seid, kam der Tierarzt. Pünktchen ist offenbar mit einem starken Mittel, das man ihm in einem Fleischstück verabreicht hat, betäubt worden.“

Wieder atmete der Staatsanwalt tief ein und aus. „Wir haben ihn zu Paulas und Antons Sohn und Schwiegertochter gebracht, die in ihrer Laube übernachtet hatten. Vorher haben wir natürlich die Leichen abtransportieren lassen."

Noch einmal machte Jakob Schindler eine Pause.

Dann fuhr er fort: „Die beiden waren natürlich total geschockt. Sie haben nicht das Geringste von dem mitbekommen, was in der Nacht rund hundert Meter von ihnen entfernt passiert ist. Nichts gesehen und nichts gehört. Als wir zu ihnen kamen, haben sie noch tief und fest geschlafen."

Noch immer hatte keine der vier Personen an dem gedeckten Frühstückstisch auch nur den kleinsten Bissen zu sich genommen.

Jetzt war es an Jakob Schindler, in die Rolle des Fragenden zu schlüpfen. „Könnt ihr mir genau sagen, wann der Anruf bei euch einging? Und wann ihr dann im Schrebergarten angekommen seid? Wir müssen versuchen, die Tatzeit so exakt wie möglich zu bestimmen."

Eva schüttelte sich. Dann fand auch sie zu einem erstaunlich geschäftsmäßigen Ton. „Es war ziemlich genau Viertel nach vier, als Paula anrief. Als ich zurückgeklingelt habe, hat sie nicht mehr reagiert. Zumindest ihr Todeszeitpunkt dürfte damit fast auf die Minute genau feststehen. Ob Anton da noch gelebt hat, kann ich aber nicht sagen."

Arthur fuhr fort. „Das Taxi war kurz nach halb fünf bei uns. Im Schrebergarten waren wir rund eine Viertelstunde später. Ich habe nicht auf die Uhr gesehen, aber es war noch dunkel. Und sehr neblig. Wir konnten kaum etwas sehen. Trotzdem bin ich mir sicher, dass der oder die Täter schon weg waren, als wir eintrafen."

„Das passt alles genau mit unseren bisherigen Erkenntnissen zusammen. Wir gehen davon aus, dass Anton gezwungen wurde, den Tresor zu öffnen. Vielleicht, weil jemand Paula ein Messer an den Hals gehalten hat. Es gibt übrigens keinerlei Einbruchspuren. Was mich nicht sonderlich verwundert, denn Anton und Paula haben sich immer auf Pünktchen verlassen und das Eingangstor nicht abgeschlossen. Wahrscheinlich auch den Eingang zum Haus nicht."

„Du meinst also ..." Eva Bernstein sprach mit sehr leiser Stimme. „Also, es könnte so gewesen sein, dass jemand Pünktchen außer Gefecht gesetzt und dann Paula und Anton im Schlaf überrascht hat. Er hat Paula mit dem Messer bedroht und Anton damit gezwungen, ihm die Münzen auszuhändigen. Und danach hat er beide dann trotzdem umgebracht."

Der Staatsanwalt nickte. „Vieles deutet derzeit auf einen solchen Tatverlauf hin. Wobei wir, wie gesagt, aber noch nicht wissen, ob es nur einer oder mehrere Täter waren."

Eva dachte kurz nach. Dann sprach sie mit deutlich energischerer Stimme: „Ja, das ist mir klar. Aber wenn es so war, wie wir es uns gerade vorgestellt haben, dann kann das auch ein einzelner Mensch geschafft haben. Und er muss gar nicht einmal besonders stark gewesen sein, denn Anton wäre ja, trotz seiner unbändigen Kraft, völlig machtlos gewesen, wenn Paula bedroht wurde."

Wieder nickte Jakob. Diesmal sagte er aber nichts.

Zum ersten Mal ergriff Marianne das Wort. „Arthur und ich haben uns vorhin daran erinnert, wie Anton laut gesagt hat, dass er nach dem Wochenende die Münzen wieder in den Banksafe bringen wollte. Und da haben wir dann überlegt, dass vielleicht einer aus unserer Runde dachte, er müsse jetzt ganz schnell handeln."

Jakob Schindlers Gesichtsausdruck wurde sehr ernst: „Genau das müssen wir leider als sehr wahrscheinlich annehmen."

Kapitel 35

Karl Dernauer hatte sich nach einem intensiven Vormittag am Schreibtisch gerade zu einer kurzen Pause auf die Terrasse gesetzt, als das Telefon klingelte. Gaspard war am Apparat. Er klang ganz entspannt und belustigt.

„Lieber Schwiegerpapa, noch einmal Danke für deine spontane Hilfe gestern. Betty ist schon wieder ganz auf der Höhe, nächste Woche können die beiden bestimmt wieder ganz normal in die Kita. Aber eines musst du mir verraten: Was hast du gestern mit Carl gemacht?"

Karl wusste nicht sofort, auf was sein Schwiegersohn hinaus wollte. Dann aber dämmerte ihm, dass Gaspards Verwunderung wohl mit dem „Männer-Gespräch" zu tun haben musste, das er mit seinem Enkel geführt hatte. Er gab sich aber völlig ahnungslos.

„Wieso, was ist denn mit dem großen Jungen los?"

Gaspard konnte ein schallendes Lachen kaum unterdrücken. „Großer Junge ist genau das richtige Stichwort. Es ging direkt nach dem Frühstück los. Carl hat darauf bestanden, ganz allein den Frühstückstisch abzudecken und die Spülmaschine auszuräumen. Dann ist er ins Kinderzimmer gegangen und hat die Betten gemacht – zwar nicht perfekt, aber es sah ganz gut aus. Das Ganze hat er dann mit unserem Ehebett wiederholt. Und dann hat er sich über den Wäscheständer hergemacht und alle Kleidungsstücke eingesammelt und sie dann in die Schränke verteilt. Und als Allerletztes hat er noch das Spielzimmer aufgeräumt."

„Hört sich doch prima an!" Karl Dernauer sprach seinen eigenen Einfluss auf das kindliche Engagement im Haushalt noch immer nicht an.

Gaspard lachte erneut. „Carl hat mir das dann so erklärt: Der Opi habe ihm erzählt, was Eltern so alles für ihre Kinder tun. Und dann habe er sich gedacht, er müsse das ja später auch einmal alles machen, wenn er selbst Kinder hat. Und da könne es ja nicht schaden, wenn er jetzt schon einmal ein wenig übt."

„Kinderarbeit ist verboten – und sie sollte es auch bleiben", antwortete Karl Dernauer. „Ich denke, ich muss in einer nächsten Männer-Gesprächsrunde noch einmal mäßigend auf meinen Enkel einwirken."

„Ganz große Sorgen musst du dir da nicht machen, glaube ich." Gaspard war immer noch erheitert. „Das Spielzimmer sieht inzwischen wieder so aus, wie wir es gewohnt sind. Carl betrachtet sein Experiment, einmal probeweise die Pflichten der Erwachsenen zu erfüllen, offenbar schon als erfolgreich abgeschlossen."

„Gut so.“ Karl plauderte noch ein wenig mit seinem Schwiegersohn, dann setzte er sich wieder an den Computer. Vor dem Wochenende wollte er mit seinem Roman noch ein gutes Stück vorankommen. Außerdem lenkte das Schreiben ihn davon ab, dass er das Warten auf seinen zweiten Abend mit Gabriella kaum noch aushalten konnte.

Kapitel 36

Eva Bernstein drängte auf einen baldigen Aufbruch. Sie schaffte gegenüber ihrem Ehemann Fakten, was den weiteren Tagesverlauf anging.

„Ich bin völlig übermüdet und gleichzeitig total überdreht. Dir geht es doch bestimmt genauso, Arthur?“ Ohne eine Antwort abzuwarten, fuhr sie fort: „Jakob, kannst du uns mit dem Wagen zu unseren Rädern bringen? Ich denke, wir sollten unsere Tour rund um den See heute so machen, wie wir sie für gestern geplant hatten. Wenn wir uns dann ausgepowert haben und am späten Nachmittag zu Hause sind, werden wir früh ins Bett gehen und bestimmt die Nacht durchschlafen. Morgen ist dann ein neuer Tag und wir sehen weiter.“

Als sie an der Kleingartenanlage ankamen, konnten sie hinter dem rot-weißen Absperrband eine vielköpfige Polizeitruppe im *Gärtner-Garten* bei der Arbeit sehen. Ein uniformierter Polizist stand vor dem Eingangstor. Jakob Schindler sorgte dafür, dass die Räder von Eva und Arthur vor das Gelände gebracht wurden. Sie verabschiedeten sich von Jakob und traten kräftig in die Pedale, ohne noch einmal auf den Kleingarten zurückzublicken, in dem vor einigen Stunden so unfassbar Schreckliches passiert war.

Evas Idee ging auf. Sie waren ausgepumpt und auf eine angenehme Art hundemüde, als sie in ihrer Ferienwohnung ankamen. Ein bescheidenes Abendessen und jeweils zwei Gläser Wein reichten aus, damit sie schon gegen achtzehn Uhr in ihre Betten fallen konnten. Beide schliefen fast vierzehn Stunden durch, beide blieben erstaunlicherweise von Albträumen verschont.

Wie am Vortag verabredet, erschien das Ehepaar Schindler pünktlich um neun Uhr zum Frühstück in der Ferienwohnung. Staatsanwalt Schindler überraschte die Bernsteins mit einer Nachricht, die von großer Bedeutung für den Fortgang der Untersuchungen im Mordfall Gärtner war.

„Ich habe mich gestern mit einem Kollegen in der Staatsanwaltschaft kurzgeschlossen, der ein guter Freund von mir ist. Er wird den Fall übernehmen und die Ermittlungen steuern. Dazu gibt es keine Alternative, da ich ja selbst rein formal zum Kreis der Verdächtigen gehöre, weil ich einer von denen war, die von Antons Münzsammlung wussten. Und die seine Ankündigung gehört haben, den Schatz zurück in den Banksafe zu bringen."

Eva Bernstein setzte an, ihre Empörung zu äußern. „So ein Blödsinn, wie kann man …"

Ihr Mann fiel ihr ins Wort, was ausgesprochen selten vorkam. „Lass nur, Eva. Jakob hat völlig recht. Das ist in der Tat alternativlos, wie die Kanzlerin sagen würde. Die juristischen Verwicklungen, die es geben könnte, wenn Jakob den Fall betreut, sind unkalkulierbar. Das Mindeste ist ja mal Befangenheit, weil er mit so gut wie jedem Verdächtigen mehr oder weniger gut befreundet ist. Aber hier geht es ja, zumindest auf dem Papier, noch weiter. Jakob ist einer der Verdächtigen. So wie wir beide im Übrigen auch."

„Das ist doch albern …" Eva Bernstein biss in ihr Marmeladenbrot und schenkte sich eine weitere Meinungsäußerung. Das Satzfragment hatte zur Genüge klargemacht, dass sie die nüchterne Einschätzung der beiden Juristen am Tisch in der Sache absurd fand.

Jakob Schindler wechselte in einen Ton, der neben Gelassenheit auch Erleichterung vermittelte. „Ich bin kein bisschen böse darüber, dass ich aus dem Fall raus bin. Der Hauptkommissar, der die Ermittlungen leitet, ist ein unangenehmer Typ, mit dem ich sehr ungern zusammenarbeite. Ein Ehrgeizling, ein Besserwisser, ein junger und arroganter Schnösel. Kevin

Schrödel heißt er. Er wird euch noch heute seine Aufwartung machen, wie ich ihn kenne."

Jakob Schindlers Ankündigung sollte sich schon gegen zwei Uhr mittags bewahrheiten. Eva und Arthur Bernstein saßen lesend in ihren Liegestühlen auf dem kleinen Rasenstück hinter ihrer Ferienwohnung, als es klingelte.

Schon auf den ersten Blick verspürte Eva eine ausgewachsene Antipathie gegenüber dem großgewachsenen, hageren Mann mit der polierten Glatze, der ihr an der Haustür gegenüberstand. Kaum älter als dreißig war er, und sein Gesichtsausdruck verströmte grenzenlose Überheblichkeit.

Diese Aura bestätigte sich, als er sie ansprach. „Frau Bernstein, nehme ich an. Das ist mein Kollege Kleinschmidt, ich bin Hauptkommissar Schrödel. Wir dürfen doch sicherlich eintreten oder haben Sie etwas dagegen?"

„Äh … ja … natürlich nicht. Wieso sollte ich?", stammelte Eva Bernstein. Sie hasste solche Situationen, bei denen einem grundlos irgendetwas unterstellt wurde und man unmittelbar in eine Verteidigungsposition geriet. Was für ein widerlicher Kerl! Sie sammelte sich einen Moment, um die ihr eigene natürliche Souveränität wiederzufinden. Oft half in solchen Momenten ja übertriebene Höflichkeit.

Auf dem Weg in den Garten fragte sie in der kleinen Küche: „Wir haben uns gerade einen Kaffee gekocht. Darf ich Ihnen auch eine Tasse anbieten?"

„Nein." Der Ton des Kriminalbeamten war herrisch, er verzichtete sogar aufs übliche „Danke".

„Ich möchte sofort zur Sache kommen. Sie beide haben das Ehepaar Gärtner gestern morgen also tot aufgefunden. Ist das richtig?" Bei dieser Frage wechselte er den Blick zwischen Eva und Arthur, der in der Tür zur Terrasse stand, in schneller Folge hin und her.

Kollege Kleinschmidt hatte ein Schreibbrett vor sich und stand mit gezücktem Kugelschreiber zwei Schritte hinter seinem

Vorgesetzten. Er hatte seine Untergebenenrolle offenbar völlig verinnerlicht.

Arthur Bernstein reichte ein kurzer Blickwechsel mit seiner Frau, um deren Unbehagen sofort zu erkennen. Er war sich bewusst, dass er die Gesprächsführung übernehmen musste. Und als erfahrener Jurist entschied er sich ohne längeres Nachdenken dazu, gegenüber diesem Unsympathen zunächst einmal möglichst einsilbig zu antworten.

„Ja. Das kann ich bestätigen."

Der Kriminalbeamte blieb bei seinem unfreundlichen Ton, der sich fast schon ins Militärische steigerte. „Bevor wir uns weiter mit der Tat selbst befassen – wir haben versucht, Sie gestern Nachmittag hier in Ihrer Wohnung anzutreffen. Wo waren Sie da?"

Arthur Bernstein war für einen Moment versucht, den Hauptkommissar zu fragen, was ihn das angehe. Dann entschied er sich aber dafür, bei seiner Linie zu bleiben.

„Wir haben eine Radtour um den See gemacht."

Jetzt wechselte der Ton des Hauptkommissars vom Aggressiven ins Herablassende. „Der Mord scheint Ihnen ja nicht besonders nahegegangen zu sein. Aber lassen wir das."

Eva Bernstein spürte, wie eine unglaubliche Wut in ihr hochstieg. Ihr Mann spürte das ebenfalls und er wusste, dass er seine Frau jetzt vor sich selbst schützen musste.

Der Arroganz seines Gegenübers musste er schleunigst mit gleichen Mitteln begegnen, Typen wie diese konnte man nur mit ihren eigenen Waffen schlagen. „Ich wäre Ihnen sehr verbunden, wenn Sie sich mit Meinungsäußerungen zurückhalten könnten und wenn sie sich auf Ihre Arbeit, also auf die Zeugenbefragung konzentrieren würden."

Das hatte gesessen. Eva Bernstein war stolz auf ihren Arthur.

Nur ganz kurz war dem Kripo-Mann eine Irritation anzumerken. Dann fragte er im immer noch scharfen Ton weiter: „Sie sind angeblich von der Toten angerufen worden. Wieso hat sie ausgerechnet Sie kontaktiert? Sie haben sich doch angeblich erst am Vorabend kennengelernt?"

Zweimal „angeblich“. Es war für Arthur Bernstein unschwer herauszuhören, dass der Kriminalbeamte gewillt war, weiter mit unterschwelligen Vorwürfen zu arbeiten. Er hatte keinerlei Lust mehr, das Gespräch in dieser Weise fortzuführen. „Das kann ich so nicht bestätigen.“

Die Taktik von Arthur Bernstein verfehlte ihre Wirkung nicht. Hauptkommissar Schrödel zeigte sich verunsichert. Er suchte nach Worten, was bei ihm sicherlich nicht allzu oft vorkam. „Wie? Sie hat Sie nicht angerufen? Aber Herr Schindler hat doch gesagt, dass …?“

Arthur Bernstein schnitt ihm das Wort ab. „Paula Gärtner hat uns angerufen. Aber als sie das getan hat, war sie noch nicht tot.“

Der Hauptkommissar versuchte, seine Selbstsicherheit zurückzugewinnen. „Ach so. Ich habe es mit einem Witzbold zu tun. Wenn Sie meinen, dass Ihnen das dabei hilft, den Verdacht von sich selbst abzulenken.“

Arthur Bernstein griff diese Bemerkung auf und ging jetzt endgültig in die Offensive. „Da Sie uns ja offensichtlich eines Doppelmordes beschuldigen wollen – und nach meiner vorläufigen Einschätzung der Tatumstände sogar eines besonders heimtückischen – schlage ich vor, dass wir die Befragung morgen früh in Ihrer Dienststelle fortsetzen. Passt Ihnen neun Uhr? Wir werden uns dann mit unserem Anwalt pünktlich bei Ihnen einfinden. Und jetzt würde ich Sie gerne zur Haustüre begleiten.“

Kevin Schrödel war offenbar sehr beeindruckt von Arthur Bernsteins Schachzug, sich selbst vorzuladen. Wortlos drehte er sich um und verließ grußlos die Ferienwohnung der Bernsteins.

Kapitel 37

Karl Dernauer drückte auf den Klingelknopf neben dem Schildchen, auf dem der Name Rossini stand. Hatte sie hier früher gemeinsam mit ihrem Mann gewohnt? Er konnte selbst nicht sagen warum, aber diese Vorstellung behagte ihm nicht. Denkbar war natürlich, dass sie die Wohnung erst nach der Trennung bezogen hatte. Aber wenn ihr Vorname auch auf dem Schild stehen würde, wäre diese Variante wahrscheinlicher. Warum machte er sich eigentlich Gedanken über dieses Thema? Schließlich hatten sie ihren ersten Abend gemeinsam in dem Häuschen verbracht, in dem er früher mit Monica gelebt hatte. Hatte Gabriella sich dieselbe Frage gestellt? Nein, für solch selbstproduzierten Unfug war sie zu unkompliziert.

Sein Kopfkino war schlagartig beendet, als er mit dem Fahrstuhl in den zweiten Stock gefahren war und Gabriella sah, die ihn in der halb geöffneten Tür erwartete: Er blickte in das Gesicht mit den leuchtenden Augen und dem lächelnden Mund und war einfach nur verzaubert.

„Oh, sind die schön!" Gabriella nahm ihm die drei langstieligen Rosen aus der Hand, eine rote, eine weiße und eine schwarze. Er hatte im Blumenladen lange darüber nachgedacht, was er als kleines Gastgeschenk mitnehmen sollte. Ein ganzer Strauß Rosen erschien ihm unangebracht, den „Rosenkavalier" wollte er nicht gleich beim ersten Besuch geben. Ein bunter Strauß aus Sommerblumen wäre möglich gewesen, aber den hätte er auch seiner Tante mitbringen können. Die drei verschiedenfarbigen Rosen erschienen ihm dann als der goldene Mittelweg. Und schwarze gab es nun wirklich nicht an jedem Tag.

Die Altbauwohnung mit ihren hohen Wänden, den Stuckdecken und den großen Fenstern hatte einen Charme, von dem Karl Dernauer sofort gefangen war. Die Räume waren von hellem Licht durchflutet, alles wirkte sehr aufgeräumt und klar strukturiert, andererseits aber auch sehr persönlich und mit viel Liebe zum Detail eingerichtet. Wie sollte es bei einer Frau mit so ausgeprägter innerer und äußerer Schönheit auch sonst zu Hause aussehen? Karl Dernauer empfand diese Gedanken gleich im nächsten Moment als höchst pathetisch und schwulstig. Das war gar nicht seine Art. Diese Frau musste ihm gehörig den Kopf verdreht haben, dass er zu solchen Formulierungen fähig war – glücklicherweise nur in Gedanken.

Gabriella war auf dem Weg ins Wohnzimmer kurz in die Küche abgebogen und kam dann mit drei leeren Sektflaschen zurück. In kürzester Zeit platzierte sie die drei Rosen jeweils in einer Flasche auf einem kleinen Regal nebeneinander. „Hier stehen sie doch optimal, was meinen Sie?“ Dabei lächelte sie ihn wieder auf ihre entwaffnende Art an.

Karl Dernauer nickte kurz und beließ es bei einem knappen „Genau da gehören sie hin.“

Gabriella strahlte ihn weiter an. „Bitte denken Sie jetzt nicht, dass ich jeden Tag Unmengen Sekt allein vor mich hin trinke. Aber obwohl ich die ganze Woche Urlaub hatte, bin ich zu nichts gekommen. In der Kammer steht das Altglas von Monaten. Meine Haushaltshilfe hat mich ohne Vorwarnung im Stich gelassen, und da musste ich mich um so viel kümmern, dass ich von meinem Urlaub fast gar nichts hatte.“

Das alles klang kein bisschen larmoyant. Gabriella schien nicht wirklich enttäuscht darüber, dass sie ihren Urlaub nicht zur Erholung hatte nutzen können, obwohl sie diese als Krankenhaus-Ärztin bestimmt verdient gehabt hätte. Sie nahm das Leben offenbar wie es kam und machte das Beste daraus.

Karl Dernauer fühlte sich deshalb auch nicht veranlasst, Bedauern zu äußern. „Bei Agatha Christie stünde an dieser Stelle bestimmt der Satz: *Es ist ja heutzutage so schwer, gutes Personal zu finden*.“

Gabriella zog leicht die linke Augenbraue hoch. „Ist das so? Zu meiner Schande muss ich gestehen, dass ich da überhaupt nicht mitreden kann, weil ich kein einziges Buch von Frau Christie gelesen habe. Ich lese eigentlich überhaupt keine Krimis, wobei ich plane, in dieser Beziehung demnächst eine Ausnahme zu machen.”

„Ja, das ist wirklich eine Marotte von ihr”, antwortete Karl. „Ich finde es faszinierend, dass sie das immer wieder geschrieben hat, egal ob 1920, 1940 oder 1960. Das mit dem Personal scheint bei ihr ein regelrechtes Trauma gewesen zu sein, dass sie das immer wieder in ihren Romanen thematisiert hat.“

Karl Dernauer empfand es als ausgesprochen angenehm, dass es nun auch mal etwas gab, bei dem sie nicht auf einer Wellenlänge lagen. Die Anzahl der Gemeinsamkeiten hatte ja fast schon beängstigende Züge angenommen. Gabriella beendete diese tiefgründigen Betrachtungen mit schlichten Bemerkungen.

„Ich habe übrigens auf dem Balkon für uns gedeckt. Sie können schon mal einen Sekt aus dem Kühlschrank holen und jeweils einen Schuss Limoncello dazugeben, wenn Sie mögen. Der steht bei den Gläsern hier im Glasschrank. Ist aus meiner Heimat, ich bin sicher, er wird Ihnen schmecken. Ich muss noch mal ganz kurz an den Herd." Sie drehte sich schwungvoll um und ging in die Küche.

Karl Dernauer folgte ihr und bereitete den Aperitif so vor, wie Gabriella es gewünscht hatte. Dann ging er mit den beiden Gläsern durchs Wohnzimmer hinaus.

Der Balkon erwies sich als deutlich größer, als Karl es erwartet hatte. Er hatte zwei massive Seitenwände, war überdacht und nur zum Hof hin offen. Dieser Hof füllte das ganze Karree zwischen vier Straßen aus und wurde von einer riesigen Buche in der Mitte dominiert. Der Balkon war deshalb von keiner anderen Wohnung aus einsehbar, was Karl als sehr angenehm empfand. Er saß nicht gerne auf dem Präsentierteller.

So aber wirkte der Balkon wie ein Esszimmer im Freien. Er hatte mindestens die Ausmaße eines üblichen Kinderzimmers im modernen Wohnungsbau. Das Ambiente erinnerte ihn stark an seine eigene Terrasse und seinen Garten, obwohl diese Wohnung und sein Häuschen doch eigentlich einen grundverschiedenen Charakter hatten. Er war schon wieder versucht, in Gedanken über fast schon schicksalhafte Gemeinsamkeiten zu philosophieren, als Gabriella ebenfalls nach draußen kam.

Sie nahm das Sektglas, das er ihr entgegenstreckte und hob es mit einem ungezwungenen und fröhlichen Blick in den Augen an. „Zum Wohl. Ich bin sicher, dass es wieder ein sehr schöner Abend wird."

Karl war davon ausgegangen, dass Gabriella eine hervorragende Köchin war. Aber was sie dann nacheinander auf den Tisch zauberte, übertraf alle ohnehin schon hochgesteckten Erwartungen. Er wurde mit italienischer Küche vom Feinsten verwöhnt. Wie gut, dass er am ersten Abend darauf verzichtet hatte, kulinarische Elemente aus ihrem Heimatland ins Menü einzubauen, obwohl er bislang immer gedacht hatte, auch in der italienischen Küche ganz ordentlich bewandert zu sein. „Mein Gott, hätte ich mich blamiert“, dachte er nicht nur einmal.

Antipasti, Pasta, Risotto, Fisch, Fleisch und Süßspeisen – alles in kleinen Portionen. Und alles schmeckte so, als hätte eine rundliche Mamma es in einer ländlichen Trattoria zubereitet. Karl Dernauer konnte das beurteilen, denn er hatte gemeinsam mit Monica Italien in verschiedenen Regionen bereist und dabei immer darauf geachtet, dass sie kleine Gasthäuser an Nebenstrecken ausgewählt hatten, in denen regionaltypisch gekocht wurde. Am besten hatte es immer in den Häusern geschmeckt, in die sich so gut wie nie ein Tourist verirrte. Und so schmeckte es auch an diesem Abend bei Gabriella.

Zu jedem Gang servierte sie einen anderen Wein – und auch die Getränke ließen ihn mitten im Rheinland in ein südländisches Flair eintauchen.

Ihre Gespräche sprangen oft zwischen völlig verschiedenen Themen hin und her, bisweilen nur von Assoziationen in eine andere Richtung gelenkt. Sie lachten viel, wurden dann aber auch wieder ernst und blieben lange bei familiären Fragen, die sie in einer Offenheit behandelten, als seien sie seit Jahrzehnten eng miteinander befreundet. Wenn sich ihre Blicke unvermittelt trafen, spürte Karl ein sagenhaftes Knistern – und er war sicher, dass es Gabriella genauso ging. Aber keiner von beiden sprach aus, dass zwischen ihnen viel mehr war als nur eine innige Freundschaft.

Es war nach Mitternacht, als Gabriella ihn mit einem tiefen Blick in seine Augen an der Haustür verabschiedete. Ganz spontan drückte sie ihm einen festen Kuss auf den Mund. Noch ehe er reagieren konnte, hatte sie einen Schritt nach hinten gemacht und die Tür geschlossen.

Kapitel 38

Arthur Bernstein hatte sich unmittelbar nach der unerquicklichen Begegnung mit Hauptkommissar Schrödel telefonisch mit seinem Freund Jakob Schindler in Verbindung gesetzt, damit dieser ihm einen guten Anwalt vermittelte. Und obwohl es Sonntagnachmittag war, hatte Jakob den Kontakt zu Markus Bader, einem erfahrenen Rechtsvertreter, herstellen können, der Arthur Bernstein schon rund eine Viertelstunde später anrief. Binnen weniger Minuten konnten die beiden Juristen eine Strategie für den folgenden Morgen abstimmen.

Eva Bernstein war froh, dass ihr Mann die Sache in die Hand genommen hatte. Sie selbst war nach dem Auftritt von „Kommissar Schnösel", wie sie ihn fortan nannte, extrem aufgewühlt gewesen und hätte sich bestimmt um Kopf und Kragen geredet.

Am Montagmorgen im Kommissariat war sie dann die Ruhe selbst. Sie hatte sich vorgenommen, nur zu reden, wenn sie unmittelbar angesprochen wurde und das auch nur dann, wenn der Anwalt ihr signalisierte, dass sie etwas sagen sollte.

Der junge Hauptkommissar hatte sich für das Gespräch ähnlich gewissenhaft vorbereitet, wie es das Ehepaar Bernstein und deren Rechtsbeistand getan hatten. Er arbeitete offenbar gezielt einen ausgeklügelten Fragenkatalog ab. Ohne lange Vorreden startete er die Vernehmung, mehr als ein „Guten Morgen" ohne jede Form der Anrede hatte er sich nicht abringen können.

Seine erste Frage richtete er gezielt an Arthur Bernstein. „Ist es richtig, dass Sie sich von Anton Gärtner seine Münzsammlung haben zeigen lassen?"

Arthur Bernstein blieb in seiner Antwort so knapp wie möglich. „Ja."

„Ist es auch richtig, dass Herr Gärtner Ihnen gesagt hat, welchen Wert die Sammlung besitzt?"

Wieder nur ein knappes „Ja".

„Ist es weiterhin korrekt, dass Herr Gärtner im weiteren Verlauf des Abends erklärt hat, er werde die Münzen nach dem Wochenende zurück in seinen Banksafe bringen?"

Diesmal überließ Arthur Bernstein seinem Anwalt das Wort.

„Ja, das stimmt. Und zwar als Reaktion darauf, dass mein Mandant ihn eindringlich dazu aufgefordert hat."

Ein kurzes Zucken seiner schmalen Lippen machte den Hauptkommissar noch unsympathischer, als er ohnehin schon war: „Das kann er auch getan haben, um von sich selbst abzulenken."

Der Anwalt des Ehepaars Bernstein füllte seine Rolle exzellent aus: „Ich möchte Sie doch sehr bitten, hier keine unbewiesenen Vermutungen in den Raum zu stellen. An ihren Interpretationen sind wir nicht interessiert."

Wieder zuckten die Mundwinkel kurz, aber dann sprach Kevin Schrödel scheinbar unbeeindruckt weiter: „Wir haben inzwischen überprüft, dass von Frau Gärtners Telefon zur fraglichen Zeit ein Anruf an Sie rausging. Aber natürlich wissen wir nicht, ob Frau Gärtner selbst das Telefon benutzte. Sie könnte auch schon tot gewesen sein, als ihr Handy benutzt wurde." Der Kriminalbeamte legte eine Kunstpause ein.

„Haben Sie denn inzwischen eine Erklärung dafür, warum das spätere Mordopfer ...", wieder eine kleine Pause. Der Hauptkommissar begeisterte sich anscheinend an seiner Formulierung, mit der er diesmal den sprachlichen Fauxpas vom Vortag umgangen hatte. „... wieso also Frau Gärtner ausgerechnet Sie angerufen haben soll, obwohl sie sich doch gerade erst kennengelernt hatten? Und nicht zum Beispiel ihren Sohn oder ihre Schwiegertochter, die sich ja nur rund hundert Meter entfernt aufhielten und viel schneller hätten zu Hilfe eilen können."

Es war klar, dass diese Frage noch einmal kommen würde, und deshalb war die Reaktion darauf auch klar besprochen.

Der Anwalt antwortete. „Sie arbeiten ja offenkundig gerne mit Vermutungen, Herr Kommissar. Unser Stil ist das nicht." Markus Bader hatte ein gutes Gespür dafür, welche Tonart in welcher Vernehmungssituation angebracht war. Er machte Anstalten, sich zu erheben und blickte dem Kommissar dabei fest in die Augen. „Fakt ist, dass mein Mandant von Frau Gärtners Telefon aus angerufen worden ist. Meine Mandantin hat ausgesagt, dass Paula Gärtner am Telefon war. Wenn Sie etwas anderes behaupten wollen, dann tun Sie dies künftig nur noch, wenn Sie es auch beweisen können. Und wenn Sie nach einem Motiv dafür suchen, warum Frau Gärtner in ihrer Todesangst ausgerechnet bei meinen Mandanten angerufen hat, dann tun Sie das bitte allein, ohne uns mit Ihren Mutmaßungen zu behelligen. Wir selbst haben durchaus mögliche Erklärungen für dieses Verhalten, aber es ist nicht unsere Aufgabe, Ihren Job zu machen."

Im Stehen ergänzte Markus Bader: „Ihre Befragung ist ja wohl abgeschlossen, wir dürfen jetzt gehen. Oder?"

Die Lippen von Hauptkommissar Schrödel wurden zu einem dünnen Strich. Er versuchte eine letzte Retourkutsche.

„Ja, aber ich muss Ihre Mandanten bitten, bis auf weiteres die Stadt nicht zu verlassen."

Der Anwalt konterte unverzüglich. „Meine Mandanten sind hier in den Ferien, Sie haben mehrere Radtouren in der Umgebung geplant. Wenn Sie mir keine anderslautende richterliche Anordnung vorlegen können, dann werden meine Mandanten sich selbstverständlich hier in der Region völlig frei bewegen." Markus Bader reichte dem verstörten Kriminalbeamten seine Visitenkarte. „Wenn Sie weitere Fragen haben, können Sie mich in meiner Kanzlei jederzeit anrufen."

„Einen schönen Tag noch", flötete Eva Bernstein im Hinausgehen. Tat das gut, wie dieser Schnösel von ihrem Anwalt abgefertigt worden war.

Kapitel 39

Karl Dernauer fand die Wendung, die er seinem Krimi am Vormittag dieses wunderschönen Sonntags gegeben hatte, sehr vielversprechend. Dass Eva und Arthur Bernstein für „Kommissar Schnösel" zu den Hauptverdächtigen geworden waren, ließ zahlreiche Optionen für den weiteren Verlauf offen.

Er setzte sich zu einem späten Frühstück mit einem großen Milchkaffee auf die Terrasse. Langsam und mit Genuss schlürfte er an seiner Tasse. Inzwischen hatte er keinerlei Verständnis mehr dafür, dass er jahrelang die Brühe aus der Kaffeemaschine getrunken hatte. Frisch gemahlen und von Hand aufgebrüht – das war geschmacklich eine andere Welt.

Dass er sich am Morgen schon früh an den Schreibtisch gesetzt hatte, war eine Art Ablenkungsmanöver gewesen. Der erneut traumhaft schöne Abend mit Gabriella hatte ihn sehr aufgewühlt und ihm eine unruhige Nacht beschert. Mit Chaos in seiner Gefühlswelt konnte er nicht umgehen. Er hatte Abstand gesucht zu diesen ungeheuer intensiven Emotionen.

Jetzt war er endlich bereit, sich mit seiner neuen großen Liebe auseinanderzusetzen. Immer wieder schossen ihm Momente des Vorabends in den Kopf, wobei es weniger die Worte waren, die in ihm nachklangen, als die Blicke, einzelne Gesten, ein Lächeln von ihr.

Das Klingeln seines Telefons riss ihn aus dieser wohligen Stimmung. Es war Hub.

„Moinsen." Ach ja: Sein Freund war in der Woche drei Tage auf einem Seminar in Bremen gewesen. Sein Tick mit den Grußformeln war immer wieder für eine Überraschung gut.

„Was kann ich für dich tun, mein Lieber?", fragte Karl in so frohgelauntem Ton, dass der Oberstaatsanwalt einen Moment stutzte und darüber nachdachte, ob er sich nach dem Grund für die offenkundige Hochstimmung erkundigen sollte. Dann kam er aber doch direkt zur Sache.

„Ich würde dich gerne zusammen mit Günther Keller heute Abend überfallen. Wir möchten in deinem Garten ein Schlückchen mit dir trinken – und wenn es dir recht ist, bringen wir auch aus dem *Vesuvio* ein paar Häppchen mit. Günther wollte sich unbedingt bei dir für die Lorbeeren bedanken, die er und ich dank deiner Hilfe im Schaefer-Fall eingeheimst haben."

„Das ist zwar kein bisschen nötig, aber ihr seid mir natürlich beide trotzdem herzlich willkommen. Könnt ihr gegen halb sieben bei mir sein? Ich habe nämlich jetzt schon Hunger." Karl Dernauer mochte Hauptkommissar Keller sehr. Er freute sich auf einen unterhaltsamen Abend mit lockeren Gesprächen und leckerem Essen. Günther war außerdem ein exzellenter Weinkenner. Wenn er sich bedanken wollte, dann würde er dies mit Sicherheit auch mit einem besonders guten Tropfen tun.

Fast auf die Minute pünktlich betraten der Oberstaatsanwalt und der Hauptkommissar durchs Gartentörchen das Grundstück von Karl Dernauer, jeder bepackt mit mehreren Plastiktüten. Hub steuerte sofort die Tür zur Küche an. Günther Keller folgte ihm, und beide leerten ihre Tüten auf dem Küchentisch aus. Hub übernahm das Kommando. Er trat auf, als wäre er der Chef einer professionellen Catering-Truppe.

„Günther, stellst du bitte mal den Wein kalt. Den hier trinken wir als Erstes, den kannst du schon mal entkorken, Karl. Und danach bringst du mir bitte große flache Teller für die Vorspeise. Und stell schon mal die Gläser raus."

Karl Dernauer verzog den Mund zu einem breiten Grinsen, schlug dann aber die Hacken zusammen und setzte seine Fingerspitzen mit flacher Hand an die Schläfe. „Zu Befehl, Sir."

Hub verteilte das Carpaccio auf die drei Teller und richtete es ziemlich laienhaft mit dem gehobelten Parmesan an. Karl Dernauer ließ ihn gewähren, griff dann allerdings ein, als Hub Essig und Öl über die dünnen Fleischscheiben gießen wollte.

„Lass mal, ich stelle Essig und Öl auf den Tisch, dann kann das jeder nach Gusto machen."

Günther Keller hatte inzwischen die Gläser gefüllt. „Ich weiß ja, dass du nicht so häufig Riesling trinkst, weil du die Säure nicht so gut verträgst. Aber der hier ist sehr magenfreundlich, dafür aber von extraordinärer Qualität“, sagte er zu Karl Dernauer und drückte ihm ein gut gefülltes Glas in die Hand.

Extraordinär – es war zwar schon ein paar Jahre her, dass sie zusammen Wein getrunken hatten, aber Karl Dernauer konnte sich noch gut daran erinnern, dass Günther Keller immer ungewöhnliche Vokabeln einfielen, wenn er einen Wein beschrieb oder beurteilte. Er nahm einen ersten Schluck und spülte ihn durch den Mund, wobei er ihn betont lange auf der Zunge und am Gaumen spielen ließ. Alle Achtung, das war ja ein wahres Füllhorn an Aromen. Günther hatte nicht übertrieben.

Karl hatte zwar schon einen leisen Argwohn, ob es sich wirklich um einen reinen Dankesbesuch handelte. Doch dann war er dennoch nicht wenig überrascht. Sie saßen noch beim Carpaccio, als Hub die Katze aus dem Sack ließ.

„Also, mein Lieber. Wir sind, wie gesagt, hier, um uns bei dir noch einmal zu bedanken. Und das werden wir mit schmackhaftem Essen und bestem Wein auch tun. Aber wie heißt es so schön: Der Dank ist die vornehmste Form der Bitte.“ Es folgte eine bedeutungsschwere Pause.

„Günther kam auf die Idee, dass du uns vielleicht noch einmal helfen kannst.“ Bei diesen Worten blickte er zu dem Kriminalbeamten, der die Aussage mit einem Nicken bestätigte.

Hub fuhr fort: „Wir haben einen neuen komplizierten Fall. Und da würden wir dich gerne als inoffiziellen Berater einspannen. Das Honorar liefern wir in Naturalien. Immer, wenn wir uns hier bei dir treffen, sorgen wir für Speis und Trank vom Feinsten. Ist das nicht ein ganz tolles Angebot?“

Karl Dernauer versuchte, ein krachendes Gelächter zu unterdrücken, was ihm aber nur für wenige Sekunden gelang. Er prustete laut los, beruhigte sich aber schnell wieder.

„Vornehmste Form der Bitte – klingt ja sehr beeindruckend. Ohne lange drum herum zu reden: Ich nehme dieses einmalige Angebot natürlich an – unter einer Bedingung."

„Und die wäre?" Hub war ein ganz klein wenig besorgt, dass die Forderung nur schwer zu erfüllen war.

„Wir sprechen uns immer gegen Mittag ab, ob es am Abend passt. Keine Überraschungsbesuche. Ich habe das letzte Wort, wenn es um die Terminfindung geht."

Der Oberstaatsanwalt und der Hauptkommissar tauschten irritierte Blicke aus. Die beiden Männer waren sich aber auch ohne Worte einig.

Hub war es, der seinem Freund antwortete: „Na klar, das können wir so halten. Darf ich fragen, warum dir so viel daran liegt? Es hat dich doch noch nie gestört, wenn ich zu jeder Tages- und Abendzeit einfach so bei dir reingeschneit bin."

„Fragen darfst du, antworten werde ich dir dazu aber heute noch nicht." Karl Dernauer wollte verhindern, dass gleich zwei Männer hereinplatzten, wenn er in den nächsten Tagen zu Hause einen Abend mit Gabriella verbrachte. Sie hatten sich zwar nicht fest verabredet, aber er wollte nicht mehr so lange Zeit bis zu einem Wiedersehen verstreichen lassen wie zwischen dem ersten und dem zweiten Treffen. Er sehnte sich nach ihr. Und zwar sehr.

Aber natürlich kannte Hub seinen Freund gut genug, um sofort Bescheid zu wissen. Eine Frau, dachte er. Eine Frau! Karl ist verliebt. Erst der Krimi und jetzt auch noch eine neue Liebe.

„Junge, du hast einen echten Lauf", murmelte er vor sich hin.

„Was sagst du? Ich habe dich nicht verstanden", sagte Karl.

„Ach nichts. Prost, wollte ich sagen. Auf den neuen Fall." Hub hob sein Glas und leerte es in einem Zug.

Kapitel 40

Als der Pasta-Gang – eine raffinierte *Vesuvio*-Spezialität mit verschiedenen, über die Nudeln gehobelten Nusssorten –

aufgetragen war, wurde Karl Dernauers Neugierde endgültig übermächtig.

„Nun los, um was geht es denn? Etwa um das Tötungsdelikt, von dem ich gestern in dieser knappen und nichtssagenden Meldung in der Zeitung gelesen habe?"

„Volltreffer." Hub war sich sicher gewesen, dass sein Freund diesen naheliegenden Schluss ziehen würde. „Für einen Krimiautor hat der Fall alles, was man braucht." Er sagte dies in einer Beiläufigkeit, die Karl alle Möglichkeiten offen ließ, Günther Keller einzuweihen, dass er selbst unter die Romanschreiber gegangen war.

Karl Dernauer aber ließ diese Vorlage ungenutzt. Noch war ihm nicht daran gelegen, dass der Kreis derer, die von seinen schriftstellerischen Aktivitäten erfuhren, weiter gezogen wurde. „Dann lass mal hören. Du weißt, dass ich mich nicht gerne auf die Folter spannen lassen. Fakten, Fakten, Fakten – bitte."

Hub schaute kurz zu Hauptkommissar Keller. Der Blick, den die beiden Männer austauschten, verriet Genugtuung darüber, dass sie ihren Freund richtig eingeschätzt hatten. Der Hobby-Kriminalist hatte Feuer gefangen. Hub sprach weiter.

„Am späten Mittwochabend fand in der Altstadt eine Nachtwächterführung statt. Diese vor allem für Touristen geplante rund zweistündige Tour wird auch bei Einheimischen immer beliebter: ein bisschen Kultur, sehr unterhaltsam. Das wird inzwischen auch gerne für Betriebsausflüge und Weihnachtsfeiern gebucht."

„Kenne ich. Habe ich auch schon mitgemacht. Ist wirklich ganz nett. Aber nicht strafbar, so weit ich weiß." Karl Dernauer war höchst gespannt. „Aber diese endete tödlich."

„Du sagst es. Ich weiß nicht, ob du die Firma Breitholz kennst?" Hub schaute Karl an, der den Kopf schüttelte.

„Das ist ein richtig großer Laden mit fast hundert Beschäftigten. War mal eine ziemlich große Hausnummer in Sachen Steuerberatung und Wirtschaftsprüfung, wurde aber vor ein paar Jahren von einem noch größeren Konzern mit Zentrale in Frankfurt geschluckt. Es gibt Gerüchte, dass man über eine

Schließung des hiesigen Standortes nachdenkt, entschieden sein soll das aber noch nicht."

Der Oberstaatsanwalt nahm einen Schluck Wein. Karl Dernauer nutzte die Pause, um sich eine Zigarette anzuzünden.

„Man kam in der Spitze der Niederlassung zu der Einschätzung, dass man die Chancen auf einen Erhalt des Standortes erhöht, wenn man einen möglichst engen Zusammenhalt in der Führungs-Crew schaffen könnte. Eine zweitägige Klausur wurde dazu angesetzt. Team-Building nennt man das wohl auf Neudeutsch." Doktor Hubertus von Steenberg nahm noch einen Schluck Wein. „Der ist wirklich hervorragend!" Er stellte sein Glas wieder auf den Tisch und signalisierte Günter Keller, dass dieser ihm noch einmal nachschenken solle.

„Zur Einstimmung auf diese Tagung der Führungskräfte wurde die Nachtwächterführung gebucht. Danach sollte es in ein Hotel gehen, wo dann am Donnerstag und Freitag die zweitägige Klausur stattfinden sollte – unter Leitung eines externen Psychologen, der das Team vor allem zusammenschweißen sollte. Aber zu dieser Klausur kam es dann nicht mehr."

„Weil bei der Nachtwächterführung jemand ermordet wurde?" Karl Dernauer war auf seinem Stuhl in eine Art Hab-acht-Stellung nach vorne gerutscht.

„Genau."

„Und was ist an diesem Fall so schwierig, dass ihr meinen eigentlich unbezahlbaren externen Sachverstand buchen wollt? Was euch teure Naturalien wert ist?"

Hub zog aus einer der Plastiktüten einen Klarsicht-Ordner, in dem nur ein Blatt Papier abgeheftet war. Bevor er etwas dazu sagte, schlug er einen verschwörerischen Ton an.

„Nur der Form halber: Wir sind uns ja darin einig, dass das alles unter uns dreien bleibt."

Karl antwortete nicht, sondern verdrehte nur die Augen. Hub setzte seine Schilderung fort.

„Günther und ich mussten sofort an den Schaefer-Fall denken. Es gibt eine ganze Palette von möglichen Motiven. Diesmal ist allerdings glücklicherweise die Zahl der Verdächtigen ein bisschen kleiner."

„Dann schafft ihr beide das doch auch ganz locker ohne mich." Karl Dernauer lehnte sich wieder sehr entspannt in seinem Stuhl zurück. „Ihr seid doch gestandene Profis mit einem außergewöhnlichen kriminalistischen Sachverstand. Na ja, Günther zumindest ..." Bei dieser Bemerkung grinste er den Oberstaatsanwalt sehr breit an.

„Blödmann", kommentierte Hub diese Frechheit. „Der Fall ist komplizierter, als es auf den ersten Blick aussieht. Mit Tatortspuren kommen wir kein bisschen weiter. Und mit den Zeugenaussagen ist es auch so eine Sache: Wahrscheinlich hatte jeder ein Motiv, wie unsere Vernehmungen am Donnerstag und am Freitag ergeben haben – und deshalb können wir so gut wie gar nicht einschätzen, wer lügt."

Karl Dernauer setzte sich wieder senkrecht auf. „Also weiter. Wer wurde ermordet – und wer könnte es getan haben?"

Hub streckte ihm den Klarsicht-Ordner entgegen.

„Da ich weiß, wie sehr du eine kompakte Übersicht schätzt, habe ich dir das hier schon mal zusammengestellt."

Opfer	Cornelius Brand 46 Jahre	Stv. Chef, früher Personalchef der Firma Breitholz (Niederlassung einer großen Firma Steuerberatung/Wirtschaftsprüfer)
Tatwaffe	Massive Skulptur Brand wurde damit erschlagen.	Jeder Verdächtige hatte die Skulptur in der Hand.
Verdächtige	**Zur Person**	**Erste Erkenntnisse und Fragen**
Jochem „Jojo“ Jordan	Stadtführer 64 Jahre	ehemals beschäftigt bei Firma Breitholz
Dr. Gerald Hartmann	Chef 55 Jahre	Sägte Stv. an seinem Stuhl? Hat Brand protegiert, aber Verhältnis ist angeblich stark abgekühlt.
Adrian Best	Kollege 38 Jahre	Leitung Finanzen Hat angeblich was mit Barbara von Runkel.
Dr. Franco Spitzner	Kollege 36 Jahre	Leitung Rechtsabteilung
Mark Weinheim	Kollege 42 Jahre	Brands Nachfolger als Personalchef Knallhart, will weiter Karriere machen.
Stefan Herbst	Kollege 44 Jahre	Leitung Controlling Hat mit der Video-Kamera gefilmt, nervt damit die anderen, graue Maus.
Vanessa Bornholm	Kollegin 29 Jahre	Assistentin des Chefs Jung, frech, ehrgeizig, weiß alles besser, sieht gut aus, spielt mit ihren Reizen, hat das Projekt geplant.
Barbara von Runkel	Kollegin 46 Jahre	Marketing-Chefin Hatte mal was mit dem Opfer, attraktiv, macht auf jünger, war auch mal Chef-Assistentin.
Dr. Jobst Kinkel	Supervisor Psychologe 51 Jahre	Cornelius Brand hatte ihn für das Projekt vorgeschlagen.

Karl las die Tabelle, die sein Freund angefertigt hatte, sorgfältig durch. Nach der Lektüre zündete er sich eine weitere Zigarette an und blies den Rauch der ersten Züge bedächtig vor sich hin. Dann stellte er seine erste Frage.

„Und warum seid ihr so sicher, dass es einer von diesen neun Personen gewesen sein muss?"

Diesmal ergriff Günther Keller das Wort: „Der Tatort ist pikant. Und die Tatwaffe auch. Die Nachtwächterführung war gerade in einer Kirche angekommen, das Tor wurde hinter den Teilnehmern geschlossen. Draußen wartete zufällig eine weitere Gruppe, die auch eine Nachtwächterführung machte. Und die hätten mitbekommen, wenn irgendeiner rein oder raus gegangen wäre."

„Und warum hatten alle Verdächtigen die Mordwaffe in der Hand?" Karl Dernauer wollte sein erstes Bild abrunden.

„Weil es sich um eine schwere Holz-Madonna handelt, die auf einem Sockel steht. Nicht besonders wertvoll, aber es ist bei allen Führungen ein Aha-Effekt, wenn man die Teilnehmer diese Skulptur in die Hand nehmen lässt. Sie ist nämlich deutlich schwerer, als sie aussieht."

Während er diese Erläuterungen gab, zog Günther Keller einen USB-Stick aus der Hosentasche.

„Holst du mal dein Laptop? Wir haben nämlich nicht nur die Fingerabdrücke als Beweis, dass jeder die Tatwaffe in der Hand gehalten hat."

Karl schaute ein wenig ungläubig, stand dann aber auf und holte den Computer aus dem Arbeitszimmer. Während er ihn hochfuhr, streckte er Günther seine Hand entgegen.

„Was ist denn da so Erhellendes drauf?"

Jetzt schaltete sich Hub wieder ein.

„Du hast doch auf der Tabelle gesehen, dass Stefan Herbst, der Leiter des Controlling, ein Digicam-Freak ist. So ein Typ, der wirklich dauernd alles und jeden filmt. Er hat auch während der Nachtwächterführung fast ununterbrochen seine Kamera laufen lassen. Den Film haben wir beschlagnahmt und dir eine Kopie angefertigt. Unter anderem ist da eine Sequenz drauf, in der man sieht, wie die Madonna von einem zum anderen wandert, während der Stadtführer seine Anekdoten zum Besten gibt."

Karl ließ den Film auf seinem Rechner anlaufen. Man sah ziemlich wild aneinandergereihte Szenen mit Menschen, die er nicht zuordnen konnte. Schon nach rund zwei Minuten stoppte er den Film.

„Wie lang ist der denn?", wollte er von Günther Keller wissen.

„Knapp fünfzig Minuten."

„Das ist mir jetzt zu lang, das muss ich mir in Ruhe anschauen. Es würde mir aber helfen, wenn wir mal schnell durchgehen, wer von diesen Menschen wer ist."

Zu dritt starrten sie erneut auf den Bildschirm. Karl notierte sich auf seiner Liste Merkmale der Personen, damit er sie später zuordnen konnte. Nachdem er alle – bis auf den Kameramann – gesehen hatte, klappte er den Rechner zu und brachte ihn ins Haus. Als er zurückkam, strahlte er seine Freunde an.

„Für heute muss das als Beratertätigkeit reichen. Ich bitte um einen weiteren Vorschuss – oder sollte es das mit dem Beihilfe-zur-Mordaufklärung-Menü schon gewesen sein?"

Natürlich nicht. Erst kurz vor Mitternacht beendeten die drei Männer ihren kulinarisch-kriminalistischen Abend.

Am nächsten Morgen schaute Karl Dernauer direkt nach dem Frühstück den kompletten Film an, machte sich dabei allerdings keinerlei Notizen, weil er sich nur einen ersten Eindruck verschaffen wollte. Danach legte er den inneren Schalter um und widmete sich zunächst einmal wieder seinem eigenen Fall.

Kapitel 41

Eva und Arthur Bernstein waren nach der Vernehmung zu Marianne Schindler gefahren, die allein zu Hause war. Sie hatte Ferien, Jakob war in seinem Büro. Am Küchentisch machte Eva ihrem Unmut Luft.

„Nicht zu fassen, wie dieser Herr Schnösel auftritt. Aber dem werden wir es zeigen, nicht wahr, Arthur." Es war eine rhetorische Frage.

Ohne eine Antwort ihres Mannes abzuwarten, sprach sie weiter: „Wir werden diesen Fall aufklären, und zwar ohne die Hilfe des Polizeiapparats. Marianne, kannst du uns bitte möglichst viel über die Menschen erzählen, mit denen wir im Schrebergarten gefeiert haben, bevor das grausame Verbrechen begangen wurde? Für mich gibt es ein ganz klares Indiz dafür, dass es einer aus unserer Runde war, der Paula und Anton ermordet hat."

„Du meinst die Tatsache, dass jeder Antons Ankündigung gehört hat, die Münzen nach dem Wochenende wieder zurück in den Banksafe zu bringen?", hakte Arthur ein.

„Nein, ich meine die Tatsache, dass Pünktchen keinen Alarm geschlagen hat, sondern sich mit dem vergifteten Fleischstückchen ruhigstellen ließ. So etwas Ähnliches gab es auch einmal in einem Sherlock-Holmes-Fall. Der entscheidende Hinweis war, dass der Hund nicht gebellt hat."

„Pünktchen hat den Mörder gekannt – und zwar gut." Arthur unterstützte den Ansatz seiner Frau mit einem Kopfnicken. „Wie schätzt du das ein, Marianne? Von wem aus unserer Runde hätte Pünktchen das Fleisch angenommen?"

Marianne überlegte nur kurz. „Von jedem. Pünktchen ist zwar ein ausgezeichneter Wachhund, aber er ist auch darauf abgerichtet, Bekannten gegenüber lammfromm zu sein. Paula und Anton haben viel Wert darauf gelegt, dass sie ihn völlig frei im Garten laufen lassen konnten, wenn Besuch da war."

Eva zog die Augen zusammen und legte ihre Stirn in Falten. „Ich frage nur noch einmal zur Sicherheit nach: Du bist also absolut davon überzeugt, dass Pünktchen einen Fremden nicht auf das Grundstück gelassen hätte?"

Marianne zerstreute jeden Zweifel: „Das können wir ausschließen. Pünktchen hätte niemals von einem Fremden ein Leckerli angenommen. Er hätte einen Eindringling gestellt und ihn auf keinen Fall in Richtung Haus gehen lassen. Und er hätte richtig Rabbatz gemacht, bis Herrchen oder Frauchen ihn zu sich gerufen hätten."

„Das schränkt den Kreis der möglichen Täter stark ein. Wie gut kennst du die einzelnen Leute?" Schon während dieser Frage lenkte Eva ihren Blick in die Richtung ihres Mannes. „Arthur, machst du dir bitte Notizen? Ich bin immer noch zu aufgeregt, um leserlich zu schreiben."

Arthur ließ sich von Marianne einen Schreibblock geben. Sie füllte jedem noch einmal Kaffee nach und begann dann zu erzählen.

„Am besten gekannt haben wir natürlich Paula und Anton, weil sie ja auch hier seit Jahren unsere Nachbarn sind – nein, waren, muss ich jetzt ja sagen." Sie schluckte mehrfach, nachdem sie das gesagt hatte. „Ihr habt sie ja beide ganz gut kennengelernt, auch wenn ihr nur einen Abend mit ihnen zusammen gewesen seid. Zwei Seelen von Mensch, bessere Nachbarn könnt ihr euch nicht vorstellen. Immer hilfsbereit und großzügig."

„Sie waren ziemlich wohlhabend?" Arthur Bernstein kritzelte bei dieser Frage kleine Muster vor sich hin.

„Das kann man wohl sagen." Marianne Schindler unterstrich diese Aussage mit mehrfachem Nicken. „Anton hat nach der Wende mit einem Gebrauchtwagenhandel angefangen und dann in ziemlich kurzer Zeit mehrere große Autohäuser aufgemacht – auch mit Neuwagen. Er war mal ein ziemlich großer Sportler in der DDR und sein Bekanntheitsgrad hat ihm bestimmt am Anfang geholfen. Aber er war vor allem eine sehr integre Person, was ihm im Geschäftsleben zugute kam. Die Leute hatten Vertrauen zu ihm, und so kamen immer neue Kunden hinzu. Vor rund zwei Jahren hat er dann alles verkauft – wohl auch, weil sein Sohn nicht das Format hatte, die Firma erfolgreich weiterzuführen. Bestimmt waren Anton und Paula vielfache Millionäre. Aber sie sind immer ganz bescheiden geblieben."

Eva Bernstein wollte mehr über das Privatleben der Ermordeten wissen. „Sie hatten nur den einen Sohn, richtig?"

„Ja. Alex und Svenja haben ein ziemlich großes Haus in einem Neubaugebiet, wo sie mit ihren drei Kindern leben. Zwei nette Mädels, Zwillinge, so um die fünfzehn, meine ich. Und ein zehnjähriger Junge, auch sehr lieb und pfiffig. Den Hausbau haben Paula und Anton komplett finanziert. Die Familie stand für sie immer an oberster Stelle."

„Und was machen Alex und Svenja beruflich?" Eva Bernstein hatte ihr Bild von der Familiensituation noch nicht komplett.

„Alex ist ein sehr liebenswerter Mensch, aber er hat nicht die Power seines Vaters. Er ist schon früh in die Firma eingestiegen, aber Anton hat ihm nicht zugetraut, seine Nachfolge anzutreten. Er ist nach dem Verkauf Abteilungsleiter in einem der Autohäuser geworden. Ich denke mal, das war eine Bedingung, die Anton gestellt hat. Svenja hat sich immer ganz auf die Erziehung der Kinder konzentriert. Mit den beiden Mädchen ist sie viel zu Reitturnieren unterwegs."

Eva Bernstein dachte einen Moment nach. „Aber wenn die Enkelkinder schon so groß sind – warum stehen dann im Schrebergarten von Alex und Svenja noch Spielgeräte für kleine Kinder?"

Marianne Schindler lachte kurz auf. „Das war häufiger ein Streitpunkt zwischen Paula und ihrer Schwiegertochter. Alex und Svenja haben nicht denselben Spaß an der Kleingärtnerei wie Paula und Anton. Sie waren relativ selten draußen, das Gelände lief nur pro forma auf sie. Eigentlich nur, damit Anton und Paula ihr Grundstück vergrößern konnten."

Arthur Bernstein malte auf einem neuen Blatt mehrere Rechtecke nebeneinander. „Kannst du mir mal zeigen, wer in der Kleingartenanlage welches Grundstück hat?"

Marianne Schindler tippte mit dem Zeigefinger auf die grobe Skizze. „Hier ganz außen ist der Garten von Paula und Anton, vergrößert durch den von Alex und Svenja, aber im Prinzip ein einziges Grundstück. Daneben kommt der von David und Jutta, dann der von Manni. Nein halt. Erst der von Rainer, dann der von Manni. Daneben ist das Gelände von Gisela und Joseph, und jetzt musst du noch einen Garten daneben einzeichnen. Ja, gut so. Das ist der von Michaela und Johannes."

Eva versuchte mit höchster Konzentration, sich die Gesichter der Nachbarn ins Gedächtnis zu rufen. „Was kannst du uns über die Freunde von Paula und Anton aus der Kleingartenanlage erzählen?"

„Also, gehen wir mal nach der Reihenfolge der Grundstücke. David und Jutta sind herzensgute Menschen, sie verstehen sich auch als Ehepaar blendend. Beide sind im Ruhestand, aber ich weiß gar nicht genau, was sie beruflich mal gemacht haben. Er war Handwerker, sie Erzieherin, meine ich. Finanziell geht es ihnen ganz gut, sie sind sparsam, aber nicht geizig. Kinder haben sie nicht. Unter dem Strich würde ich sie als die besten Freunde von Paula und Anton einstufen, noch vor Jakob und mir."

Marianne Schindler sammelte sich einen Moment. „Und jetzt zu Rainer und Manni. Rainer ist Lehrer gewesen, hat aber schon mit Mitte fünfzig aufgehört. Ich habe in den letzten fünf Jahren nicht einmal erlebt, dass er nicht in seinem Garten oder in dem von Paula und Anton gewesen wäre, wenn wir draußen waren. Ich mag ihn, auch wenn er ein ziemlicher Eigenbrötler ist."

Nachdem sie ihre Tasse geleert hatte, sprach Marianne Schindler weiter. „Der Manni ist ein ähnlicher Sonderling. Er war wohl mal verheiratet, ist aber schon seit fast zwanzig Jahren solo. Gibt den einsamen Wolf, gerät aber auch gerne mal ins Schwärmen, wenn er zu viel getrunken hat, was für eine tolle Frau er doch damals gehabt habe. Er arbeitet bei einer Behörde."

Marianne Schindler stand auf. „Ich koche mir noch einen Tee. Möchte einer von euch auch einen?" Eva und Arthur verneinten. Ihre Gastgeberin blieb neben dem Wasserkocher stehen und setzte ihre Schilderung fort.

„Gisela und Joseph sind nicht mein Fall. Sie prahlt dauernd mit ihren tollen Urlauben oder ihren neuen Klamotten, er ist auch ein ziemlicher Angeber, der einen protzigen Wagen fährt und immer die neueste Kamera und den neuesten Fernseher hat. Aber Anton und Paula kamen ganz gut mit ihnen klar. Was die beiden beruflich machen, weiß ich nicht. Finanziell stehen sie wohl nicht so gut da, wie sie immer tun. Ich habe mal mitgekriegt, wie Joseph den Anton angepumpt hat, aber ich weiß nicht, ob Anton ihm Geld geliehen hat. Wahrscheinlich schon."

Marianne füllte eine große Tasse, in der ein Teebeutel hing, langsam mit heißem Wasser. Dann setzte sie sich wieder an den Tisch. „Michaela und Johannes mag ich richtig gern. Zwei sehr zurückhaltende Menschen. Sie haben gemeinsam eine Kinderarztpraxis. Am Wochenende sind die Enkel oft bei ihnen, sie haben, wenn ich richtig rechne, drei Kinder und sechs oder sieben Enkel. Denen würde ich alles Gute zutrauen, aber eigentlich gar nichts Böses."

Das Gespräch mit Marianne Schindler endete damit, dass Arthur Bernstein sich noch die Nachnamen der Kleingärtner und das jeweilige Alter nennen ließ – wenn Marianne Schindler es nicht genau wusste, dann gab sie eine Schätzung ab.

Am frühen Nachmittag waren Eva und Arthur Bernstein zurück in ihrer Ferienwohnung. Sie unternahmen noch eine kleine Radtour und entspannten danach in ihrem Garten. Eva Bernstein döste auf der Liege vor sich hin, Arthur Bernstein übertrug am Gartentisch seine Notizen in Reinschrift. Nach gut einer Viertelstunde hatte er diese Arbeit beendet. Er ging alles noch einmal durch und reichte das Blatt dann seiner Frau, die ihre Sonnenbrille ins Haar schob und sich dann die Aufstellung ansah. Arthur Bernstein hatte den Informationen eine klare Struktur gegeben.

ALEXANDER GÄRTNER (39): Sohn der Getöteten, Vater von drei Kindern (Zwillingsmädchen 15 Jahre, Junge 10 Jahre). Abteilungsleiter in einem Autohaus, finanziell abgesichert.

SVENJA GÄRTNER (40): Schwiegertochter, nicht berufstätig, ansonsten siehe oben.

DAVID MORSBACH (64): Handwerker (?) im Ruhestand, verheiratet, kinderlos. Eng befreundet mit Paula und Anton. Sparsam, keine Geldsorgen.

JUTTA MORSBACH (um 62): Erzieherin (?) im Ruhestand, ansonsten siehe oben.

RAINER KASTENMEYER (um 63): Frühpensionierter Lehrer. Ledig. Eigenbrötler, lebt de facto in seinem Kleingarten.

MANFRED (MANNI) WINKELMANN (um 60): Berufstätig bei einer Behörde, geschieden.

JOSEPH NASSAU (um 60): Beruf unklar, lebt auf großem Fuß, finanzielle Situation eher angespannt.

GISELA NASSAU (Mitte/Ende 50): siehe oben.

JOHANNES PETERSEN (61): Kinderarzt, hat gemeinsam mit seiner Frau eine Praxis, 3 Kinder, 6 oder 7 Enkel. Finanziell eher gut situiert – ist aber eine Annahme.

MICHAELA PETERSEN (62): siehe oben.

Eva legte das Blatt zur Seite und blinzelte ein wenig in die Sonne. Dann setzte sie sich auf und blickte zu ihrem Mann hinüber. „Sehr diszipliniert, mein Liebster."

Arthur lächelte. „Was meinst du damit?"

„Dass du dich möglicher Charakter-Bewertungen enthalten hast. Das ist gut. Es geht um sehr viel Geld. Und das kann auch einen sympathischen Menschen zum Mörder machen."

Kapitel 42

Karl Dernauer war erleichtert, als er sich um die Mittagszeit eine kleine Platte mit belegten Broten zurechtmachte. Er hatte in seinem Roman den Punkt gefunden, an dem es sich anbot, alle Verdächtigen auf einen Blick zusammenzustellen. Als begeisterter Leser von Rätselkrimis schätzte er es sehr, wenn der Autor zwischendurch immer mal wieder einen kompakten Überblick bot, wer als Täter infrage kam. Nichts konnte er an Krimis so wenig leiden wie einen plötzlich aus dem Nichts gezauberten Täter. Er fühlte sich dann als Leser, der sein Hirn angestrengt hatte, um dem Mörder auf die Spur zu kommen, einfach nur veralbert. Wenn der Autor seinen Leser an die Hand nahm und ihm Lösungshilfen gewährte, hieß das ja noch lange nicht, dass die Aufklärung langweilig sein musste. Es war halt nur etwas aufwendiger, zum Ende noch mit einem Überraschungseffekt aufwarten zu können.

An dieser Stelle seines Romans konnte er gut eine Pause einlegen. Jetzt hatte er Zeit, sich das Filmchen zum Mord im realen Leben noch einmal genauer anzusehen.

Die Mittagssonne stand hoch am Himmel. Es brauchte eine gewisse Zeit, bis er den Sonnenschirm so platziert hatte, dass sein Laptop auf dem Terrassentisch ein blendfreies Bild liefern konnte. Sehr konzentriert machte er sich an die Arbeit und verspeiste dabei abwechselnd die kleinen Wurst- und Käsebrote.

Die neun Personen, die er in wechselnder Folge auf dem Bildschirm sah, erschienen ihm inzwischen wohlbekannt. Er musste gar nicht auf Hubs Liste neben dem Laptop schauen, um zu wissen, wen er da vor sich sah. Dennoch ergänzte er Hubs Liste durch einige handschriftliche Anmerkungen zum Aussehen der einzelnen Personen und zu ihrer jeweiligen spontanen Wirkung auf ihn selbst, wobei er auf Bemerkungen zu Gästeführer „Jojo" Jordan verzichtete, weil er diesen ja schon von früher kannte.

Doktor Gerald Hartmann: klein, Halbglatze, leicht übergewichtig – eher der Typ Beamter als Firmenchef

Adrian Best: ein Beau. Groß, athletisch, dunkle Locken (sieht fast aus wie der junge Hub) – wirkt eher oberflächlich

Doktor Franco Spitzner: sehr klein, schon dünnes helles Haar, leicht pickeliges Gesicht – Typ Muttersöhnchen

Mark Weinheim: schlank, mittelgroß, braunes Haar mit strengem Seitenscheitel – wirkt dynamisch und selbstbewusst

Vanessa Bornholm: große kühle Blonde – fast zu schön, um wahr zu sein

Barbara von Runkel: optisch könnte sie fast die Mutter von Vanessa Bornholm sein – wirkt aber deutlich sympathischer

Doktor Jobst Kinkel: schlank, mittelgroß, markante Brille mit dickem, eckigen schwarzen Gestell – Prototyp des Psychiaters

Diese Notizen waren eher analytische Fingerübungen, die Karl dazu nötigten, sich mit den einzelnen Verdächtigen jeweils konkret zu beschäftigen. Sie waren aber nur eine Basis für sein weiteres Vorgehen.

Auf was sollte er sein Augenmerk richten? Es war ja wohl kaum davon auszugehen, dass irgendjemand den Mord ankündigte oder jemand anderen verdächtigte. Das hätten Hub und Günther selbst sofort registriert. Es konnte also nur darum gehen, vermeintlich belanglose Kleinigkeiten zu registrieren, die dann später einmal in einem entsprechenden Kontext von Bedeutung sein würden.

Schon nach wenigen Minuten fühlte Karl Dernauer sich gelangweilt und völlig fehl am Platze – als wäre er als Fremder in einen Betriebsausflug hineingerutscht und sollte jetzt mitfeiern oder über Witzchen lachen, die er nicht verstand. Die Filmsequenzen waren voller Insider-Anspielungen: Es wurde albern gelacht über Bemerkungen, die für ihn überhaupt nichts Lustiges hatten.

Doch dann formte sich langsam ein immer klarer werdendes Bild der Sozialstrukturen innerhalb dieser Gruppe aus ihm unbekannten Menschen. Hier eine kleine, spitze Bemerkung, dort ein eher verkniffenes Lächeln nach einem vermeintlichen Joke – Karl spürte plötzlich ganz deutlich: Hier misstraute jeder jedem. Vieles war Fassade, vor allem wenn es besonders harmlos und gut gelaunt rübergebracht werden sollte. Sein Gesamteindruck verfestigte sich schon, als er erst rund die Hälfte des Films gesichtet hatte. Es gab neun mögliche Täter. Denn er sah neun Personen, die sich im Prinzip alle spinnefeind waren – darunter das Opfer. Das musste er abziehen, dafür aber den Mann, der die Kamera in der Hand hielt, wieder dazurechnen. Denn auch dieser sparte nicht mit heiter vorgetragenen, aber im Kern doch bitterbösen Kommentaren.

So kam er nicht weiter. Er musste auf anderem Weg dem Motiv des Mörders auf die Spur kommen. Karl Dernauer sprang vor bis kurz vor das Ende des Films. Er wollte sich noch einmal ansehen, wie die Reaktionen gewesen waren, als der Tote gefunden wurde, denn auch in diesem Moment hatte Stefan Herbst mit seiner Kamera ungeniert draufgehalten.

Gerald Hartmann, Vanessa Bornholm und Mark Weinheim hatten die Leiche von Cornelius Brand entdeckt, Vanessa Bornholm hatte durch ihren Schreikrampf alle anderen sofort herbeieilen lassen. Als Erster war Stefan Herbst mit seiner Kamera am Tatort und er richtete sein Objektiv im wilden Wechsel auf die drei Kollegen, die rund um das Opfer standen und auch auf den Toten, der auf dem Boden lag. Dabei zoomte er mehrfach auf das Blut, das neben dem Kopf auf den Steinplatten zu sehen war und auf die Madonna, die neben Cornelius Brand lag.

Im Sekundentakt erschienen die anderen Teilnehmer an der Nachtwächterführung am Zugang zu der kleinen Nische, in der der Ermordete lag. Die Kamera wechselte wirr zwischen den Neuankömmlingen, dem Toten und der Dreiergruppe, die Brand gefunden hatte, hin und her. Viele Sprachfetzen waren kaum zu verstehen. Als Letztes hörte man Gerald Hartmann schreien: „Jetzt mach das blöde Ding endlich aus.“ Dabei hielt er seine Hand vor das Objektiv. Dann endeten die Aufnahmen abrupt.

Karl trug sein Laptop zurück ins Arbeitszimmer. Er brauchte ein wenig Abstand von diesen verwirrenden Eindrücken, die suggerierten, man wäre bei einem Mord fast live dabei gewesen. In Wahrheit aber hatte er keinerlei persönlichen Bezug zu diesen wildfremden Menschen. Er durfte nicht in die Falle tappen zu glauben, dass er die Männer und Frauen durch diese paar Momentaufnahmen kennengelernt hatte. Andererseits, eines war klar: Er hatte einen Mörder gesehen. Oder zumindest gehört, korrigierte er sich sofort – falls der Mann mit der Kamera der Täter war.

Aber wie abgebrüht wäre das denn? Einfach so weiterfilmen, auch das Opfer, kurz nachdem man einem Menschen das Leben genommen hatte? Wobei andererseits: Kaltblütigkeit müsste der Mörder schon besitzen, um einen Mord in diesem Umfeld zu begehen. Oder war es eine Tat im Affekt? Er hatte im Moment nur Fragen, keine Antworten.

Einer spontanen Eingebung folgend rief er Hub an und verabredete sich für den Abend mit ihm in einem Biergarten. Dann schickte er noch eine SMS an Gabriella, in der er sich erkundigte, ob sie am Mittwochabend schon etwas vorhabe.

Abstand gewinnen, das war ein gutes Stichwort. Das könnte er durch Schreiben erreichen. Und das würde er jetzt auch seinen beiden Romanhelden ermöglichen.

Kapitel 43

Eva und Arthur Bernstein saßen am Frühstückstisch und planten ihren Tag. Sie waren sich schnell einig, dass sie ein wenig Distanz von dem grausigen Doppelmord gewinnen wollten. Bei einer Radtour war das kaum möglich. Wenn sie beide jeder für sich durch die Landschaft glitten, hätten sie viel Zeit zum Nachdenken – und das würde zwar nicht ununterbrochen, aber immer wieder um die Geschehnisse im *Gärtner-Garten* kreisen.

Ein Stadtspaziergang und das Erkunden des BUGA-Geländes waren die logische Alternative. Viele schöne Eindrücke und

Erlebnisse würden ihnen einen abwechslungsreichen Tag bescheren. Und so machten sie sich schon früh am Morgen zu Fuß auf in Richtung Bundesgartenschau.

Marianne und Jakob hatten von ihrer Stadt Brandenburg in hohen Tönen geschwärmt. Und sie hatten nicht übertrieben. Schon der Weg bis zum BUGA-Hauptgelände offenbarte, dass diese Stadt, von deren Existenz die Bernsteins bis vor einigen Wochen gar nichts gewusst hatten, für mehrere erfüllte Urlaubstage gut war: Schöne Spazierwege an der Havel, die in ihrem eigenwilligen Verlauf auch an unerwarteten Stellen immer wieder auftauchte, Straßencafés an lebhaften Plätzen und von großen Bäumen umrandete Biergärten, schmucke kleine Gassen und markante Bürgerhäuser – das Zentrum der Region hatte viel mehr zu bieten, als sie erhofft hatten. Und auch die Gartenschau hielt, was sich das rheinländische Ehepaar davon versprochen hatte.

Die Stunden flogen nur so an Eva und Arthur vorbei. Erst am frühen Nachmittag saßen sie zu einem verspäteten Mittagsimbiss in einem Restaurant, das Tische mit großen Sonnenschirmen direkt an der Havel platziert hatte. Bei einer Fischplatte und spritzigem Sommerwein beobachteten sie die kleinen Fähren, die in kurzen Abständen zwischen den BUGA-Standorten pendelten. Arthur Bernstein zeigte mit ausgestrecktem Arm auf die andere Flussseite.

„Dort hinten ist eine Anlegestelle für größere Schiffe, mit denen man eine Havel-Rundfahrt durch die Stadt machen kann. Was hältst du davon, wenn wir damit unseren Tag abrunden?“

Eva war von der Idee sofort sehr angetan. „Ja, das stelle ich mir auch sehr nett vor. Auf dem Heimweg kaufen wir danach noch ein, in dem Supermarkt, der ganz in der Nähe unserer Wohnung liegt. Und heute Abend kochen wir uns was Feines. Du die Vorspeise und das Dessert und ich den Hauptgang? Oder lieber umgekehrt?“

„Ich schlage vor, wir machen uns jeder über alle drei Gänge Gedanken. Und dann entscheiden wir im Laden spontan.“ Mit diesem Mix aus Planung und Spontaneität hatten Eva und Arthur oft gute Erfahrungen gemacht. Herausgekommen war nicht selten eine besonders kreative Küche.

Kaum hatte das Ausflugsschiff die Anlegestelle verlassen, erlebte das Ehepaar einen Kulturschock. Der Kapitän stand offenbar auf Schlagermusik der einfältigsten Sorte. Aus dem knarzenden Lautsprecher dröhnten unsäglich dumme Texte zu schlichtesten Melodien. Eva wollte sich schon aufregen, doch ihr Mann fand den Dreh, mit dem er sie von aufsteigender schlechter Laune befreien konnte. Er setzte sich neben sie und begann mit ihr zu schunkeln. Die Situation hatte eine so komische Absurdidät, dass Eva Bernstein in lautes Gelächter ausbrach – auch über sich selbst. Mochte die Musik noch so schlecht sein: Es gab keinen Grund, sich davon die Stimmung vermiesen zu lassen. Je plumper der Refrain, umso herzhafter sang sie mit. Die Blicke einiger Mitreisenden drückten Befremden aus, was Eva noch mehr anstachelte. Sie war gewillt, für die Dauer der Rundfahrt die tumbe Touristin zu geben. Ihr Spaß an diesem Spiel wuchs mit jedem absichtlich leicht schrägen Ton, den sie in ihren Gesang einbaute.

Arthur schmunzelte, als er daran dachte, dass wahrscheinlich ganze Generationen von nachfolgenden Schiffsgästen den Auftritt seiner Frau ausbaden müssten. Der noch relativ junge Kapitän sah sich sicherlich in seiner Musikauswahl nachhaltig bestätigt und würde bis ans Ende seiner Karriere auf Beschallung dieser Art setzen.

Am Nebentisch hatte eine achtköpfige Gruppe Platz genommen, die sich als Großfamilie entpuppte. Zwischen den Beinen von Oma, Opa, Vater, Mutter und vier halbwüchsigen Kindern turnte ein Mops-ähnlicher Mischling umher, dem immer wieder kleine Brot-, Wurst- und Käsestückchen verabreicht wurden. Urplötzlich hielt Eva Bernstein mit ihrem Gegröle inne. Sie schaute ihren Mann mit ernstem Blick an und flüsterte ihm ins Ohr.

„Mein Liebster, erinnere mich bitte daran, dass ich sofort Marianne anrufen muss, wenn wir dieses Partyschiff verlassen haben.“ Und dann setzte sie mitten im Refrain wieder ein und schmetterte Arthur mit schmachtendem Blick etwas entgegen wie „für alle Zeit, bin ich nur dein …“

Nach der Rundfahrt steuerte Eva sofort eine ruhige Parkbank an und zückte ihr Telefon.

„Hallo Marianne, ich habe nur eine kurze Frage. Kannst du mir sagen, wer von den Menschen im Garten selbst ein Haustier hat, vor allem, wer Hundehalter ist?" Es folgte eine längere Pause, weil Marianne Schindler sprach. „Ja, gut. Dann rufe ich dich in ungefähr einer Stunde noch einmal von unserer Wohnung aus an. Bis später."

Arthur Bernstein blickte seine Frau fragend an.

„Mir ist vorhin in den Kopf geschossen, dass der Mörder vielleicht Pünktchen ganz bewusst am Leben gelassen hat. Weil er es nicht übers Herz gebracht hat, einen Hund zu töten. Findest du diesen Gedanken doof? Du weißt, dass du mir das ruhig sagen kannst." Als ihr Mann nicht reagierte, fuhr Eva fort. „Marianne hat gesagt, dass Jakob bald heimkommt und sie mit ihm darüber spricht. Sie selbst war sich nicht bei allen Personen sicher."

Arthur spielte versonnen mit Daumen und Zeigefinger an einer Augenbraue, wie er es öfter tat, wenn er intensiv nachdachte. Dann legte er den Arm um seine Frau.

„Erstens finde ich deine Gedanken niemals doof. Höchstens bisweilen ein wenig ...", Arthur Bernstein suchte nach dem optimalen Ausdruck, „ ... sagen wir mal: exklusiv. Also in dem Sinne, dass sie außer dir niemand hat." Diesen Satz ließ er bewusst ein wenig nachklingen.

„Und zweitens ist das gar nicht so abwegig. Jakob kann bestimmt in Erfahrung bringen, wie das Betäubungsmittel dosiert war, das Pünktchen verabreicht wurde."

Als sie nach dem Einkauf wieder in ihrer Ferienwohnung angekommen waren, setzte sich Eva Bernstein mit der Liste der Verdächtigen an den Esstisch und klingelte erneut bei den Schindlers an.

„Ja, Marianne, hallo. Nochmal Eva." Diesmal war ihre Sprechpause nur ganz kurz. „Ja, ich schreibe es mir mit." Das weitere Gespräch wurde von Notizen begleitet, die Eva auf dem Blatt Papier hinter den jeweiligen Namen machte. Als sie sich schon von

Marianne verabschiedete, fuchtelte ihr Mann wild mit den Armen. „Halt, warte bitte. Arthur möchte dich auch noch kurz sprechen."

Arthur Bernstein ließ sich den Staatsanwalt geben. „Hallo, Jakob. Kannst du in Erfahrung bringen, wie das Betäubungsmittel bei Pünktchen dosiert war? Ich meine, ob man sagen kann, dass er mit Absicht nicht getötet werden sollte?" Nach der Antwort seines Freundes ging ein breites Lächeln über sein Gesicht. „Bis morgen Mittag? Das klingt gut. Wir können ja morgen Abend vielleicht gemeinsam ein Häppchen essen gehen." Dabei blickte er seine Frau an. Eva Bernstein nickte. „Passt bei euch? Prima. Bis dahin."

„Machst du uns mal einen Aperitif? Und dann setzt du dich zu mir und wir gehen mal durch, was Marianne mir gesagt hat."

Als Arthur zwei Martini auf Eis auf den Tisch gestellt und es sich neben seiner Frau bequem gemacht hatte, fasste Eva die neuen Erkenntnisse zu ihrer Hundefreund-Theorie zusammen.

„Pünktchen ist ja jetzt bei Alex und Svenja. Alex wird von ihm genauso als Herrchen akzeptiert wie Anton und Paula. Du erinnerst dich, dass er ja auch mit ihm Gassi war, als wir im Garten ankamen. Svenja konnte wohl überhaupt nichts mit Pünktchen anfangen. Die beiden hatten ein Null-Verhältnis, wie Marianne sich ausgedrückt hat."

Eva Bernstein blickte wieder auf die Liste. „David und Jutta hatten jahrelang auch einen Hund, der oft mit bei Anton und Paula war und sich mit Pünktchen gut verstanden hat. Dieser Hund ist aber vor ein paar Monaten gestorben. Laut Marianne ist sein Tod Jutta und David sehr nahegegangen, die beiden überlegen, ob sie sich wieder einen Hund anschaffen sollen."

Es folgte ein neuer Blick auf das vor ihr liegende Blatt Papier. „Rainer Kastenmeyer hat einen Hund, der aber schon sehr alt und blind und taub ist. Der verlässt sein Körbchen in Rainers Laube so gut wie gar nicht mehr, aber Rainer hängt sehr an ihm. Manni hat mit Tieren allgemein und mit Hunden im Besonderen wohl gar nix am Hut. Genauso das Ehepaar Nassau. Die haben zwar Pünktchen öfter gestreichelt, wie jeder, der in Paulas und Antons Garten Stammgast war. Aber von ausgeprägter Tierliebe ist bei denen nichts bekannt. Marianne hat gesagt, die beiden lieben nur sich selbst. Also jeweils sich selbst, gar nicht mal sich gegenseitig – du verstehst, was ich meine?“

Noch einmal kontrollierte Eva ihre Notizen. „Ja, und die Petersens, die sind beide seit vielen Jahren Mitglied im Tierschutzverein, Michaela sogar im Vorstand. Die haben schon immer mehrere Haustiere gehabt, immer auch Hunde.“

Kapitel 44

Als Karl Dernauer im Biergarten eintraf, wartete Hub bereits an einem kleinen Tisch direkt am Rhein. Er trug seine Laufsachen und war verschwitzt. Nur das T-Shirt hatte er gewechselt, vor ihm stand ein halbvolles Glas Weizenbier. Karl Dernauer kannte das Sprüche-Hemdchen, das sein Freund trug, noch nicht: *Früher war alles besser. Auch die Zukunft.*

„Du bist von Chuck Norris zu Karl Valentin gewechselt? Das nenne ich mal einen intellektuellen Fortschritt! Nimmst du auch ein Würstchen mit Kartoffelsalat? Ich gebe einen aus.“ Karl Dernauer sparte sich jede Art der förmlichen Begrüßung, wie oft gegenüber seinem engsten Freund.

„Und dann gleich so üppig …“, gab Hub spöttisch zurück. „Ja, gerne. Und noch ein Weizen.“ Direkt danach setzte er das Glas an den Mund und leerte es in wenigen Zügen.

Karl holte am Verkaufsstand zwei Weizenbier und zwei Essen. Das Tablett war gar nicht so leicht zu balancieren, er war froh, dass er es unfallfrei zum Tisch brachte.

„Was macht die Liebe?“ Hub grinste seinen Freund herausfordernd an. Er war sich sicher, dass es eine neue Frau in Karls Leben gab, doch dieser hatte keine Lust, schon heute über Gabriella zu reden.

„Danke, ich komme zurecht. Und selbst?“ Wenn er den Ball einfach zurückspielte, würde Hub wahrscheinlich das Thema wechseln. So kam es denn auch.

„Ich habe heute mit dem Kollegen in Frankfurt gesprochen, der uns Amtshilfe gibt. Er hat die Kripo dort zu der Konzernzentrale geschickt, um herauszufinden, wie konkret die Schließungspläne bei der hiesigen Niederlassung sind. Angeblich ist das noch nicht final entschieden."

„Und was heißt das nach deiner Einschätzung für unseren Fall?" Karl war noch nicht ganz bei der Sache, weil er an Gabriella gedacht hatte. Sie hatte in einer SMS den Termin am Mittwochabend bestätigt und gefragt, ob er Lust auf ein Jazz-Konzert habe. Das hatte er – und dies auch zurückgeschrieben. Übermorgen um achtzehn Uhr dreißig würden sie sich sehen.

„Nun ja." Hub spülte mit einem Schluck Bier einem Stückchen Bockwurst hinterher. „Es vergrößert die möglichen unterschiedlichen Interessenlagen der einzelnen Verdächtigen in Bezug auf den Fortgang ihrer Karriere und damit auch die Zahl der möglichen Motive. Findest du nicht?"

„Was du da so verschwurbelt formuliert hast, bringt uns nicht weiter. Es klärt rein gar nichts. Oder sind wir schon sicher, dass Cornelius Brand aus beruflichen Gründen ermordet wurde? Ist eine Beziehungstat schon auszuschließen?"

„Natürlich nicht." Der Oberstaatsanwalt wirkte leicht verunsichert.

Karl Dernauer zog Hubs Liste aus der Tasche und zückte einen Kugelschreiber.

„Lass uns noch einmal ein wenig System in unsere Gedanken bringen. Frage eins: Warum hat jeder ein Motiv? Bei den ersten Erkenntnissen in deiner Liste steht bei manchen Verdächtigen gar nichts und bei anderen nur sehr dünnes Zeug."

„Diese Aussage basierte mehr auf einem Gefühl von Günther und mir. Bei den Vernehmungen gab es immer wieder Anspielungen, dass ein anderer aus der Gruppe reichlich Grund gehabt habe, Cornelius Brand zu töten. In die Liste aufgenommen habe ich es aber nur, wenn sich eine Info verdichtet hat, weil mehrere unabhängig voneinander etwas Ähnliches ausgesagt und einen ähnlichen Verdacht geäußert haben. Unser Gesamteindruck war: In dieser Truppe ist jeder der Feind des anderen, echte Freunde gibt es da gar nicht. Auf das Opfer war keiner wirklich gut zu sprechen. Keiner schien traurig, dass er getötet wurde, die meisten wirkten noch nicht einmal überrascht. Brand war offenkundig ein ziemliches Charakterschwein."

„Das ist schon mal sehr gut."

„Was, bitteschön, soll daran gut sein? Wir haben es mit jeder Menge Unsympathen zu tun, was die Arbeitsfreude nicht unbedingt hebt. Und zusätzlich erleichtert es uns wohl kaum die Arbeit, wenn jeder der Verdächtigen mehr oder weniger unverhohlen zugibt, dass er dem Toten keine Träne nachweint."

„Gut ist, dass sich das komplett mit dem Eindruck deckt, den ich beim Ansehen des Films gewonnen habe. Für mich als Außenstehenden ist von elementarer Bedeutung, dass ich ein Gefühl für diese Menschen bekomme und dass ich mich auf dieses Gefühl verlassen kann. Das mag für dich nach Psychologen-Gequassel klingen, für mich ist es aber wichtig."

Karl nippte nur kurz an seinem Weizenbier. Den Pappteller mit dem Würstchen und dem Kartoffelsalat hatte er nach nur drei oder vier Gabeln von sich weggeschoben. Hub machte sich jetzt über die Reste her.

„Apropos Psychologe. Wieso hat Brand ihn für das Projekt vorgeschlagen?"

„Die beiden kennen sich von früher. Wahrscheinlich hat Cornelius Brand sich davon versprochen, dass er den Ablauf oder die Auswertung in seinem Sinne beeinflussen könnte. Sicher ist das aber nicht. Und ganz problemfrei war ihre Beziehung auch nicht. Sie sollen sich sogar vor dem Eintreten in die Kirche richtig gefetzt haben. Das sagt zumindest Vanessa Bornholm. Wobei ich mir bei der nie sicher bin, ob sie nicht nur irgendwem etwas anhängen will. Ein eiskaltes Biest ist das."

„Bei dem Mann mit der Digicam und bei dem Chef der Rechtsabteilung hast du gar nichts Relevantes vermerkt."

„Da haben wir auch noch nicht viel Neues. Die Marketing-Chefin hat erzählt, dass sie mehrfach in den vergangenen Wochen kurze Streitereien zwischen Franco Spitzner und Cornelius Brand mitbekommen habe. Das hat aber kein anderer bestätigt. Und zu Stefan Herbst haben mehr oder weniger alle unisono erklärt, der Kerl gehe jedem auf die Nerven. Nicht nur bei der Nachtwächterführung wegen seiner ständigen Filmerei, sondern auch im Job, weil er völlig verhaltensgestört sei und immer blöde Bemerkungen mache und dann vor sich hin kichere. Mark Weinheim hat das in die Richtung kommentiert: Der nimmt wahrscheinlich irgendwelche komischen Drogen. Belege gibt es dafür aber nicht. Und in den Vernehmungen wirkte Stefan Herbst eher harmlos."

„Letzte Frage." Karl war müde, er wollte nach Hause. „Dieser Nachtwächter, den kenne ich. Der hat auch die Führung geleitet, die ich selbst mitgemacht habe. Ein ganz sympathischer Kerl, wie ich fand. Der war mal bei der Firma Breitholz beschäftigt? Ich hätte bei ihm eher auf einen pensionierten Bundeswehr-Offizier getippt."

„So ganz unrecht hast du da nicht. Jordan war Zeitsoldat und hat es bis zum Major gebracht. Er hat aber auch bei der Bundeswehr studiert und dann bei der Firma Breitholz eine ganz ordentliche Karriere gemacht. Bis er vor ein paar Jahren mit dem Personalchef aneinandergeraten ist."

„Ich soll jetzt nicht raten, wie der Personalchef hieß?"

„Brauchst du nicht – er hieß Cornelius Brand."

Karl Dernauer stimmte dem Oberstaatsanwalt zu: Es gab in der Tat neun Verdächtige. Und die beiden Männer, die nicht zur Firma gehörten, standen gar nicht mal ganz unten auf der Liste.

Er wollte jetzt zügig in sein Bett. Am nächsten Morgen warteten andere Verdächtige auf ihn – die in seinem Kriminalroman.

Kapitel 45

Eva und Arthur Bernstein verbrachten den gesamten Vormittag des folgenden Tages im Bett. Zum ersten Mal in diesem Urlaub stand ihnen der Sinn nach intensiver körperlicher Nähe – zuvor war das grausame Geschehen im *Gärtner-Garten* in ihrer Gefühlswelt zu dominant gewesen.

Am Nachmittag spazierten sie erneut zum Gelände der Bundesgartenschau. Allmählich verblassten die Erinnerungen an den Anblick der beiden Toten. Jakob Schindlers Anruf erreichte Arthur bei einem Cappuccino in einem hübschen Straßencafé.

„Marianne hat vorgeschlagen, dass wir heute Abend bei uns zu Hause essen. Ich halte das auch für besser, weil wir dann ganz ungezwungen reden können. Es gibt nämlich ein paar interessante Neuigkeiten."

Die Bernsteins stimmten sofort zu. Als Arthur seiner Frau nach dem Telefonat berichtete, dass der Staatsanwalt interessante Neuigkeiten angekündigt hatte, reagierte Eva leicht ungehalten und vor allem ungläubig.

„Und du hast nicht gefragt, was es Neues gibt? Wir sollen also bis heute Abend warten? Dass Männer so desinteressiert sein können, will mir wohl niemals in den Kopf."

„Ich bin nicht desinteressiert, sondern nur nicht so neugierig wie du. Jakob hätte von sich aus Näheres gesagt, wenn es wichtig wäre, dass wir die Infos ein paar Stunden früher hätten."

„Für mich wäre es aber wichtig. Jetzt wird mir den ganzen Nachmittag durch den Kopf gehen, um was es dabei wohl geht. So kann ich nicht arbeiten!"

Arthur Bernstein lachte kurz auf. „Sollst du ja auch nicht. Du sollst Urlaub machen. Wenn du etwas Wichtiges tun willst, dann kannst du gerne deinen Mann gut unterhalten oder auf andere Art verwöhnen. Das reicht als Aufgabenstellung für den Nachmittag völlig aus."

Bis zum Abend steigerte sich Evas Neugierde immer mehr. Sie waren noch im Flur des Schindler-Hauses, als es schon aus ihr herausplatzte.

„Nun red schon, Jakob. Welche neuen Erkenntnisse gibt es? Kommen wir der Aufklärung des Mordes damit vielleicht schon entscheidend näher?"

„Ja. Das könnte sein. Ja, wenn ich intensiver darüber nachdenke, muss ich sagen: Es erscheint mir sogar sehr wahrscheinlich.“ Jakob Schindler gefiel sich in der Rolle der Sphinx. Schon zu Studentenzeiten hatten Arthur und er sich einen Spaß daraus gemacht, mit Evas Neugier zu spielen und sie auch in banalen Alltagsfragen auf die Folter zu spannen.

„Du Ekel! Du hast dich kein bisschen verändert.“ Eva Bernstein trommelte mit den Fäusten gegen Jakobs Brust. Dann drehte sie sich zu Marianne Schindler: „Wie hast du es nur all die Jahre mit einem solchen Unmenschen ausgehalten?“

Marianne ging auf den gespielten Zorn ein: „Das passt schon. Er hat auch seine guten Seiten.“ Sie deutete mit der Hand Richtung Küche: „Vielleicht kann ein Glas Sekt dich ja ein wenig von Jakobs Charakterschwächen ablenken.“

Beim Aperitif am Küchentisch kam der Staatsanwalt dann zur Sache, allerdings erneut auf leicht verschlungenen Wegen. „Ich muss dir ein Kompliment machen, liebe Eva. Außer dir hatte noch keiner den Ansatz zu überprüfen, wie stark das Betäubungsmittel war, mit dem Pünktchen außer Gefecht gesetzt wurde. Vielleicht wäre dieser Aspekt völlig untergegangen, wenn du ihn nicht ins Spiel gebracht hättest.“

Eva Bernsteins Augen weiteten sich. „Und das heißt?“

Jakob Schindler beendete die Spannungsfolter. „Pünktchen wurde mit einem sehr exakt dosierbaren Narkotikum betäubt, das bei OPs im Krankenhaus oder in Notarztwagen eingesetzt wird. Nur selten und in schweren Fällen ist es auch gegen Rezept in einer Apotheke zu bekommen. Der Tierarzt hält es für eindeutig, dass der Hund nicht getötet werden sollte.“

In Evas Stimme schwang unüberhörbar ein bisschen Stolz mit. „Hab ich mir's doch gedacht. Der Mörder ist ein Hundefreund. Jemand, der zwar kaltblütig genug war, zwei Menschen auf brutalste Art zu erstechen, der aber andererseits einem Tier nichts zuleide tun kann.“

Nach einem kurzen Schweigen in der Runde setzte Jakob Schindler zu einer dezidierten Zusammenfassung der neusten

Erkenntnisse des staatlichen Apparates an. Zu Evas Leidwesen allerdings wieder mit einer längeren Vorrede.

„Ich habe euch ja gesagt, dass der Kollege, an den ich den Fall abgetreten habe, ein sehr enger Freund von mir ist. Natürlich dürfte er mir eigentlich gar nichts über den Ermittlungsstand sagen, weil ich ja rein formal sogar ein Verdächtiger bin. Aber wir haben ein so enges Vertrauensverhältnis, dass er sich einfach darüber hinweggesetzt hat. Umgekehrt würde ich es übrigens mit Sicherheit genauso halten. So wie bei euch ja auch. Euch weihe ich ja auch in alles ein, obwohl ihr …"

Eva Bernstein fiel ihm ins Wort: „Bitte Jakob, jetzt quäl mich doch nicht weiter."

Jakob Schindler hatte ein Einsehen. „Die Kripo hat vor allem die Vermögensverhältnisse der möglichen Täter unter die Lupe genommen. Da gab es einige Überraschungen. Unter diesem Aspekt sind nämlich nur Alex und seine Frau raus aus dem Kreis derer, die ein Motiv haben. Sie sind heute schon nicht arm und werden es in Zukunft noch weniger sein. Aber alle anderen könnten das Geld sehr gut gebrauchen. Allen voran das Ehepaar Nassau. Die beiden stehen unmittelbar vor der Privatinsolvenz."

Ein Blick in die Runde verriet dem Staatsanwalt, dass niemand etwas dazu sagen wollte.

Also sprach er weiter: „David und Jutta haben immer wieder davon erzählt, dass sie gerne ihren Lebensabend als Schafzüchter in Neuseeland verbringen würden, dass ihnen aber leider dafür das Startkapital fehlen würde. Wir waren auch ein paar Mal dabei, wenn sie davon erzählt haben." Jakob Schindler schaute kurz zu seiner Frau, die diese Aussage mit einem Nicken bestätigte. „Aber ganz ehrlich: Den Mord traue ich beiden auf keinen Fall zu."

Der Hausherr leerte sein Sektglas, was seine Frau zum Anlass nahm, allen noch einmal nachzuschenken.

„Rainer Kastenmeyer war mit der Wahl des Zeitpunkts seiner Frühpensionierung wohl ein wenig zu optimistisch. Er kommt mit seinen Bezügen gerade so rund. Im Frühjahr hat er sogar seine Stadtwohnung aufgegeben und lebt jetzt ganz in seiner Datscha. Hast du das gewusst, Marianne?“

Seine Frau schüttelte den Kopf. „Davon habe ich überhaupt nichts mitbekommen. Rainer wirkte auf mich wie immer. Wobei, wenn ich es genau überlege: So oft waren wir in den vergangenen Wochen gar nicht bei Paula und Anton im Garten.“

„Sei's drum.“ Jakob Schindler wollte sein Referat offenbar zügig beenden. „Bei Manni lässt sich auch ein Motiv wegen seiner finanziellen Situation zusammenbasteln. Er hat einen größeren Kredit zu bedienen und ist auf seinem Konto immer am Anschlag des Dispos. Eine größere Summe käme einem Befreiungsschlag gleich, seine Geldsorgen wäre er los.“

„Apropos – größere Summe.“ Eva Bernstein hakte an dieser Stelle nach. „Eine Münzsammlung von …, sagen wir mal in einem Wert von eineinhalb Millionen, die ist doch illegal gar nicht so viel wert. Kann ich die denn überhaupt zu Geld machen? Und wenn ja, wie schnell denn?“

„Da hast du natürlich völlig recht. Wenn Anton sie ganz offiziell hätte verkaufen wollen, dann hätte er bestimmt einen Sammler gefunden, der dafür eineinhalb Millionen, oder sogar noch mehr, hingelegt hätte. Der Mörder muss aber erst mal einen Käufer finden. Er muss Kontakte knüpfen in die Unterwelt. Oder er muss sie schon haben. Eines ist aber sicher: Mehr als ein Drittel des Wertes kann er wohl kaum realisieren.“

Eva Bernstein versank für einen Moment ins Grübeln. „Dann müssen wir also davon ausgehen, dass dem Täter rund fünfhunderttausend Euro genug Geld waren, um dafür Paula und Anton umzubringen. Das dürfte aber auf alle, die du bisher aufgezählt hast, zutreffen.“

„Und auch auf die beiden noch verbleibenden.“ Jakob Schindler reckte sich in seinem Stuhl auf. „Michaela und Johannes haben während der Finanzkrise ziemlich viel Geld verloren, eigentlich ihre komplette Altersvorsorge. Es sieht so aus, als müssten sie ihre Praxis noch ziemlich lange weiterbetreiben.

An einen wohlverdienten Ruhestand ist in den nächsten Jahren jedenfalls wohl noch nicht zu denken."

Nach einer nur wenige Sekunden langen Kunstpause blickte Jakob Schindler mit einem breiten Lächeln nacheinander Arthur und Eva Bernstein an. „Ach ja, und für euch beide habe ich noch eine gute und eine schlechte Nachricht."

„Ausnahmsweise bitte mal die gute zuerst", antwortete Eva Bernstein.

„Natürlich seid auch ihr zwei auf eure finanzielle Situation hin überprüft worden. Und unter diesem Aspekt seid ihr unverdächtig, weil ihr ja nicht unvermögend seid, wie auch ich jetzt weiß."

„Es geht uns ganz gut, das stimmt." Eva hatte nicht die geringste Ahnung, was jetzt noch folgen sollte. „Und die schlechte Nachricht?"

„Kommissar Schrödel will trotzdem noch nicht von dem Gedanken ablassen, dass ihr beide Paula und Anton getötet habt. Er hat sich in die Idee verbissen, argumentiert in die Richtung, dass Arthur ja offenbar ganz fasziniert von der Münzsammlung gewesen sei und sie unbedingt besitzen wollte. Dass für Arthur der materielle Wert zweitrangig sei." Jakob Schindler atmete kurz tief durch. „Aber ich darf euch beruhigen: Für meinen Kollegen Staatsanwalt ist das ein Hirngespinst."

Arthur hatte die ganze Zeit über leicht abwesend gewirkt, so als ob er sich intensiv mit einem anderen Thema beschäftige. Jetzt sprach Eva ihren Mann direkt an. „Und du, mein Liebster, du hast zu all dem keine Meinung?"

„Doch – schon." Er wirkte wie aus einem Minutenschlaf erwacht. „Das ist ja alles sehr interessant, was Jakob da über die Vermögensverhältnisse erzählt hat. Was mich irritiert, ist etwas anderes. Ein solches Profi-Narkotikum hat man doch nicht im Haus. Das muss man sich wie auch immer, aber doch zumindest mit einem gewissen Aufwand, gezielt besorgen. Für mich ist jetzt eines klar: Es handelt sich um einen geplanten Mord. Nur der Tatzeitpunkt, der wurde spontan gewählt, weil nach dem Wochenende die Münzsammlung wieder unerreichbar im Banksafe verschwunden wäre."

Keiner sagte etwas. Dieses Schweigen bedeutete Zustimmung zu Arthur Bernsteins Schlussfolgerung.

Kapitel 46

Karl Dernauer hatte wieder einmal Zeit und Raum vergessen, als er am Schreibtisch saß. Es war schon früher Nachmittag, als er sein Arbeitszimmer verließ. Wie so oft war es ein schlichtes Hungergefühl, das ihn aus seiner Parallelwelt gerissen hatte.

Ein kleiner Imbiss sollte genügen. Am Abend würden Hub und Günther ihn wieder mit einem Mordaufklärungs-Menü beglücken. Als er mit seinem übersichtlichen Broteteller auf die Terrasse trat, registrierte er zufrieden, dass die Hitze der vergangenen Wochen, ja Monate, heute nicht so drückend war. Es war warm, aber eher frühlingshaft. Ein leichter Wind sorgte für Bewegung in der Pflanzenwelt seines Gartens.

Er würde sich einen entspannten Nachmittag gönnen. Aber in den Film zum Mordfall Brand wollte er schon noch einmal intensiver hineinschauen. Er fühlte gegenüber Hub und Günther eine Art Verpflichtung, sich gewissenhaft mit dem Fall auseinanderzusetzen – wenngleich das Honorar ja eher bescheiden war. Aber immerhin bestimmt wieder schmackhaft.

Diesmal setzte er sich mit seinem Laptop an den Wohnzimmertisch. Er hatte sich vorgenommen, die einzelnen Sequenzen immer en bloc zu betrachten und sich gegebenenfalls jeweils erst nach einem Standortwechsel bei der Nachtwächterführung Notizen zu machen. Was er sich von dieser Methode versprach, wusste er selbst nicht.

Die ersten Aufnahmen stammten vom Treffen der Gruppe auf einem der schönen belebten Plätze der Stadt. Ihm fiel ein böser Blick von Adrian Best auf, nach einer vermeintlich harmlosen Bemerkung, die Barbara von Runkel gemacht hatte. Sonst nichts. Er hatte seinen Kugelschreiber schon in der Hand, doch dann legte er ihn zurück auf den Tisch. Nein, das wollte er erst notieren, wenn es bei einem zweiten Durchlauf des Films noch einmal genauso auf ihn wirken würde.

Danach standen die Teilnehmer des Stadtrundgangs an einem Brunnen. Es wurde gealbert und gelacht – von den Spannungen innerhalb der Management-Crew war wenig zu spüren. Es folgte eine längere Passage mit Aufnahmen an der Stadtmauer. Die Nachtwächterführung nahm exakt denselben Verlauf wie die, die er selbst mitgemacht hatte. Und auch die Anekdötchen, die „Jojo" zum Besten gab, kamen ihm allesamt bekannt vor. Der Stadtführer spulte routiniert sein bewährtes Programm ab. Kein Außenstehender hätte bemerkt, dass er mit den meisten in der Gruppe eine gemeinsame berufliche Vergangenheit hatte.

Das letzte Drittel des Filmchens spielte vor und in der Kirche – mit dem tödlichen Ende. Die Szenen mit der Leiche kamen ihm jetzt noch geschmackloser vor. Handfeste Erkenntnisse oder gar harte Fakten zum Mord gab die Durchsicht der Aufnahmen aber nicht her. Er ließ den Film ein weiteres Mal von vorne laufen.

Diesmal notierte er sich die Szene mit Barbara von Runkel und Adrian Best. Wenn man davon ausging, dass die beiden ein Verhältnis miteinander hatten, dann konnte man sie so deuten, dass die Marketing-Chefin im Begriff war, sich von ihrem Geliebten zu trennen. Oder interpretierte er da zu viel hinein? Egal, er verfasste ja keinen Entwurf für Hubs Anklageschrift. Wenn er sich täuschte, dann konnte er seine Bemerkung ganz einfach wieder streichen.

Nachdem er den Film ein zweites Mal komplett angesehen hatte, stellte er fest, dass sich die Zahl seiner Notizen in sehr überschaubaren Grenzen hielt. Andererseits hatte er ein undefinierbares Gefühl, dass ihm irgendetwas Wichtiges entgangen war. Sollte er sich das ganze Prozedere ein drittes Mal antun? Nein. Vielleicht morgen. Es war ja nicht auszuschließen, dass das Gespräch am Abend mit den beiden Profi-Ermittlern neue Anstöße brachte, auf was er besonders achten sollte.

Der Oberstaatsanwalt und der Hauptkommissar hatten sich für sieben Uhr angekündigt. Und wie beim ersten Menü dieser Art erschienen sie fast pünktlich auf die Minute, wieder bepackt mit mehreren Plastiktüten.

Hub marschierte nach flüchtiger Begrüßung schnurstracks vom Garten in die Küche und packte die Tüten aus. Im Haushalt seines Freundes kannte er sich fast besser aus als in seinem eigenen. Während Karl Dernauer und Günther Keller auf der Terrasse plauderten, brachte Hub eine Flasche Weißwein im Kühler nach draußen und stellte drei Gläser dazu. Dann verschwand er wortlos wieder in der Küche und arrangierte die Vorspeisen ein wenig unbeholfen auf drei Tellern, die er dann alle auf einmal nach draußen brachte – wobei er einen Teller auf dem Unterarm balancierte. So viel Geschicklichkeit hätte Karl seinem Freund gar nicht zugetraut.

Er registrierte wohlwollend, dass Hub aus der Speisekarte des *Vesuvio* diesmal eine andere Vorspeise gewählt hatte, obwohl er das Carpaccio sehr liebte. Karl hatte insgeheim befürchtet, dass sein Freund ihm fantasielos mehrfach identische Menüs vorsetzen würde. Die Antipasti-Platte war eine perfekte Einstimmung auf den Abend.

Ohne Umschweife kam der Oberstaatsanwalt zur Sache.

„Günther hat heute noch einmal alle Kollegen des Opfers vernommen und ich habe mir das alles aus dem Nebenraum mit angehört und durch die Glasscheibe mit angesehen. Dieses Firmen-Management ist wirklich eine einzige Schlangengrube, stimmt doch – oder?“ Bei den letzten Worten schaute er den Hauptkommissar an.

Günther Keller nickte und lachte dann. „Das kann man wohl sagen. Bei so viel schmutziger Wäsche hätte man aus dem Kommissariat auch eine Reinigung machen können.“ Schlagartig wurde er nachdenklich. „Ich bin ja nun schon seit Jahrzehnten bei der Kripo, aber eine solch extreme Situation habe ich noch nicht erlebt. Wir hätten nach jeder Befragung genug Zeugenaussagen gehabt, um jemanden festzunehmen. Aber immer wieder jemand anderen. Was da alles an Verdächtigungen zu hören war!“

Er trank einen Schluck Wein und fuhr dann fort: „Ich habe das Gefühl, dass kein Einziger die Wahrheit sagt. Aber warum? Das macht doch nur beim Täter Sinn. Es ist alles sehr verzwickt. Der Schlüssel zur Lösung ist wohl, dass wir irgendwie herausfiltern müssen, was an den einzelnen Vorwürfen stimmt und was nicht."

Karl Dernauers Reaktion überraschte seine beiden Freunde. Er wirkte ausgesprochen gut gelaunt. „Mir gefällt das. Zum einen, weil es sich mit meinen Eindrücken deckt, die ich beim Ansehen der Filmaufnahmen hatte. Und zum anderen: Wo ist denn unser Problem? Wir müssen doch nur unseren Blickwinkel umkehren. Normalerweise versuchen wir herauszufinden, wer in welchem Punkt nicht die Wahrheit sagt. Diesmal ist es einfach umgekehrt."

Der Oberstaatsanwalt und der Hauptkommissar hatten beide eine ähnliche Art von Unverständnis im Blick, als sie Karl anstarrten.

Dieser aber schmunzelte immer noch. „Ich weiß selbst, dass diese Herangehensweise ein bisschen schräg ist. Aber wenn wir einfach mal davon ausgehen, dass jeder lügt, dann hilft uns das doch auch schon weiter. Was haltet ihr von folgendem Ansatz? Wir gehen davon aus, dass alle die einmalige Chance sehen, einem oder mehreren ungeliebten Kollegen eins auszuwischen oder ihn oder sie als Konkurrenten aus dem Weg zu räumen. Nur einer nicht. Der lügt, weil er ein Mörder ist und weil er von sich ablenken will. Wir müssen also nur das Motiv der jeweiligen Lügen enttarnen. Was ist dabei so viel anders, als das Motiv des Täters zu ermitteln?"

Noch immer waren Hub und Günther Keller sprachlos. Karl Dernauer hob sein Glas. „Was im Moment aber viel wichtiger ist: Ich habe Hunger. Was gibt es denn als Hauptgang?"

Nach dem cremigen Risotto mit den Rinderfiletspitzen, die Koch Andrea im *Vesuvio* immer so wunderbar zart hinbekam, war Karl Dernauer wieder bereit, seinem kriminalistischen Spürsinn freien Lauf zu lassen. Er ging in sein Arbeitszimmer und kehrte mit Hubs Tabelle, einem Block und einem Kugelschreiber auf die Terrasse zurück. Hub hatte in der Zwischenzeit den Tisch abgeräumt und eine neue Flasche Wein geöffnet.

„Dann lasst uns jetzt mal durchgehen, wer seine Kollegen mit welchem Schmutz beworfen hat. Fangen wir mit dem Chef an."

„Also gut." Günther Keller setzte sich in seinem Stuhl auf und begann, die Vernehmungen des Tages zusammenzufassen. „Gerald Hartmann hat zunächst versucht, sein Verhältnis zu Cornelius Brand als völlig intakt, ja freundschaftlich zu schildern. Als ich ihm dann aber von den Aussagen erzählt habe, dass sein Stellvertreter an seinem Stuhl gesägt haben soll, wollte er natürlich zunächst wissen, wer einen solchen Unfug behaupte. Als ich darauf einfach nur geschwiegen habe, hat er unerwartet schnell die Fassung verloren. Zuerst hat er sich in wüsten Verdächtigungen ausgelassen, wer so etwas sage: ‚Es war bestimmt die Bornholm, dieses Biest. Nein, der Spitzner war es, der hat es gerade nötig. Ach jetzt weiß ich … natürlich …, der Weinheim, dieser Intrigant …' Als ich dann immer noch nichts gesagt habe, sind ihm die Gesichtszüge entglitten und er hat unumwunden zugegeben, dass Cornelius Brand ihn in der Zentrale angeschwärzt hat. Und dann noch etwas in die Richtung: ‚Und das nach allem, was ich für ihn getan habe.'"

Karl Dernauer schrieb auf seinen Block nur wenige Stichworte. „Was hat er den drei Kollegen denn vorgeworfen? Du hast doch bestimmt nachgebohrt?"

Günther Keller spielte kurz den scheinbar Beleidigten, lächelte dann aber. Er wusste, dass Kerl Dernauer ihn sehr schätzte und dass die Frage nicht belehrend gemeint war. „Bei Vanessa Bornholm hat er wörtlich gesagt: ‚Die geht über Leichen.' Er habe sie nur auf Brands Empfehlung zu seiner eigenen Assistentin gemacht und dann: ‚Das war der größte Fehler meines Lebens.' Und dann hat er noch gesagt: ‚Die beiden müssen eine gemeinsame Leiche im Keller haben, sonst hätte Brand sie mir nie untergejubelt.'"

„Klingt doch schon mal ganz nett." Karl Dernauer war nach wie vor bester Laune. „Und zu Spitzner, was hat er da gesagt?"

„Den hat er als farblos und langweilig bezeichnet, als einen oft allzu vorsichtigen Juristen. Aber dass er mehrfach mitbekommen habe, wie Spitzner und Brand sich fast an die Gurgel gegangen seien, wenn sie sich unbeobachtet fühlten."

„Sehr schön. Und was ist mit Weinheim?"

„Der sei mehrfach bei ihm gewesen und habe über angebliche Pannen in Brands Zeit als Personalchef geredet. Mark Weinheim habe seinen Vorgänger gezielt immer wieder in ein schlechtes Licht gesetzt. Brand habe das natürlich mitbekommen und sei Weinheim mindestens einmal sogar ‚an die Wäsche gegangen', wie Hartmann sich ausdrückte."

Karl Dernauer zündete sich eine Zigarette an. „Jetzt möchte ich nur noch wissen, was Gerald Hartmann zu seinem eigenen Verhältnis zu seinem Stellvertreter gesagt hat."

Günther Keller zuckte leicht mit den Achseln. „Er hat alles runtergespielt. Natürlich habe ihn das sehr getroffen, als er mitbekommen habe, dass sein Zögling Brand hemmungslos daran arbeitete, ihn von seinem Chefsessel zu schubsen. Aber er sei damit gar nicht so unglücklich gewesen. Wörtlich hat er gesagt: ‚Ich habe ausgesorgt. Ein früher Ruhestand kann auch sehr schöne Seiten haben.'"

„Haltet ihr das für glaubwürdig?" Karl Dernauer bezog jetzt auch Hub mit in das Gespräch ein. Der Oberstaatsanwalt zog leicht einen Mundwinkel hoch.

„Eher nicht. Der Hartmann wirkt auf mich eher wie ein Mensch, der ohne seine berufliche Macht nicht leben kann."

Günther Kellers Blick signalisierte Zustimmung.

Nach demselben Muster gingen die drei Freunde auch die sechs weiteren Mitglieder der Führungscrew durch. Erst beim Nachtisch, einer unwiderstehlichen Pannacotta, wurden Block, Kugelschreiber und der gesamte Fall für diesen Abend beiseite gelegt.

Kapitel 47

Am nächsten Morgen saß Karl Dernauer schon früh an seinem Küchentisch. Er blätterte nur kurz die Zeitung durch, in der in einer kleinen Meldung zu lesen war, dass es noch nichts Neues zum aktuellen Mordfall zu vermelden gab. Hub war es offenbar wieder einmal gelungen, den Fall so weit es ging aus der Öffentlichkeit herauszuhalten. Auf diesem Feld hatte er ein unglaubliches Geschick.

Karl vertiefte sich noch einmal intensiv in seine Notizen vom Vorabend.

Die Vernehmung von Adrian Best, dem Leiter der Finanzabteilung, hatte Folgendes ergeben:

Das Verhältnis mit Barbara von Runkel hatte er zunächst abgestritten, dann jedoch eingeräumt. Man habe sich aber schon vor Wochen getrennt und sei in aller Freundschaft auseinandergegangen.

Sein eigenes Verhältnis zu Cornelius Brand beschrieb er als sehr kollegial. Allerdings hätten Franco Spitzner und auch Stefan Herbst große Probleme mit dem Vize-Chef gehabt. Warum, das könne er nicht sagen, aber die Spannungen seien seit ein paar Wochen offenkundig gewesen.

Doktor Franco Spitzner, der Leiter der Rechtsabteilung, war von Hauptkommissar Keller als „klassischer Jura-Karrierist" beschrieben worden: freundlich, vermeintlich verbindlich, aber auch gefühlskalt. Karl Dernauer erinnerte sich schmunzelnd daran, wie Hub die Etikettierung mit einem scheinbar empörten „Nanana" kommentiert hatte. Dann hatte der Oberstaatsanwalt aber angemerkt: „In unserem Berufsstand gibt es leider in der Tat überproportional viele Menschen mit gleichermaßen brillantem Intellekt und emotionalen Defiziten."

Spitzner hatte keinen seiner Kollegen ausdrücklich verdächtigt, aber dem in Verhören sehr erfahrenen Günther Keller war aufgefallen, dass sein süffisanter Zug um den Mund bei den Namen Barbara von Runkel und Doktor Gerald Hartmann noch ausgeprägter war.

Mark Weinheim, der Personalchef, hatte Cornelius Brand in den höchsten Tönen gelobt. Sein Vorgänger sei ein Mann gewesen, von dem er viel gelernt habe. Karl Dernauer war sehr amüsiert über den Kontrast dieser Aussage im Verhältnis zu der des Chefs. Es gehörte eine enorme Portion Dreistigkeit dazu, so etwas zu behaupten, wenn an Gerald Hartmanns Behauptungen auch nur ein Körnchen Wahrheit war.

Unverhohlene Verdächtigungen äußerte Weinheim in Richtung Stefan Herbst, Vanessa Bornholm und Barbara von Runkel. Cornelius Brand habe Herbst „auf dem Kieker gehabt“, weil der Leiter des Controlling ein offenkundiges Drogenproblem habe; Vanessa Bornholm habe sich an Brand rangeschmissen, dieser habe ihr aber die kalte Schulter gezeigt. Und Barbara von Runkel habe nie verwunden, dass Cornelius Brand sie nach Jahren als Geliebte abserviert habe.

Karl Dernauer erinnerte sich genau an den Vorabend, als Günther Keller die Vernehmung von Mark Weinheim geschildert hatte. Ihm war sofort die für einen Personalchef ungewöhnliche Wortwahl bei der Herabwürdigung der Kollegen aufgefallen. Zimperlich war dieser Mann nicht.

Die Hälfte der sechs verdächtigen Kollegen hatte Karl jetzt durch. Er brühte sich noch einen Kaffee auf und arbeitete seine Aufzeichnungen dann weiter ab.

Stefan Herbst hatte bei der Vernehmung ausgesprochen fahrig gewirkt. Die Gerüchte über Drogenkonsum waren offenbar nicht ohne realen Hintergrund, wie es Oberstaatsanwalt und Hauptkommissar übereinstimmend einschätzten.

Der Controlling-Chef war der Einzige, der keine Verdächtigungen gegenüber Kollegen geäußert hatte. Er wiegelte alle Vorstöße von Günther Keller ab, bezeichnete das Verhältnis der einzelnen Personen innerhalb der Führungs-Crew sogar als optimal.

Blieben also noch die beiden Damen. Karl Dernauer zündete sich eine Zigarette an und widmete sich dann der in diesem Fall wohl gar nicht holden Weiblichkeit.

Vanessa Bornholm bestätigte nachdrücklich das Bild, das die Ermittler schon bei der ersten Vernehmung gewonnen hatten. Mit spitzer Zunge feuerte sie ebenso kurze wie heftige Salven gegen jeden ihrer Kollegen ab. Karl hatte sich aus den Aussagen der Chef-Assistentin immer nur einen markanten Satz notiert.

Zu Gerald Hartmann: *Es ist schon traurig zu sehen, wenn jemand nicht erkennt, wann er den Höhepunkt seiner Schaffenskraft überschritten hat.*

Zu Adrian Best: *Wenn einer sich nicht von seiner Mutter lösen kann, dann wird er nie ein erwachsener Mann.*

Zu Franco Spitzner: *Der kennt jeden Paragrafen, aber wahrscheinlich nicht eine einzige Frau.*

Zu Mark Weinheim: *Ehrgeiz und Talent sind bei manchen Menschen nicht gleich groß.*

Zu Stefan Herbst: *Ohne Koks nix los.*"

Zur Höchstform war Vanessa Bornholm aufgelaufen, als es um Barbara von Runkel ging: *Ich habe sie mal aus Brands Büro kommen sehen und da war sie völlig echauffiert – als hätte ihr jemand ihre Literdose mit der Anti-Falten-Creme geklaut.*

Karl hatte darauf am Vorabend zu seinen beiden Freunden gesagt: „Frauen können gemein einfach besser." Und er hatte beschlossen, den Satz mit der Falten-Creme in einem seiner Romane zu verwenden, wenn er einen Zickenkrieg beschreiben wollte.

Auch Barbara von Runkel war kein Kind von Traurigkeit, als es um ihre Meinung zu den Kollegen ging. Auf die Frage, ob sie einem aus der Führungs-Crew den Mord zutraue, hatte sie nach kurzem Überlegen gesagt: „Nein. Nicht einem, sondern jedem." Konkret war sie jedoch nicht geworden.

Für Vanessa Bornholm hatte sie nur einen einzigen Satz übrig: „Die Kleine wird bestimmt irgendwann merken müssen, dass es noch andere Möbelstücke als die Couch gibt."

Karl Dernauer legte seine Unterlagen zu Hubs Fall beiseite. Die Beschäftigung mit den beiden zänkischen Weibern hatte seine Gedanken urplötzlich in die gegensätzliche Richtung abgleiten lassen. Welch unbeschreibliches Glück hatte er doch mit seiner Monica gehabt – und jetzt noch einmal mit Gabriella. Er war sich sicher, dass es wieder ein sagenhaft schöner Abend werden würde, der nur noch wenige Stunden entfernt war. Für heute sollte es genug sein mit Mord und Totschlag.

Entspannung war angesagt. Wie die aussehen könnte, wurde ihm beim Blick auf seinen kleinen Wandkalender klar: Es war Mittwoch, und er hatte das *ZEIT*-Rätsel ganz vergessen. Morgen würde er schon die neue Ausgabe in seinem Briefkasten finden. Also war es höchste Zeit für sein allwöchentliches Ritual. Er ließ Badewasser ein, wählte das Aroma *Wunschlos glücklich* und füllte sich ein Sektglas. Nach rund einer halben Stunde in der Wanne hatte er das Rätsel gelöst. Er schlief ein und wachte erst eine Stunde später auf, weil das Wasser zu kalt geworden war.

Kapitel 48

Als Karl Dernauer vor der Musikkneipe eintraf, wartete Gabriella bereits auf ihn. Das war ihm unangenehm, aber eigentlich gar nicht seine Schuld, da es noch zehn Minuten vor der vereinbarten Zeit war. Er suchte nach entschuldigenden Worten, doch schlagartig war er von seiner neuen Liebe wieder wie gebannt. Wie schaffte diese Frau es nur, dass sie bei jedem neuen Treffen immer noch ein ganz klein wenig schöner aussah?

Ihre Haare hatte sie zu einem lockeren Knoten zusammengesteckt, was ihm ausgesprochen gut gefiel, weil es ihr wunderschönes Gesicht noch stärker zur Geltung kommen ließ. Das luftige Sommerkleid betonte die beschwingte Stimmung, in der Gabriella offenbar war. Ohne Vorrede empfing sie ihn mit den Worten: „Sie dürfen mich zu einem Glas Sekt einladen, den wir noch hier draußen trinken können."

Karl erwiderte ihr fröhliches Lächeln und sparte sich eine Begrüßungsformel. Er betrat das Lokal und kehrte kurz darauf mit zwei Gläsern zurück. Als er ihr den Sekt entgegenstreckte, sagte er nur: „Auf einen wunderschönen Abend."

„Den werden wir haben."

Es war einfach nur faszinierend, wie sie sich nach so kurzer Zeit auch ohne Worte verstanden. Wie damals bei Monica, kam es Karl in den Sinn. Unerwartet schnell war die Erinnerung an seine geliebte verstorbene Frau wieder verflogen.

Karl Dernauers Musikgeschmack war breit gefächert. Egal ob Pop oder Klassik, Blues, Jazz, Rock oder Oper, für ihn gab es nur die Einteilung in schlechte und gute Musik. Und die Musik an diesem Abend war gut. Es ging querbeet durch die weite Welt der Jazzer, alle Künstler beherrschten ihre Instrumente exzellent. Fast drei Stunden dauerte der Auftritt wegen der zahlreichen Zugaben, die das begeisterte Publikum einforderte. Arm in Arm verließen Gabriella Rossini und Karl Dernauer die Musikkneipe – geradezu berauscht von dem, was ihnen geboten worden war. Unvermittelt blieb Gabriella stehen.

„Ich habe schrecklichen Hunger. Haben Sie eine Ahnung, wo wir um diese Zeit noch etwas zu essen bekommen?"

Es war fast zehn Uhr. Karl Dernauer fiel nur eine Möglichkeit ein. „Mein Stamm-Italiener ist nicht weit von hier. Da bekommen wir auch noch was, wenn die Küche eigentlich schon geschlossen ist. Und man sitzt ganz nett, vielleicht kriegen wir sogar noch draußen einen Tisch."

„Klingt perfekt." Mehr sagte Gabriella nicht, aber sie hakte sich noch ein wenig fester bei Karl Dernauer unter.

Im *Vesuvio* zahlten sich Karl Dernauers Kontakte aus. Sie bekamen einen gerade frei gewordenen Tisch auf der Terrasse. Und Andrea eilte höchstpersönlich aus der Küche herbei, um die Bestellung aufzunehmen, obwohl das um diese Uhrzeit normalerweise nicht mehr möglich war.

Karl stachelte den Ehrgeiz des Kochs dadurch an, dass er ihm sagte, sein neuer Gast sei Italienerin und eine exzellente Köchin. Gabriella spielte die Bemerkung über ihre Kochkunst zwar herunter, aber Andrea war in seiner Standesehre gepackt. Er schlug vor, eine Platte mit Fisch-Spezialitäten zusammenzustellen. „Nichts Besonderes, weil die Küche eigentlich schon zu ist, aber ich hoffe, es wird Ihnen trotzdem schmecken."

Beide nahmen einen *Cynar* auf Eis, und Karl bot Gabriella zum Aperitif eine Zigarette an. Sie blies den Rauch des ersten Zuges versonnen in die Luft und sprach dann ein Thema an, mit dem Karl überhaupt nicht gerechnet hatte.

„Haben Sie eigentlich schon einen Verlag für Ihren Roman gefunden? Ich bin überzeugt, dass nicht nur ich das Buch gerne lesen werde."

„Nein, noch nicht. Ehrlich gesagt: Ich habe nicht eine einzige Antwort auf meine Anfragen bekommen. Und ich muss zugeben, dass ich das ausgesprochen irritierend finde."

„Ein Freund von mir hat jahrelang versucht, sein erstes Buch bei einem Verlag unterzubringen. Er hat bestenfalls Absagen bekommen, aber von den meisten Häusern, an die er sein Manuskript geschickt hat, überhaupt nichts gehört."

Karl zuckte die Achseln. „Mir fällt im Moment wirklich nichts weiter ein, wie ich meinen ersten Versuch als Schriftsteller in die Literaturwelt einschmuggeln könnte."

„Haben Sie es schon mal mit einem Literaturagenten versucht?"

„Mit einem was?" Dieser Berufsstand war Karl Dernauer völlig unbekannt. „Gibt es sowas? Was macht der denn?"

„Mein Freund, von dem ich Ihnen erzählt habe, ist mehr oder weniger per Zufall auf einen Literaturagenten gestoßen. Die Verlage werden täglich mit unzähligen Manuskripten überflutet, die können in den Lektoraten nicht ansatzweise überhaupt nur gesichtet werden. Viele wandern direkt ins Altpapier. Es gibt halt heute wahnsinnig viele Menschen, die sich zur Schriftstellerei berufen fühlen, weil sie mal einen Workshop bei der VHS besucht haben und man ihnen da großes Talent bescheinigt hat."

„Und was macht der Literaturagent?"

„Viele Verlage versuchen, das Problem unter anderem dadurch zu lösen, dass sie bevorzugt oder fast nur neue Autoren in ihr Programm aufnehmen, die ihnen von einem professionellen Agenten empfohlen werden. Der wirkt wie ein Filter. Er hat natürlich ein Interesse daran, dass er sich seine guten Kontakte zu den Verlagen erhält, indem er ihnen wirklich nur Manuskripte mit einem gewissen Potenzial empfiehlt."

„Das klingt einleuchtend. Meinen Sie, der Agent Ihres Freundes würde sich mein Manuskript mal ansehen?"

„Einen Versuch ist es auf jeden Fall wert. Ich werde ihn mal anrufen und ihn bitten, sich bei Ihnen zu melden."

Das Thema wurde beendet durch die Rückkehr von Andrea, der das Essen höchstpersönlich servierte. „Ich bin gespannt auf Ihr Urteil. Sie müssen mir versprechen, dass Sie ganz ehrlich sind", sagte er, als er den Teller vor Gabriella stellte.

Damit hatte die Italienerin kein Problem, denn Andrea hatte tief in seine Trickkiste gegriffen und in kürzester Zeit ein wahres Feuerwerk aus exzellenten Zutaten und feinsten Aromen gezaubert. Stolz hörte er sich das überschwängliche Lob von Gabriella an und ließ sich zu einem Espresso und einem Digestif auf Kosten des Hauses nach Karls Aufforderung gerne am Tisch seiner Gäste nieder. Zu dritt plauderten sie noch ein wenig über kulinarische Köstlichkeiten und über das gemeinsame Heimatland von Gabriella und Andrea. Kurz vor Mitternacht verließen Karl und Gabriella das Restaurant.

Durch die laue Sommernacht spazierte ein glückliches Paar fast wortlos Arm in Arm in Richtung von Gabriellas Wohnung. Als sie in der Hofeinfahrt angekommen waren, blieben sie stehen und schauten sich gegenseitig tief in die Augen. Einem Impuls folgend schloss Karl seine Angebetene in die Arme und küsste sie leidenschaftlich – was von ihr nicht minder intensiv erwidert wurde. Als er seinen Griff lockerte und ihre Lippen sich voneinander lösten, hörte Karl Dernauer einen Satz, der ihm in den nächsten Tagen immer wieder in den Ohren nachhallen sollte.

„Na endlich. Ich hatte schon befürchtet, das würde nie mehr passieren."

Jetzt war sie es, die ihn eng umschlang und ihn küsste. Noch leidenschaftlicher als zuvor.

Sie schauten sich nach dem zweiten Kuss erneut schweigend tief in die Augen. Bis Gabriella sich kurz schüttelte und Karl Dernauer dann anstrahlte.

„Nachdem wir die platonische Phase erfolgreich überwunden haben, sollten wir zum Du übergehen. Ich wünsche dir eine ebenso schöne Nacht, wie ich sie haben werde."

Und schon hatte sie die Tür aufgeschlossen und war mit einem über die flache Hand gepusteten Kuss verschwunden.

Kapitel 49

Karl Dernauer schwebte auf den Wolken acht bis neun, als er am nächsten Morgen aufwachte. Gabriellas Wunsch war in Erfüllung gegangen, er hatte tiefenentspannt länger als acht Stunden durchgeschlafen und sehr angenehm geträumt. Wie so oft konnte er sich leider schon wenige Sekunden nach dem Aufwachen an nichts Konkretes mehr erinnern – aber Monica war in den Träumen vorgekommen. Und Gabriella. Vor allem Gabriella.

Er saß am Frühstückstisch, als das Telefon klingelte. Wer konnte das sein? Heute war Kiddies-Tag. Wenn erneut eines seiner Enkelkinder krank geworden war, dann war es schon zu spät für einen Opa-Alarm. Oder war es vielleicht die Kita? Karl Dernauer erlebte eine positive Überraschung:

Die fremde Stimme gehörte zu Gabriellas Schriftsteller-Freund. Seine neue Liebe schien sehr nachdrücklich um einen Freundschaftsdienst gebeten zu haben, denn Marco – so stellte sich der Anrufer vor – hatte bereits mit seinem Literaturagenten gesprochen. Karl – der Anrufer duzte ihn, was ihm in diesem Fall spontan sehr angenehm war – möge doch bitte möglichst umgehend eine Leseprobe und sein Exposé an den Agenten senden. Marco schien in Eile. Er nannte eine Mailadresse, wünschte Karl viel Glück und nach rund einer Minute war das Gespräch auch schon wieder beendet.

Karl Dernauer fuhr seinen Computer hoch und verschickte die Mail – wie so oft, wenn ihm etwas wichtig war, im Übereifer ohne Anhang, was ihm in dem Moment auffiel, als er auf den Sende-Button klickte. Er schickte eine Mail mit dem Betreff *Diesmal mit Anhang* hinterher.

Er griff zu seinem Smartphone und schickte eine SMS an Gabriella: *Platon wurde überschätzt.*

Gleich danach schrieb er noch eine Nachricht an Hub: *Morgen Abend Menü mit Günther bei mir? Ich koche. War ein bisschen viel italienische Küche in jüngster Zeit.*

Danach blieb noch Zeit für ein ausgiebiges Bad mit dem neuen *ZEIT*-Rätsel. Und dem Maracuja-Grapefruit-Aroma, das schlicht unter *Gute Laune* verkauft wurde.

Der Nachmittag mit seinen Enkeln war so unterhaltsam, wie Karl Dernauer es sich versprochen hatte. Sie unternahmen einen Ausflug in ein Einkaufszentrum, in dem eine Schach-Mitmach-Ausstellung stattfand, wie er dem Lokalteil seines geschätzten Heimatblattes entnommen hatte. Karl hatte den Kindern schon im Schnulleralter die Grundzüge des königlichen Spiels vermittelt. So hatte sich der kleine Carl dann auch sehr gefreut, als er zum vergangenen Weihnachtsfest ein blau-weißes Schachbrett mit roten und blauen Micky-Maus-Figuren unter dem Baum gefunden hatte. Er forderte seinen Opa immer wieder mal heraus – aber da er am liebsten immer alle Bauern nach vorne zog, hatte Karl noch nie eine echte Chance gehabt, ihn mal gewinnen zu lassen – was den Jungen aber kein bisschen zu stören schien.

Von Betty gab es ein herrliches Foto, als sie mit einem Schnuller im Mund als nicht einmal Dreijährige vor einem Schachbrett saß und vermeintlich angestrengt nachdachte. Sie hatte sehr schnell begriffen, wie die einzelnen Figuren ziehen konnten. Besonders hatte es ihr die Rochade angetan, weil dabei König und Turm gleichzeitig bewegt werden konnten. Das führte aber dazu, dass sie in jeder Partie nur zügig eine Rochade vorbereitete, die dann ausführte – und schlagartig die Lust an dem Spiel verlor. Genau das zelebrierte die Dreijährige dann auch auf der großen Fläche der Ausstellung, als sie zwischen den Figuren herumturnte, die fast so groß wie sie selbst waren. Ruckzuck rochiert – und dann war ihr Interesse erlahmt. Da es aber auch noch eine Menge anderer Spielmöglichkeiten gab, hatte die Kleine trotzdem ihren Spaß.

Das große Eis – drei Kugeln für jeden – rundete den Nachmittag dann für Opa und Enkel perfekt ab.

Karl war die Welt des Rund-um-die-Uhr-erreichbar-Seins immer noch fremd. Auch an diesem Nachmittag hatte er das Haus ohne sein Smartphone verlassen. Erst als Gaspard am Abend die Kleinen abgeholt hatte, warf er einen Blick auf sein Mobiltelefon, das auf seinem Schreibtisch liegen geblieben war.

Eine SMS von Hub: *Wir sind morgen um neunzehn Uhr bei dir.*

Das passte. Er könnte sich am Freitag noch einmal in aller Ruhe die wichtigsten schon bekannten Fakten zum Mord an Cornelius Brand durch den Kopf gehen lassen. Danach ein hübsches kleines Menü zaubern – und dann einen spannenden Abend mit seinen Freunden verbringen.

Eine SMS von Gabriella: *Platon war schon ein großer Philosoph. Aber für meine Begriffe hat er das Positive an Eros nicht ausreichend gewürdigt. Hast du am Samstag schon was vor?*

Oh, là là: Die Dame legte ja ein ganz schönes Tempo vor. Karl Dernauer konnte allerdings nicht im Geringsten behaupten, dass ihn diese rasante Entwicklung störte.

Die Kurznachricht war erst vor wenigen Minuten eingegangen. Offenbar hatte Gabriella Feierabend. Er wählte ihre Nummer – und sie meldete sich ohne Namensnennung mit ihrem verführerischsten Tonfall: „Woher wusstest du, dass ich gerade in diesem Moment deine Stimme hören wollte?“

Auch Karl schaltete in den Flirt-Modus: „In meinem Kalender ist Samstag. Täglich.“

„Das wäre schön. Aber nur, wenn wir uns an jedem Samstag sehen.“ Gabriella lachte kurz und hell, dann sprach sie weiter. „Lass uns konkret von übermorgen reden, ich habe nämlich ein freies Wochenende. Ich hätte Lust auf eine Schiffstour, kombiniert mit einer kleinen Wanderung. Und am Abend würde ich dich dann zu mir nach Hause einladen. Ich habe beim Stöbern in alten Sachen ein paar handgeschriebene Rezepte meiner Großmutter gefunden und könnte dir die Südtiroler Küche ein wenig näherbringen."

„Ich freue mich darauf, sie kennenzulernen. Und noch mehr darauf, dich besser kennenzulernen. Ich schlage vor, du kommst um die Mittagszeit bei mir vorbei."

„So machen wir es. Ich küsse dich." Noch ehe Karl etwas antworten konnte, hatte Gabriella aufgelegt. Ihre Angewohnheit, Gespräche unvermittelt zu beenden, war für ihn noch immer gewöhnungsbedürftig.

Er blickte auf das Display seines Smartphones. Da stand eine *3* über dem Mail-Icon. Er öffnete seinen Account und fand – neben zwei Werbe-Nachrichten – eine Mail des Literaturagenten vor, der um Rückruf bat. Karl Dernauer wählte die angegebene Nummer und war überrascht, als sich gefühlt nach Sekundenbruchteilen jemand meldete. Er musste sich nicht lange mit einer Vorstellung oder mit näheren Erläuterungen aufhalten, denn der Agent fiel ihm sehr schnell ins Wort.

„Schön, dass Sie zurückrufen. Gefällt mir richtig gut, was ich da von Ihnen gelesen habe. Haben Sie morgen früh Zeit, dass wir uns auf einen Kaffee treffen?"

Karl bejahte und lud den ihm vor einer Minute noch unbekannten Mann für neun Uhr zu sich nach Hause ein.

Binnen kürzester Zeit hatte nicht nur seine neue Liebe gehörig Fahrt aufgenommen, sondern auch seine Schriftsteller-Karriere. „Mach langsam, alter Mann", sagte Karl Dernauer laut lachend zu sich selbst.

Kapitel 50

Karl Dernauers erstes Treffen mit dem Literaturagenten verlief ausgesprochen angenehm. Und ihm wurden die Augen geöffnet, dass er offenkundig überhaupt keine Ahnung hatte, wie der Buchmarkt funktionierte.

Julius Quintus trug zwar einen altrömisch anmutenden Namen, war aber auf der Höhe der Zeit. Er gab Karl eine Reihe von Tipps, wie er die Vermarktung seines Buches ankurbeln könne, sobald ein Verlag gefunden war. Dass ihm das gelingen würde – daran ließ der Literaturagent keinen Zweifel: „Es ist zwar heute ganz schön eng auf dem Buchmarkt geworden, aber das Manuskript ist gut. Es bewegt sich in einer Nische – und das können wir ausnutzen.“

Der Zuspruch tat Karl Dernauer gut. Weniger begeistert war er von der Begleitmusik, die der Agent von seinem neuen Autor erwartete. Eine eigene Web-Seite brauche ein Schriftsteller. Und er müsse auch in den sozialen Netzwerken aktiv sein, um neue Leser für sein Werk zu gewinnen.

Das war für Karl eine Welt, die ihm nicht nur fremd, sondern sogar höchst suspekt war. Über seine Tochter hatte er ein wenig Einblick in *Facebook* & Co gewonnen. Er empfand die neue Leidenschaft vieler Menschen, ihren gesamten Alltag – und sei er auch noch so banal – mit anderen Menschen zu teilen, als kulturellen Rückschritt. Viele hatten zu jedem Thema eine Meinung und taten sie auch permanent kund. Er fühlte sich an seine Studienzeiten erinnert, als er sich mit Qrtega y Gasset auseinandergesetzt hatte. Der spanische Philosoph hatte schon vor fast hundert Jahren den „Aufstand der Massen“ prognostiziert. Jetzt war es offenkundig so weit. Aber diese Ausmaße der Herrschaft der Einfältigen hatte sich der große Denker sicherlich nicht träumen lassen.

Karl Dernauer ließ sich aber überzeugen, dass die Internet-Präsenz heutzutage offenbar dazugehörte. Er versprach seinem Agenten, sich mit dem Thema zu befassen. Aber erst, wenn er sein zweites Buch fertiggestellt hatte. Als Zeichen seines guten Willens legte er sich allerdings sofort einen eigenen *Facebook*-Account an. Der Agent und seine Tochter waren seine ersten Freunde.

Das Geschäftsfrühstück hatte ihm neuen schriftstellerischen Schwung verliehen. Er hatte zwar noch eine Reihe an Vorbereitungen zu treffen, was das abendliche Menü mit Hub und Günther anging, aber es zog ihn dennoch an den Schreibtisch. Wenn er eine Autoren-Einheit einlegen wollte, dann musste er den Rest des Tages minuziös planen.

Zunächst galt es, ein Menü zusammenzustellen. Dann waren die nötigen Einkäufe zu erledigen und danach müsste er, je nachdem, was er am Abend kochen wollte, eventuell schon Vorarbeiten in der Küche erledigen.

Das Menü schrieb sich fast wie von selbst. Nach der italienischen Woche, die er hinter sich hatte, war ihm nach deutscher Küche zumute. Die Spargelzeit war zwar vorbei, aber er hatte noch geschälte grüne und weiße Stangen im Gefrierschrank. Die würde er als Vorspeise teils braten und teils kochen und dann mit frischen Erdbeeren und dunklem Balsamico anrichten.

Er stutzte kurz, weil das ja auch wieder italienisch daherkam. Aber wenn er halt Lust drauf hatte! Dafür würde dann der Hauptgang sehr deutsch.

Karl entschloss sich zu einer landsmännischen Kombination: Fränkisches Schäufala mit schwäbischen Spätzle und bayrischem Rettich-Salat. Und als Nachtisch Kokoseis mit frischen Blaubeeren. Die hatten ihn bei seinem letzten Einkauf im Supermarkt heftig angelacht.

Dieses Menü erforderte keinen allzu großen Aufwand, außer dem Schäufala, das während des rund dreistündigen Garvorgangs immer mal wieder kurz seine Aufmerksamkeit forderte. Er hatte einige Stunden Zeit, um den Eheleuten Bernstein bei der Aufklärung ihres Mordfalls zu assistieren.

Kapitel 51

Eva und Arthur Bernstein saßen am nächsten Morgen am Frühstückstisch im Garten ihrer Ferienwohnung, als es an der Tür klingelte. Sie blickten sich erstaunt an, dann erhob sich Arthur und ging ins Haus. Als er in den Garten zurückkam, fiel Eva fast das Marmeladenbrötchen aus der Hand. Hinter ihrem Mann trat

„Hauptkommissar Schnösel“ in Begleitung eines den Bernsteins noch unbekannten Beamten ins Freie.

Es waren heftige Blitze, die Eva aus ihren Augen in Richtung des Kriminalbeamten abfeuerte. In extremem Kontrast dazu stand die süßliche Stimme, mit der sie ihren Intimfeind begrüßte. „Was für eine Überraschung zur Morgenstund. Dürfen wir noch zu Ende frühstücken oder werden wir sofort in Handschellen abgeführt? Arthur, Liebster, biete unserem ungebetenen Gast doch bitte einen Stuhl an. Möchten Sie auch Kaffee? Ich gehe aber auch gerne in die Küche und koche Ihnen einen Tee.“

Kevin Schrödel war von diesem Empfang überrumpelt. Die Verdächtigen pflegten üblicherweise auf seine arrogante Art verunsichert zu reagieren. Dieses Ehepaar Bernstein war von anderem Kaliber. Es dauerte einen Moment, bis er seine Selbstgerechtigkeit wiedergefunden hatte. „Guten Morgen, Frau Bernstein. Nein danke, für mich weder Kaffee noch Tee. Ich möchte weder Sie noch mich lange aufhalten. Eigentlich habe ich nur eine Frage: Mögen Sie Hunde?“

Er blickte mit einem undefinierbaren Lächeln abwechselnd Eva und Arthur Bernstein an. Diesmal war es ihm gelungen, seine Gegenüber zu überraschen.

Eva brauchte einen Moment, um sich zu sammeln. Wagte dieser arrogante Wicht es jetzt sogar, ihre eigene Theorie als seine Idee auszugeben? Wusste er überhaupt, dass sie selbst es gewesen war, die diesen Zusammenhang hergestellt hatte? Jakob hatte die Überprüfung des Narkotikums initiiert, aber sicherlich nicht mit Verweis auf Eva Bernsteins Verdacht. Hatte Jakobs Freund, der ermittelnde Staatsanwalt, die Theorie des Hundefreund-Mörders angestoßen?

Auch Arthur Bernstein schwieg zunächst. Ihm gingen fast dieselben Gedanken durch den Kopf wie seiner Frau. Nahezu gleichzeitig hatten beide ihre Verunsicherung überwunden. Arthur nahm das Heft in die Hand. Es konnte bestimmt nichts schaden, den Kripo-Mann ein wenig aus der Reserve zu locken.

„Interessieren Sie sich auch für unser Verhältnis zu Kanarienvögeln? Und für unsere Einstellung zur Haltung von Landschildkröten in deutschen Privathaushalten?“

Kevin Schrödel schaltete wieder voll und ganz auf die viel zu hoch getragene Nase um. „Von einem pensionierten Richter erwarte ich ein wenig mehr Respekt vor den Ermittlungsbehörden. Bitte beantworten Sie doch einfach meine schlichte Frage.“

„Respekt ist ein gutes Stichwort“, konterte Arthur Bernstein. „Sie platzen hier bei unbescholtenen Bürgern einfach so rein und stellen eine Frage, deren Hintergrund sich nicht erschließt. Wenn Sie sich weiter eines solchen Tons und einer solchen Vorgehensweise befleißigen wollen, dann werden wir jetzt zunächst unseren Anwalt kontaktieren und mit der Beantwortung Ihrer Frage warten, bis er hier bei uns eingetroffen ist. Da ich allerdings keinen Überblick über Herrn Baders Terminkalender habe, schlage ich vor, dass Sie sich jetzt wieder Ihren offenbar sehr zielgerichtet laufenden Nachforschungen widmen und uns eine Zeit nennen, zu der wir gemeinsam mit unserem Anwalt in Ihrer Dienststelle erscheinen sollen.“

Der Hauptkommissar war sichtlich konsterniert. Er musste sich eingestehen, dass er mit seiner sonst oft so erfolgreichen forschen Art beim gewieften Arthur Bernstein wieder einmal gescheitert war.

Eva Bernstein war einerseits stolz auf ihren Gatten, der dem Schnösel einmal mehr den Wind aus den Segeln genommen hatte. Andererseits konnte sie keinen Gefallen an dem Gedanken finden, dass das Gespräch an dieser Stelle beendet sein sollte. Sie war viel zu neugierig darauf, wie der Beamte mit ihrer ureigenen Hundefreund-Theorie verfahren wollte.

Erneut wählte sie den süßlichen Ton, diesmal aber mit Charme in der Stimme, nicht mit Bissigkeit. „Ich denke nicht, Liebster, dass wir dem Herrn Hauptkommissar seine nicht leichte Aufgabe zusätzlich erschweren sollten. So wie ich Herrn Schrödel einschätze, wird er uns gerne wissen lassen, was ihn zu seiner eigenwilligen Frage bewogen hat. Und dann werden wir sie auch gerne beantworten."

Kevin Schrödel nutzte den angebotenen Strohhalm, um sich aus der verfahrenen Situation zu befreien. „Ich will gerne ganz offen mit Ihnen sein. Wir haben festgestellt, dass die Dosis des Betäubungsmittels, mit dem der Wachhund außer Gefecht gesetzt wurde, vermutlich sehr bewusst so gewählt wurde, dass das Tier überlebte. Und deshalb wollen wir jetzt wissen, wer von den Verdächtigen Hunde mag und wer nicht. Ich denke, das macht den Hintergrund meiner Frage klar."

Arthur Bernstein nutzte die Tatsache aus, dass er und Eva Oberwasser gewonnen hatten. Er machte die Kräfteverhältnisse in dieser ungleichen Auseinandersetzung mit seiner Antwort klar.

„Wir bekennen uns beide gerne dazu, dass wir Tiere respektvoll behandeln und nicht als Sache, wie es das Gesetz in vielen Fällen leider vorsieht. Zwar haben wir kein Haustier, aber so weit möchte ich gehen: Wir hätten sicherlich das Leben des Tieres geschont, wenn wir es nur auf die Beute abgesehen hätten. Wenn uns das möglich gewesen wäre."

Er machte eine kurze Pause, ehe er zum letzten Hieb in dieser verbalen Auseinandersetzung ausholte. „Summa summarum: Wir gehören zur Hundefreund-Fraktion in der Liste Ihrer Verdächtigen. Wenngleich ich dieses Geständnis nicht für ein gerichtsfestes Indiz halte, das zu einer Verurteilung führen würde."

Das hatte gesessen. Kevin Schrödel drehte sich schroff um und machte seinem Kollegen durch eine Kopfbewegung klar, dass er die Befragung als beendet betrachtete. Beim Verlassen des Hauses drehte er sich noch einmal zum Ehepaar Bernstein um. „Einen schönen Tag noch. Wir sehen uns wieder."

Der drohende Unterton machte klar, dass Hauptkommissar Schrödel nicht gewillt war, seinen Verdacht gegen Eva und Arthur Bernstein fallen zu lassen.

Kapitel 52

Karl Dernauer schaute erstaunt von seinem Schreibtisch auf, als er das Kapitel beendet hatte. Er ließ seinen Blick durch das Zimmer schweifen und brauchte einen Moment, bis er den Grund seiner Irritation erkannte. Es war jetzt kurz vor vier am Nachmittag und ungewöhnlich dunkel für diese Tageszeit. Als er sich in den Erker begab und eher mechanisch die gekippten Fenster schloss, wurde ihm klar: Ein Gewitter war im Anzug.

Zügig machte er die Terrasse wetterfest: Er sammelte die Sitzbezüge ein und klappte die Stühle und den Sonnenschirm zusammen – gerade noch rechtzeitig, denn schon krachte es gewaltig. Karl liebte Gewitter. Aber nur, wenn er sich in einem geschützten Raum befand. In der Küche beobachtete er durch die geschlossene Terrassentür, wie sich ein mächtiges Unwetter aufbaute. Als Blitze und Donner fast gleichzeitig zu sehen bzw. zu hören waren, prasselte ein grandioser Regen nieder. Er starrte geradezu verzückt durch das schützende Glas, rauchte stehend langsam zwei Zigaretten und nippte immer wieder an dem kühlen Weißburgunder, den er sich eingeschenkt hatte. Seit er vor Jahrzehnten einem gewissen Herrn Biolek im Fernsehen beim Kochen zugeschaut hatte, pflegte auch Karl Dernauer sich immer zunächst einen Wein einzuschenken, bevor er sich an die Zubereitung eines Menüs machte. Die Schürze mit dem entsprechenden Spruch, die Hub ihm geschenkt hatte, hatte er bereits umgebunden.

Gut eine Viertelstunde hielten ihn die Naturgewalten in Atem. Dann beruhigte sich das Wetter ebenso schnell, wie es zuvor das bedrohliche Szenario aufgebaut hatte. Es wurde still und zügig heller, und bald ließ auch der Regen nach. Urplötzlich glitzerte gleißendes Sonnenlicht in den Pfützen. Karl trat auf die Terrasse und atmete ein paar Mal tief durch. Es gab nichts Vergleichbares zu dieser frisch gewaschenen Luft.

Routiniert und wie immer ohne eine Spur von Hektik bereitete er anschließend das Menü für den Abend vor. Als Hub und Günther eintrafen, war er gerade dabei, die Terrasse wieder herzurichten. Alles war bereit für einen erneuten kulinarisch-kriminalistischen Abend.

Im Mittelpunkt der Gespräche standen zunächst die beiden Teilnehmer an der Nachtwächterführung, die nicht bzw. nicht mehr zur Management-Crew der Firma gehörten: der Stadtführer „Jojo“ Jordan und der Psychologe Doktor Jobst Kinkel.

Hub balancierte gerade eine Erdbeere und je ein Stückchen der beiden Spargelsorten auf seiner Gabel, als Hauptkommissar Günther Keller begann, von den jüngsten Vernehmungen zu berichten. Sein Einstiegssatz rief dem Oberstaatsanwalt die Situation in Erinnerung. Hub musste lachen – und prompt kullerten alle drei Elemente seines kunstvollen Arrangements zurück auf den Teller.

„Wir mussten beide an dich denken, als wir Jochem Jordan zu seiner Zeit bei der Firma Breitholz befragt haben”, leitete Günther Keller seinen Bericht ein.

Karl Dernauer schaute seine beiden Freunde verständnislos an. Vor allem für Hubs plötzliche Heiterkeit hatte er keine Erklärung.

„Du hast doch neulich gesagt, dass Frauen gemein besser können als Männer“, fuhr Günther Keller fort, der den Blick von Karl Dernauer natürlich sofort richtig deutete. Es bestand Erklärungsbedarf.

Karl nickte. Er wartete auf die fällige Erläuterung. „Ja, ich erinnere mich daran, diese Lebensweisheit von mir gegeben zu haben. Ist sie widerlegt?“

„Na ja, zumindest in Einzelfällen.“ Günther Keller schmunzelte und legte eine Kunstpause ein. Er liebte es, Karls Gesprächstechniken in solchen Situationen zu kopieren.

„Jordan hat zunächst sehr ruhig und gelassen erzählt, wie er nach seinen Bundeswehrjahren zur Firma Breitholz gekommen ist. Dass er sich dort sehr wohl gefühlt und dass er sich mit den Kollegen sehr gut verstanden hat, dass er immer gerne zur Arbeit gegangen ist. Er hat dann ganz offen gesagt, dass nur mit Cornelius Brand die Chemie nicht gestimmt habe. Der habe bei jeder noch so kleinen Gelegenheit versucht, ihn mit den miesesten Methoden kleinzukriegen. Er habe sich geradezu daran geweidet, wenn er ihn vor anderen bloßstellen konnte. Je mehr Macht Brand als Personalchef bekommen habe, um so schlimmer seien dessen Mobbing-Attacken geworden.“

„Wie stelle ich mir das konkret vor?“ Karl Dernauers Spannung wuchs, zumal Hubs Grinsen zunehmend breiter wurde.

„Der Anfang vom Ende seiner Zeit bei Breitholz sei ein Meeting gewesen, an dem alle Führungskräfte und mehrere Vertreter eines anderen Unternehmens teilgenommen haben. Es sei um einen ziemlich großen Auftrag gegangen. Er selbst, also Jochem Jordan, habe sich intensiv an der Diskussion beteiligt, weil es sich um sein Fachgebiet gehandelt habe. Cornelius Brand habe einige kleinere Spitzen gegen ihn losgelassen. Und dann habe er ihn mit einer Bemerkung so lächerlich gemacht, dass er gewusst habe: ‚Ich habe in diesem Hause keine Zukunft mehr.‘“

„Mit einer Bemerkung? Das muss ja ein ganz schönes verbales Geschoss gewesen sein!“

„Das kann man wohl sagen.“ Noch einmal steigerte Günther Karls Spannung durch ein kurzes Schweigen.

„Cornelius Brand hat nach einer Wortmeldung von Jordan in ganz leisem und freundlichem Ton gesagt: ‚Jojo, könntest du mir einen Gefallen tun? Würdest du ab jetzt bitte nur noch jeden zweiten Satz sprechen, der dir einfällt? Das würde uns allen kostbare Zeit sparen.‘“

Karl war beeindruckt. „Wow. Auf eine solche Bösartigkeit wäre in der Tat die zickigste Stutenbeißerin stolz.“

Günther Keller schmunzelte. „Ein früherer Chef von mir hat immer gesagt: ‚Was lernt uns das?‘ Also auf jeden Fall so viel: Es gibt auch ausgeprägtes Hengstbeißen!“

Karl dachte einen Moment lang nach. Dann sortierte er die Aussagen des Stadtführers in seine eigenen Einschätzungen der Verdächtigen ein.

„Ich finde Jojo sehr sympathisch. Aber eine solche Verletzung, die noch dazu das Ende seiner Karriere eingeläutet hat, ist schon ein ausgesprochen handfestes Mordmotiv.“

„Das sehen Günther und ich genauso“, schaltete sich jetzt Hub in das Zwiegespräch ein. „Wobei es natürlich für Jordan spricht, dass er selbst ganz freimütig über das zerrüttete Verhältnis gesprochen hat. Andererseits: Er ist intelligent genug, um zu wissen, dass wir auch von anderen von diesem Eklat erfahren hätten. Und dann ist es cleverer, den Punkt selbst anzusprechen.“

Karl Dernauer hatte neue Fragen. „Wieso ist denn ausgerechnet Jojo für diese Nachtwächterführung gebucht worden? Bei dieser Vorgeschichte … Oder war das Zufall? Wusste er selbst, welche Gruppe er bespaßen sollte? Wenn ja – warum hat er sich das angetan?“

Der Hauptkommissar nickte. „Das haben wir uns und ihn natürlich auch gefragt. Jordan beteuert, dass er nicht gewusst hat, welche Gäste er an dem Abend betreuen sollte. Er habe selbst heftig geschluckt, als er seine ehemaligen Kollegen gesehen habe. Aber er habe sich dann gesagt, dass er professionell mit der Situation umgehen müsse. Und das sei ihm auch gelungen. Er habe die Vergangenheit ziemlich gut ausblenden können.“

„Haltet ihr das für glaubhaft?“

Diesmal antwortete Hub. „Wir können es zumindest derzeit nicht widerlegen. Cornelius Brand war zwar in der Ideen-Phase stark in die Teambuilding-Maßnahme involviert, aber die konkrete Umsetzung des Projekts lag in den Händen von Vanessa Bornholm, auch das Planen der Nachtwächterführung. Sie kannte Jordan vorher nicht, weil sie bei seinem Ausscheiden selbst noch nicht bei Breitholz war. Und die Buchung lief über das Tourismus-Büro der Stadt.“

Vor dem Hauptgang genehmigte Karl sich eine Zigarette. Er goss Hub und Günther – und natürlich auch sich selbst – von dem exzellenten Weißburgunder nach und prostete seinen Freunden zu: „Unser Job wird wahrlich nicht leichter. Cornelius Brand hat ja wohl kaum etwas ausgelassen, was Mordmotive hergibt.“

Hub blickte versonnen in sein Glas, in dem die Abendsonne ein munteres Farbenspiel erzeugte. „Ein Staatsanwalt muss ja von Amts wegen Mörder jagen und zur Strecke bringen. Aber wenn ich ehrlich bin: In meiner rund dreißigjährigen Amtszeit habe ich noch selten einen Menschen, der einem anderen das Leben genommen hat, so gut verstehen können wie diesmal – egal, wer es denn nun war. Cornelius Brand war nach meiner Einschätzung sein Leben lang Täter. Und nun ein einziges Mal Opfer." Er hielt einen Moment inne, bevor er den Gedankengang zu Ende führte. „Wobei man natürlich sagen muss, dass sein Opfersein einen ziemlich endgültigen Charakter hat."

Karl quittierte den melancholischen Anflug seines Freundes mit einem eher müden Lächeln. Ihm lag daran, sich wieder mit konkreter Kriminalarbeit zu befassen.

„Der Psychologe, dieser Doktor Kinkel, der ist doch eindeutig auf Brands Betreiben in das Projekt eingebunden worden. Wie hat der sich denn zu seinem Verhältnis zu Brand geäußert? Und die beiden haben ja offenbar heftig gestritten. Hat er das nachvollziehbar erklären können?"

Hub schien immer noch mit seinen eher grundsätzlichen Überlegungen beschäftigt, aber Günther war ganz auf Karls Wellenlänge.

„Also den vermeintlichen Streit, den streitet Kinkel kategorisch ab. Wir haben dafür ja bislang auch nur die Aussage von Vanessa Bornholm als Beleg. Ob die wirklich glaubwürdig ist? Da habe ich meine Zweifel. Und Hub ja auch." Er blickte zum Oberstaatsanwalt hinüber, der sich endlich von dem Versuch löste, die Wahrheit in einem Weinglas zu finden.

„Ja, ganz ohne Frage. Die Bornholm ist ein ausgekochtes Biest. Der würde ich nicht mal glauben, wenn sie mir in einer fremden Stadt den Weg zum Bahnhof erklären würde."

Günther und Karl schauten sich belustigt an. Hub war ja heute wirklich in einer eigentümlichen Stimmung.

Zügig kehrte der Hauptkommissar dann aber zur Vernehmung des Psychologen zurück. „Kinkel hat es so dargestellt, dass er selbst ziemlich verwundert gewesen sei, als er den Anruf von Cornelius Brand bekommen habe, ob er Interesse an dem Auftrag habe. Sie seien nie wirklich gut Freund miteinander gewesen, obwohl sie sich seit vielen Jahren kannten. Mit Brand könne man nicht befreundet sein, hat Kinkel gesagt. Der habe immer nur an seinen eigenen Vorteil gedacht. Und er habe eine sadistische Ader gehabt, ihm habe es regelrecht Spaß gemacht, andere Menschen zu quälen, auch wenn ihm das gar nichts gebracht habe. Es habe Brand offenbar eine Art Befriedigung verschafft, wenn er anderen wehtun konnte, so hat Kinkel es fast wörtlich ausgedrückt."

Karl interessierte die dunkle Seite von Cornelius Brand kaum noch. Sie war zu offensichtlich und inzwischen aus genügend Quellen belegt. „Aber ein Mensch wie Brand hat doch nicht ohne Grund seinen Bekannten Doktor Kinkel in das Projekt eingeschleust."

Günther Keller stimmte Karl zu. „Kinkel hatte die Vermutung, dass Cornelius Brand sich davon versprochen hat, den Ablauf und die Ergebnisse irgendwie in seinem Sinne beeinflussen zu können, wie auch immer. Er macht auf mich übrigens den Eindruck eines sehr besonnenen und klugen Menschen. Und obwohl er der Psychologe ist und nicht ich: Er passt für mich überhaupt nicht in das Bild eines Menschen, der im Affekt einen anderen erschlägt. Wofür derzeit ja einiges spricht."

Karl Dernauers Wertschätzung für Günther Kellers Menschenkenntnis war sehr groß. Wenn Günther sich so weit aus dem Fenster lehnte, was die Beurteilung eines Verdächtigen anging, dann war das mit ganz hoher Wahrscheinlichkeit Fakt.

Der Hauptgang als kleine Rundreise durch süddeutsche Spezialitäten kam bei Hub und Günther hervorragend an. Erst beim Nachtisch fanden kriminalistische Überlegungen wieder ihren Raum. Günther Keller war derjenige, der die Aufmerksamkeit der Runde wieder auf den Fall lenkte.

„Wenn ich noch einmal zusammenfassen darf, was wir bisher wissen: Nur einer der neun Anwesenden bei der Nachtwächterführung kann Cornelius Brand erschlagen haben. Alle neun hatten ein Motiv, weil Brand wahrscheinlich oder sicher jedem von ihnen schon einmal etwas Schlimmes angetan hat. Alle neun hatten vermutlich die Gelegenheit, ihn zu töten."

Der Hauptkommissar löffelte bedächtig ein wenig Eis mit Blaubeeren in sich hinein, wie es auch seine Zuhörer taten, die beide keine Anstalten machten, seinen Vortrag zu kommentieren.

Er empfand dies als Bestätigung und sprach weiter. „Die derzeit entscheidende Frage für mich ist: Hat der Täter aus Rache gehandelt oder weil er Cornelius Brand – warum auch immer – als Bedrohung empfand? Es würde uns helfen, wenn wir es mit Variante zwei zu tun hätten. Denn nur das würde die Anzahl der möglichen Verdächtigen reduzieren."

Karl Dernauer ließ diese Analyse ein wenig sacken. Er empfand sie als treffend. Erst als Hub sich in der Küche zu schaffen machte, um den Mokka und den Haselnussgeist als Digestif zu kredenzen – seine klassische Tätigkeit, wenn sein Freund ihn bekochte –, zog auch der Hobby-Kriminalist gegenüber dem Profi-Ermittler sein Zwischenfazit:

„Unser Problem ist, dass uns weder Spuren noch Tatzeugen zur Verfügung stehen. Und die Aussagen der Beteiligten halte ich für ausgelutscht. Wir müssen einen völlig neuen Ansatz finden – ich weiß nur noch nicht, welchen …"

Günther Keller nickte nur. Auch er hatte das Problem erkannt – und dafür keine Lösung.

Kapitel 53

Eva und Arthur Bernstein hatten sich von dem neuerlichen unsäglichen Auftritt des „Herrn Schnösel" nicht ihren Elan rauben lassen. Im Gegenteil: Vor allem Eva fühlte sich einmal mehr angestachelt, dem wahren Mörder auf die Spur zu kommen. Sie war nach dem ebenso bühnenreifen wie lächerlichen Abgang des Kripobeamten voller Tatendrang.

„Was hältst du von einem ausgedehnten Waldspaziergang, Liebster? Mir ist nach Bewegung in frischer Luft, aber auf Fahrradfahren habe ich heute keine Lust."

Arthur war lange genug verheiratet, um zu wissen, dass er diese Frage unmöglich mit Nein beantworten konnte. Es traf sich daher gut, dass auch er selbst einer Wanderung nicht abgeneigt war.

Sie fanden in ihrem umfangreichen Kartenmaterial ein Naherholungsgebiet, das mit dem Rad in wenigen Minuten erreichbar war. Als sie schweigend einige hundert Meter durch den Wald gelaufen waren, ließ Eva ihren Mann an ihren Überlegungen teilhaben.

„Ehrlich gesagt: Es gefällt mir gar nicht, was sich nach den bisherigen Indizien abzeichnet." Sie machte nach diesem betont langsam gesprochenen Satz eine Pause. Offenbar erwartete Eva, dass ihr Mann etwas sagte.

Arthur Bernstein tat seiner Frau den Gefallen. „Was zeichnet sich für meine geschätzte Miss Marple denn bisher ab?"

„Nun ja, wenn ich die beiden wichtigsten Aspekte auf die einzelnen Verdächtigen beziehe, dann bleiben als mögliche Mörder nur Personen übrig, die ich ausgesprochen liebenswert finde. Die Alternative wäre, dass ich mich von meiner Hundefreund-Theorie verabschiede. Aber das möchte ich eigentlich nicht. Ich habe das starke Gefühl, dass ich mit meiner Einschätzung richtig liege. Dass nämlich Pünktchen auf keinen Fall sterben sollte."

Wieder machte Eva eine Pause. Diesmal hakte ihr Mann allerdings nicht ein.

„Außerdem hast du mich mit deiner Schlussfolgerung, dass der Mord von langer Hand geplant war und nur der Zeitpunkt spontan gewählt wurde, ins Grübeln gebracht. Ich bin mir inzwischen absolut sicher, dass du recht hast. Wir haben es also offenbar mit einem extrem gefühlskalten Menschen zu tun, der andererseits aber zu zart besaitet ist, ein Tier zu töten. Diese Widersprüchlichkeiten gehen mir auf die Nerven."

Arthur Bernstein verlangsamte seinen Schritt, weil er angestrengt nachdachte, und Eva passte sich dem unwillkürlich an. Auf einer kleinen Lichtung blieben beide fast gleichzeitig stehen.

„Lass uns noch einmal unsere Einschätzungen vergleichen. Vielleicht sind die in irgendeinem Punkt ja nicht deckungsgleich. Und das könnte dann ein Ansatz sein." Arthur Bernstein setzte sich auf eine kleine Bank am Rande der Lichtung. Seine Frau nahm neben ihm Platz.

„Also gut. Gehen wir davon aus, dass unser Mörder Geldprobleme hat und ein Tierfreund ist. Oder besser: dass er zumindest Hunde mag. Wer nicht zu dieser Schnittmenge gehört, der scheidet als Täter aus. Du stimmst mir bisher zu?"

Arthur Bernstein nickte.

„Dann weiter. Fangen wir mit dem einfachsten Fall an. Alex und Svenja sind heute schon gut situiert. Das Geldproblem scheidet also aus. Alex mag Pünktchen zwar sehr gern, er war für ihn ja eine Art Zweit-Herrchen. Aber Svenja konnte mit ihm überhaupt nichts anfangen, hatte ein Null-Verhältnis zu dem Hund, wie Marianne es ausgedrückt hat. Die beiden können wir also von der Verdächtigen-Liste streichen, weil bei ihnen gar nichts passt. Nein, wir wollen ganz korrekt vorgehen: Bei Alex würde zumindest die Hundeliebe stimmen."

„Formal absolut korrekt." Arthur wollte sich eigentlich mit dieser Bemerkung begnügen, doch dann ergänzte er: „Bei Alex als möglichem Täter passt aber der Charakter-Typ gar nicht. Er hat erstens zu wenig Mumm, um eine solche Tat zu begehen. Und zweitens wirkte er auf mich schon so, dass er seine Eltern aufrichtig gern gehabt hat."

„So wirkt er auch auf mich." Eva setzte einen leicht strengen Blick auf. „Aber lass uns bitte beim reinen Schnittmengen-Verfahren bleiben und nicht zusätzliche Aspekte diskutieren. Du bist doch sonst immer derjenige, der ganz analytisch vorgehen will."

Arthur schmunzelte. „Ich habe den Rüffel verdient."

„Hast du." Eva lächelte zurück. „Wir können uns trotzdem darauf verständigen, dass Alex und Svenja es nicht waren. Bei den anderen Verdächtigen ist es ja kompliziert genug. Und außerdem noch unerfreulich – unter dem Sympathie-Gesichtspunkt."

„Dann lass mich jetzt mal weitermachen." Arthur Bernstein streichelte seiner Frau zärtlich über den Unterarm. „Ich weiß ja, was dich so stört. David und Jutta sind sehr liebenswert, aber leider trifft auf sie beides zu. Sie trauern um ihren Hund. Und sie könnten das Geld gut gebrauchen, um sich ihren großen Traum vom Lebensabend in Neuseeland zu erfüllen."

„Ich will das gar nicht denken", fuhr es lauter als gewollt aus Eva Bernstein heraus.

„Sollst du ja auch nicht. Wir wollen doch nur ganz nüchtern analysieren und vergleichen, ob wir in allen Punkten auf einen Nenner kommen." Nach ein paar Sekunden sprach Arthur weiter.

„Genauso treffen auf Rainer beide Punkte zu. Er pflegt seinen alten kleinen Hund. Und er könnte das Geld gut gebrauchen."

„In der Tat. Wenn man so weit ist, dass man sogar seine Wohnung aufgibt, dann hat man existenzielle Sorgen."

„Auf Manni hingegen trifft nur das Geld-Problem zu. Aber ein Hundefreund ist er nicht."

„Wie auf das Ehepaar Nassau. Denen wäre es – gemeinsam oder als Einzeltäter – eigentlich als Einzigen zuzutrauen. Für Geld würden sie alles tun. Aber welchen Grund sollten sie haben, Pünktchen am Leben zu lassen?"

„Du hättest sie beide oder einen von ihnen gerne als Täter, stimmt's?" Arthur wollte seine Frau ein klein wenig auf die Gefühlsebene locken, die sie ja beide vermeiden wollten.

Doch Eva ging darauf nicht ein. „Das wirklich nette Ehepaar Petersen erfüllt leider beide Kriterien: ausgewiesene Tierfreunde und finanzielle Probleme."

Beide schwiegen jetzt fast fünf Minuten lang. Jeder für sich dachte angestrengt nach.

Dann fasste Arthur Bernstein das Schnittmengen-Verfahren zusammen. „Uns bleiben fünf Verdächtige, wenn wir deiner Theorie folgen. Rainer Kastenmeyer und die Ehepaare Morsbach und Petersen, wobei die Paare sowohl gemeinsam als auch als Einzeltäter gehandelt haben können."

Eva Bernstein erhob sich schwungvoll von der Bank. „Ich weiß jedenfalls, was wir als Nächstes zu tun haben."

Kapitel 54

Karl Dernauer war am Morgen mit einem seltsamen Gefühl der Unruhe aufgewacht. Ihm schossen unzusammenhängende Gedanken zum Mordfall Cornelius Brand durch den Kopf. Diese hatte er jedoch zügig verdrängt und sich am Schreibtisch auf das Ehepaar Bernstein konzentriert. Er wusste, wer die Tat im *Gärtner-Garten* verübt hatte – sein erdachter Mord strebte deshalb zügig der Aufklärung entgegen. Im wahren Leben gestaltete sich die Lösung des „Madonnen-Mords" deutlich schwieriger. Hier tappte er noch völlig im Dunkeln.

Um die Mittagszeit hatte er genug von den Verbrechen dieser Welt, seien sie nun Realität oder nur in seinem Schriftstellerhirn beheimatet. Er brühte sich eine große Tasse Kaffee auf und setzte sich damit auf seine Terrasse. Seine Gedanken wanderten dorthin, wo sie an diesem Tage hingehörten: Zu Gabriella und den schönen Stunden, die vor ihm lagen.

Doch alles sollte ganz anders kommen.

Das Telefon klingelte. Erregt und erfreut las er auf dem Display *G Mobil.* Als er sich entsprechend launig meldete, registrierte er schlagartig eine ihm völlig unbekannte, seltsam kraft- und freudlose Stimme, die nicht das Geringste mit Gabriellas üblichem Tonfall zu tun hatte.

„Es wird leider nichts mit unserem geplanten Wochenende. Ich sitze im Zug nach Bozen. Meine Schwester hat heute morgen angerufen, unserer Mutter geht es sehr schlecht. Vielleicht geht es mit ihr sogar zu Ende. Ich hoffe, ich werde noch früh genug da sein." Es folgte ein leises Schluchzen.

Karl war einen Moment lang völlig überfordert mit der unerwarteten Situation, fand dann aber die richtigen Worte.

„Ich wünsche dir in den nächsten Stunden und Tagen viel Kraft, in Gedanken bin ich bei dir. Melde dich, wenn ich irgendetwas für dich tun kann."

Das Schluchzen war in Weinen übergegangen. Gabriella flüsterte nur „Danke". Und dann „Ich küsse dich."

Diesmal war Karl nicht überrascht, dass das Gespräch von Gabriella abrupt beendet wurde. Einige Minuten lang war er völlig orientierungslos. Mechanisch brühte er noch einmal Kaffee auf, diesmal eine ganze Kanne. Dann setzte er sich wieder auf die Terrasse, zündete sich eine Zigarette an und starrte vor sich hin.

Als Hobby-Kriminalist und als Krimiautor ging er mit dem Tod emotionslos um, fast schon spielerisch. Wie anders die Wahrnehmung doch war, wenn man real damit konfrontiert wurde. Selbst wenn man den Menschen gar nicht kannte, so wie er Gabriellas Mutter. Er hatte nicht einmal gewusst, dass sie noch lebte. Auch von einer Schwester hatte seine neue Liebe ihm nichts erzählt. Hatte sie weitere Geschwister? Lebte ihr Vater noch?

Karl spürte eine tiefe Traurigkeit. Ihm wurde noch bewusster, wie intensiv seine Gefühle für Gabriella schon waren.

Als er einen neuen Kaffee schlürfte, gewann er allmählich seine Fassung zurück. Er wunderte sich ein wenig über sich selbst, dass er jetzt relativ schnell schon wieder ganz pragmatische Überlegungen anstellte. Wie sollte er das plötzlich unverplante Wochenende verbringen?

Wenn er sich für die Beschäftigung mit einem seiner beiden Mordfälle entschied, dann gab es einen einfachen und einen etwas schwierigeren Weg. Einfach wäre es, weiter an seinem Roman zu schreiben, denn da hatte er die Fortsetzung ja schon im Kopf.

Schwieriger war der Brand-Mord. Er hatte zwar gegenüber Hub und Günther einen ausgeprägten Optimismus aufgesetzt, aber wenn er ehrlich war, dann musste er sich eingestehen, dass er eigentlich keinen richtigen Lösungsansatz hatte.

Dann also erst mal zu den Bernsteins.

Kapitel 55

Eva und Arthur Bernstein stellten ihre Räder an einem anderen Eingang der Kleingartenanlage ab als bei ihrem ersten Besuch. Beide hatten ein beklemmendes Gefühl, als sie sich dem Tor näherten, das längst nicht so beeindruckend war wie das des *Gärtner-Gartens*.

Noch bevor sie das Gelände betraten, flüsterte Eva ihrem Mann zwei Sätze zu: „Jetzt sind wir eine knappe Woche hier in Brandenburg, aber es ist mehr passiert als sonst in einem ganzen Jahr. Was meinst du, ist das Zufall oder Schicksal?"

Arthur Bernstein war leicht überrascht von der Frage seiner Frau, die sonst eher der pragmatische Typ war und nicht zu esoterisch angehauchten Betrachtungen neigte.

„Egal wie, aber mir zeigen die Ereignisse der vergangenen sechs Tage wieder einmal, wie nah Glück und Leid beieinander liegen. Zuerst treffen wir unverhofft Jakob wieder und lernen seine liebenswerte Frau kennen. Dann kommt noch die Bekanntschaft mit den nicht minder liebenswerten Gärtners hinzu – nur um die beiden als Freunde zu gewinnen und gleich wieder zu verlieren."

Eva schüttelte einen leichten Schauer von ihrem Rücken. Dann drückte sie die Klinke des Gartentors runter und betrat das Grundstück von Jutta und David. Von der Laube drangen Stimmen an ihre Ohren, doch was gesprochen wurde, war nicht zu verstehen. Aber klar war, dass sie Glück hatten. Jutta und David hielten sich in ihrem Schrebergarten auf.

Zum Abschluss des Waldspaziergangs hatte Eva ihren Mann davon überzeugt, dass der nächste Ermittlungsschritt sie zwingend wieder in die Kleingartenanlage führen musste. Der Besuch bei David und Jutta als erste Station bot sich aus zwei Gründen an. Zum einen, weil Eva das nette Ehepaar möglichst bald als Tatverdächtige ausschließen wollte. Zum anderen, weil zu den beiden an dem verhängnisvollen Abend die engste Beziehung entstanden war und Eva und Arthur sich deshalb von ihnen die aufschlussreichsten Auskünfte erhofften.

Jutta nahm die Besucher früher wahr als ihr Mann. Sofort huschte ein freundliches und – da war Eva sicher – absolut ehrliches Lächeln über ihr Gesicht, als sie die Bernsteins erkannte. Sie kam auf das Ehepaar zu und umarmte beide kurz, aber mit viel Wärme.

Eva versuchte, die Emotionalität des Moments zu unterdrücken. Schließlich war sie hier, um Ermittlungen in einem Mordfall anzustellen. Da galt es, einen klaren Kopf zu bewahren. Gleich darauf fühlte sie sich ausgesprochen elend: War das nicht ein extrem falsches Spiel, das sie hier mit Jutta und David begann? Die beiden Kleingärtner freuten sich offenbar ganz vorbehaltlos über den Besuch – und sie selbst war im Begriff, die beiden gezielt auszuhorchen.

Arthur rettete sie durch absolute Offenheit aus dieser Klemme. „Schön, euch wiederzusehen. Aber ich will gleich zu Beginn ganz offen mit euch sein: Wir sind hier, weil wir uns auf Mördersuche befinden. Und zwar ganz eigennützig, weil der Kommissar uns beide, vor allem aber mich, für die beziehungsweise den Täter hält."

Jutta und David schauten gleichermaßen verdutzt drein. David erholte sich als Erster von dieser überrumpelnd ehrlichen Begrüßung. „Da seid ihr bei uns absolut richtig. Seit ein paar Tagen liege ich Jutta in den Ohren, dass wir irgendetwas tun müssen, um unseren Beitrag zur Aufklärung des Falles zu leisten. Es darf nicht sein, dass dieser feige Mord ungesühnt bleibt."

Arthur wunderte sich über die geschliffene Ausdrucksweise von David, der auf ihn am ersten Abend eher den Eindruck eines zwar lebensklugen, aber nicht unbedingt gebildeten Menschen gemacht hatte.

Mit seiner zweiten Äußerung stoppte der Gastgeber dann Arthurs Betrachtungen: „Was darf's sein: Bier, Kaffee, Wasser oder Wein?"

Als die Bernsteins sich für Kaffee ausgesprochen hatten, verschwand David in der Laube. Die drei anderen gruppierten sich um ein schweres Fass, auf dem ein massives altes Wagenrad einer Pferdekutsche lag. Die Glasplatte darauf machte das Ganze zu einem nicht unbedingt originellen, aber ausgesprochen gemütlichen Stehtisch.

Während David in der Küche den Kaffeeautomaten anwarf, ging Jutta auf Arthur Bernsteins ungewöhnliches Begrüßungs-Statement ein.

„Es stimmt, dass David seit ein paar Tagen fast von nichts anderem redet. Wir sind heute übrigens zum ersten Mal wieder hier im Garten. Bis gestern habe ich mich nicht getraut. Und übernachten werden wir heute in der Laube auf keinen Fall. Ich weiß noch gar nicht, ob ich das überhaupt noch einmal kann. Auf keinen Fall aber, solange der Mörder noch nicht gefasst ist."

„Das kann ich sehr gut verstehen", antwortete Eva Bernstein. „Allein schon der Blick rüber zum Zaun sorgt bei mir für mehrere Klöße im Hals." Als sie dies sagte, nahm sie vom Nachbargrundstück her Hundegebell und jugendliche Stimmen wahr. Jutta deutete ihren fragenden Blick sofort richtig.

„Alex ist vor einer Stunde mit den Zwillingen eingetroffen. Die Mädchen tollen mit Pünktchen herum, wie sie das immer tun. Vielleicht lenkt es sie vom Tod ihrer Großeltern ab. Alex habe ich nur ganz kurz gesprochen. Er macht einen unglaublich deprimierten Eindruck. Er räumt seine kleine Laube aus, hat er gesagt, weil er nie mehr herkommen will. Was er mit der Datscha seiner Eltern vorhat, dazu hat er nichts gesagt."

Arthur lenkte das Gespräch in andere Bahnen: „Habt ihr irgendeine Idee oder auch nur eine Ahnung, wer Paula und Anton getötet haben kann? Die Polizei geht fest davon aus, dass es jemand aus unserer Runde vom Freitagabend gewesen sein muss. Mal abgesehen von mir, weil ich war es nicht: Habt ihr einen Verdacht?"

Jutta Morsbach dachte angestrengt nach. Ihr Mann kehrte mit einem Tablett, auf dem vier große Becher standen, aus dem Haus zurück und verteilte diese auf dem Stehtisch.

„Seid ihr mit euren Überlegungen schon ein Stück vorangekommen?", fragte er in die Runde. „Also für mich kommt eigentlich nur ein Fremder als Täter in Betracht. Mir will nur nicht in den Kopf, wie er Pünktchen außer Gefecht setzen konnte."

„Ein Fremder scheidet leider nach allen bisherigen Erkenntnissen aus", entgegnete Arthur Bernstein. „Pünktchen ist dabei genau der ausschlaggebende Punkt. Er hätte, da ist sich nicht nur die Polizei nach den Befragungen sicher, niemals jemanden auf das Gelände gelassen, den er nicht kennt."

Jetzt erst meldete sich Jutta zu Wort – und ihre wenigen Sätze ließen die anderen aufhorchen: „Wenn es kein Fremder war, dann ist für mich nur einer denkbar. Ich habe zufällig einen Streit mitgehört, den Anton am Wochenende vorher mit jemandem hatte. Es ging darum, dass er ihm kein Geld mehr leihen werde, ehe das andere nicht zurückgezahlt sei. Und dieser jemand war Joseph. Joseph Nassau."

Kapitel 56

Karl Dernauer hatte bis zum späten Nachmittag an seinem Schreibtisch gesessen. Nach der intensiven Arbeitseinheit kehrten seine Gedanken sofort zurück zu Gabriella. Wie auf Stichwort meldete sich sein Smartphone.

Die SMS war dankbar knapp: *Bin jetzt da. Rufe dich später an, aber wohl erst morgen früh. Kuss.*

Karl verspürte keinerlei Verlangen, sich am Abend noch einmal seinem Roman zu widmen. Stattdessen sprangen seine Gedanken zwischen Gabriella und dem Mordfall Brand hin und her, was er als sehr störend empfand. Um dieses Chaos zu beenden, sah er noch einmal in das Filmchen rein.

Die Digicam-Aufnahmen brachten ihm keinerlei neue Inspiration. Alle Akteure wirkten gleichermaßen verdächtig. Der neue Ansatz wollte sich einfach nicht finden lassen. Wie aus dem Nichts hatte er eine Idee, die seine Laune schlagartig aufhellte. Er griff zum Telefon und wählte Hubs Nummer, was er an Wochenenden ansonsten tunlichst vermied, weil er seinen Freund mit seinen häufig wechselnden Damen-Bekanntschaften in einer allzu privaten Situation antreffen konnte. Aber sein Einfall war wichtig genug, um von den üblichen Gepflogenheiten abzuweichen.

Erstaunlich schnell meldete sich Hub und er schien nicht im Geringsten verärgert zu sein. Karl kam direkt zur Sache.

„Du kannst doch sicherlich über deinen Frankfurter Kollegen Kontakt zur Konzernzentrale herstellen. Hältst du es für denkbar, dass die mich bei Breitholz irgendwie einschleusen? Mich kennt ja keiner von denen, und wenn ich mit den nötigen Schulterklappen versehen werde, dann könnte ich im Kreis der Führungs-Crew wunderbar ermitteln, ohne dass jemand Verdacht schöpft."

Hub schwieg einige Sekunden, offenbar dachte er intensiv nach, ehe er antwortete. „Das klingt zwar ein bisschen schräg – aber warum eigentlich nicht? Schaden kann das sicherlich nicht. Dir das nötige Entree zu verschaffen, sollte nicht das Problem sein. Allerdings: Ist es nicht ein bisschen riskant, weil dich vielleicht einer erkennt? Schließlich ist es noch nicht so lange her, dass dein Foto bei deinen Kommentaren in der Zeitung zu sehen war. Wenn der Mörder merkt, wer du wirklich bist, dann könnte er misstrauisch werden und dann wärest du in großer Gefahr. Nein, das kann ich nicht verantworten. So gut mir dein Plan im ersten Moment auch gefallen hat."

Karl konterte wie aus der Pistole geschossen. „Daran habe ich selbst natürlich auch schon gedacht. Aber mein Kommentar-Foto hat mit meinem heutigen Aussehen doch kaum noch etwas gemein. Meine Haare waren voller und ich hatte einen Vollbart."

Hub lachte laut ins Telefon. „Stimmt. Richtig schlimm hast du damals ausgesehen. Fast wie ein Waldschrat. Du hast durch deine Typ-Veränderung klar gewonnen."

„Danke für das Kompliment. Mein Undercover-Einsatz geht also klar? Wann kannst du das einsteuern? Ich würde gerne direkt am Montagmorgen bei Breitholz loslegen."

„Ich habe die Handynummer des Kollegen und darf ihn jederzeit anklingeln. Das werde ich gleich tun. Und bei einem so großen Konzern bekommt der bestimmt auch am Wochenende einen Entscheider an die Strippe, der bei Breitholz die Weichen in unserem Sinne stellt. Du hörst spätestens morgen von mir. Ciao bello."

Karl Dernauer war kurz ein wenig irritiert vom Abschiedsgruß, führte diesen dann aber auf Hubs Bemerkungen zur positiven Typ-Veränderung zurück. Deutlich nachhaltiger überrascht war er, als er schon nach weniger als einer Stunde die angekündigte telefonische Rückmeldung des Oberstaatsanwalts bekam. Diesmal stand „Ciao bello“ am Anfang des Gesprächs. Karl hoffte inständig, dass Hub es sich nicht zur Gewohnheit machen würde, ihn so anzusprechen.

„Das hat geklappt wie am Schnürchen. Mein Kollege hat mir Kontakt zum Konzern-Chef höchstpersönlich hergestellt. Und dieser war mehr als nur kooperativ. Die haben natürlich ein großes Interesse daran, dass der Fall so schnell wie möglich aufgeklärt wird, weil es gerade in dieser Branche dem Unternehmen nur schaden kann, wenn irgendwelche Gerüchte im Umlauf sind. Kurzum: Du wirst morgen Vormittag den Anruf eines Doktor Stelter erhalten, der die Details mit dir abklärt und der auch dafür sorgt, dass die Firmenleitung bei Breitholz in unserem Sinne instruiert wird. Dir sollten ab Montagmorgen alle Türen offen stehen."

Karl zeigte sich beeindruckt. „Herr Oberstaatsanwalt, das war exzellente Arbeit. Ich erwarte Günther und dich dann am Montagabend gegen neunzehn Uhr wieder bei mir. Vielleicht holt ihr zur Abwechslung mal was beim Thailänder?"

„Si signore."

Als Hub aufgelegt hatte, sinnierte Karl ein wenig darüber, dass sein Freund offenkundig generell in eine italienische Grußphase eingetreten war. Ob er auch eine Italienerin kennengelernt hatte? Es war auf jeden Fall schon einmal positiv, dass sich das „Ciao bello“ nicht als Standard zu etablieren schien.

Die wichtige Weichenstellung in den Ermittlungen zum Mordfall Brand beflügelte auch den Romanautor. Obwohl es schon kurz vor acht Uhr abends war, fuhr er seinen Rechner noch einmal hoch.

Kapitel 57

Eva Bernstein zeigte sich schnell erholt von Juttas markanter Aussage. Sie forschte sofort nach. „Marianne und Jakob konnten uns nicht genau sagen, was Joseph und Gisela beruflich machen. Weiß einer von euch da Näheres?"

David und Jutta tauschten einen kurzen Blick, dann antwortete David: „Genau weiß das keiner von uns. Joseph redet oft großspurig über irgendwelche Geschäfte, aber wir haben das von Anfang an für Schaumschlägerei gehalten. Die beiden passen eigentlich gar nicht in eine Kleingartenanlage und auch nicht in unsere Runde, aber als sie vor zwei Jahren die frei gewordene Parzelle angemietet haben, da waren sie dann eben auch fast immer dabei, wenn gefeiert wurde. Kleingärtner sind meistens einfach nette Menschen, die nehmen mehr oder weniger jeden freundlich auf."

Jetzt wechselten Eva und Arthur einige Blicke, ehe Arthur fragte: „Könnt ihr euch vorstellen, dass Joseph Kontakte zu Leuten hat, bei denen er eine Münzsammlung zu Geld machen könnte?"

Fast gleichzeitig nickten Jutta und David mit dem Kopf und David senkte seine Stimme in der Lautstärke deutlich: „Ich traue ihm alles zu, Gisela übrigens auch. Bis hin zu den von dir angesprochenen Unterwelt-Kontakten."

Eva fand genau das richtige Timing und die richtige Wortwahl für einen Schlenker, der völlig harmlos wirkte. „Wir müssen auf jeden Fall Jakob informieren über die Geschichte mit dem Geld, das Anton den Nassaus nicht leihen wollte. Sagt mal, ihr beiden, ganz was Anderes: Ich habe von Marianne gehört, dass ihr nach Neuseeland als Schafzüchter gehen wollt. Das finde ich ja spannend. Wie konkret sind eure Pläne denn?"

Jutta antwortete ohne jeden Argwohn. „Pläne würde ich das nicht nennen. Eher eine Träumerei von uns beiden. Ich glaube nicht, dass wir das noch einmal wirklich machen werden."

Die beiden Ehepaare wurden in ihrem Gespräch durch lautes Bellen von Pünktchen auf dem Nachbargrundstück abgelenkt.

Als sich der Dobermann wieder beruhigt hatte, sprach Eva Bernstein direkt Jutta an: „Was meinst du – können wir gleich einfach auch noch bei Rainer oder Manni reinschneien, falls sie im Garten sind? Vielleicht weiß einer von denen etwas Genaueres über Josephs undurchsichtige Geschäfte."

Jutta dachte kurz nach, aber David antwortete. „Ich glaube zwar nicht, dass einer von den beiden dazu mehr weiß als wir, aber den Rainer trefft ihr bestimmt an. Der wohnt seit einiger Zeit de facto in seiner Laube." David warf einen kurzen Blick auf seine Armbanduhr. „Um die Zeit an einem Donnerstagnachmittag könnte auch Manni schon in seinem Garten sein. Oder er sitzt bei Rainer, die beiden hängen eigentlich ständig zusammen."

Mit kurzen Umarmungen verabschiedeten sich Eva und Arthur Bernstein von Jutta und David. Im Gehen fragte Eva: „Seid ihr am Wochenende in eurem Garten? Dann würden wir vielleicht am Samstag oder Sonntag noch mal bei euch vorbeischauen."

Jutta setzte ihr sympathisches Lächeln auf. „Von morgen Abend an sind wir bei dem tollen Wetter am Wochenende bestimmt fast durchgehend hier – außer nachts, wie gesagt. Kommt einfach rein, wenn es euch passt."

Als sie ihre Räder zu Rainer Kastenmeyers Garten schoben, sprach Arthur Bernstein seine Frau mit einem leicht spöttischen Zug um den Mund an. „Die Neuseeland-Nummer hast du ja elegant eingestreut. Ich glaube, die beiden haben nicht bemerkt, dass du sie zu ihrem eventuellen Mordmotiv befragt hast."

Ungewohnt kühl entgegnete Eva: „Ich bin jedenfalls froh, dass ich es getan habe. Nach dieser Reaktion scheiden Jutta und David für mich als Täter aus." Nach einer kurzen Pause fuhr sie fort: „Schade ist nur, dass die Nassaus keine Hundefreunde sind. Sonst würde alles so gut passen …"

Kapitel 58

Karl Dernauer wurde am Sonntagmorgen gegen halb neun von seinem Telefon geweckt. Er war sofort hellwach. Um diese Zeit konnte das nur Gabriella sein.

„Es ist schön, deine Stimme zu hören. Ich hoffe, ich habe dich nicht geweckt."

„Gott bewahre, nein", log Karl in sein Smartphone. „Ich sitze schon seit zwei Stunden am Schreibtisch." Er wollte Gabriella nicht auch noch mit einer Alltags-Petitesse belasten. „Wie geht es dir? Und vor allem: Wie geht es deiner Mutter?"

Die Sekunden, die vergingen, ehe Gabriella antwortete, erschienen Karl ewig lang. „Es war gut, dass meine Schwester mich hat herkommen lassen. Es wird wohl eher eine Frage von Tagen als von Wochen sein."

Wieder vergingen einige Sekunden, ehe Karl etwas sagen konnte. „Das ist sehr traurig. Und wie geht es dir?"

Gabriella schluckte kurz. „Es ist wichtig, dass ich Abschied nehmen kann. Meine Mutter und ich hatten nicht immer ein unkompliziertes Verhältnis. Aber gestern Abend haben wir uns ziemlich lange sehr gut unterhalten können. Sie ist ganz klar im Kopf, erstaunlich bei der Dosierung der Schmerzmittel. Aber natürlich ist sie müde und schläft auch viel."

Karl fiel es schwer, die richtigen Worte darauf zu finden, doch Gabriella nahm ihm das Problem ab. „Ich habe gestern noch klären können, dass ich in der kommenden Woche nicht arbeiten muss und durchgehend hier bleiben kann. Warte bitte nicht täglich auf einen Anruf von mir, ich werde mich melden. Ich küsse dich."

Das „Ich dich auch" von Karl hörte Gabriella schon nicht mehr.

Kapitel 59

Nach einer ausgiebigen Dusche und seinem ersten Becher mit frisch gebrühtem Milchkaffee hatte Karl Dernauer es sich gerade mit seiner geschätzten Wochen-Zeitung am üppig gedeckten Frühstückstisch auf der Terrasse bequem gemacht, als erneut sein Telefon klingelte. Diesmal allerdings das Festnetz.

Der Anrufer stellte sich schlicht mit dem Namen Stelter vor. Und er hielt sich nicht mit langen Vorreden auf, sondern überfiel Karl sofort mit einem Mix aus Fragen und Antworten, die er sich selbst gab. Die Selbstsicherheit wirkte allerdings ein wenig aufgesetzt.

„Hallo, Sie sind also der Mann, den wir morgen bei Breitholz einschleusen wollen? Nun gut, das kriegen wir hin. Sie sind aber nicht von der Polizei, wenn ich das richtig verstanden habe. Sind Sie denn vom Fach? Wenn nicht, sollte das auch kein Problem sein. Ich werde Sie schon entsprechend briefen."

„Einen schönen guten Morgen", sagte Karl. „Ja, ich bin der Mann. Und nein, ich bin nicht vom Fach. Wir müssten also eine kleine Legende zu meiner Person stricken, bei der ich ohne allzu viel hausinternes Detailwissen auskomme. Und von Betriebswirtschaft habe ich gar keine Ahnung."

„Hhhmmm." Die diffuse Reaktion war extrem lang gezogen. „Das macht es nicht unbedingt leichter. Wie lange soll ihr Einsatz denn laufen? Einen Tag? Eine Woche?"

Karl versuchte, die Verunsicherung am anderen Ende der Leitung auszuräumen. „Ich habe mir natürlich auch schon meine Gedanken gemacht. Was halten Sie denn davon, wenn Sie mich als externen Berater verkaufen? Wenn Sie mich entsprechend einführen, dass die Konzernzentrale mich immer mal wieder als Mann für alle Fälle bucht – um die Interessen des Hauses zu wahren. Und dass wir schon seit Jahren kooperieren und dass ich dem Unternehmen schon so manchen wichtigen Dienst erwiesen habe. Dann müsste ich nur ein paar Chefs vom Namen her kennen und bräuchte auch kein Insiderwissen."

„Hhmm." Die zweite Reaktion fiel in der Lautmalerei deutlich weniger gestreckt aus. „Das ist gar nicht dumm."

Karl war leicht erheitert. „Danke für das Kompliment."

„Nein, wirklich. Ich hatte nämlich noch keine Idee, welchen Arbeitsauftrag wir Ihnen geben können, der Sie mit den nötigen Kompetenzen ausstattet, ohne dass Sie dafür eine Position in unserem Unternehmen haben müssen. Man kennt die wichtigen Leute in der Zentrale ja, zumindest vom Namen oder vom Foto."

Karl sah jetzt ganz klar vor sich, wie sein Undercover-Job funktionieren könnte. „Je kleiner wir den Kreis halten, der von meinem Einsatz weiß und je weniger ich von Firmen-Interna wissen muss, um so besser. Ich schlage Ihnen Folgendes vor: Sie geben mir eine Stunde, dann bekommen Sie eine Mail von mir mit meinen Vorschlägen zu meiner Legende und mit den Infos, die ich von Ihnen brauche. Und danach stimmen wir ab, wie Sie mich bei der Firma Breitholz verkaufen."

Die Erleichterung seines Gegenübers glaubte Karl mit den Händen greifen zu können.

„Einen solchen Auftrag hat mir der Chef noch nie erteilt. Jetzt bin ich aber sicher, dass wir das sauber hinkriegen." Nach dem Austausch der Mailadressen war das Gespräch beendet.

Unverzüglich setzte Karl sich an seinen PC und entwarf ein nur gut halbseitiges Exposé. Je knapper und unkomplizierter seine Rolle definiert war, um so geringer erschien ihm die Gefahr aufzufliegen.

Aus der Konzernzentrale sollten ihn nur der Chef und Doktor Stelter kennen. Von beiden forderte er Fotos und ein paar persönliche Daten an. Er selbst gab sich den Namen *Martin Müller.* Ein solcher Allerweltsname würde Recherchen der Breitholz-Führung zu seiner Person erschweren. Und ganz wichtig war natürlich, dass das Ganze als Chefsache verkauft wurde. Doktor Stelter sollte also nur direkt mit Doktor Hartmann kommunizieren und diesem vermitteln, wie wichtig es der Konzernzentrale sei, dass *Herrn Müller* jede Unterstützung zuteil werde. Es gehe um das Wohl des Gesamt-Unternehmens. *Herr Müller* habe den Auftrag, einen Skandal zu verhindern, der dem Konzern schaden könne.

Jeweils drei Mails gingen hin und her. Dann war alles in Karl Dernauers Sinne arrangiert. Er würde am kommenden Morgen schon um sieben Uhr von Doktor Hartmann empfangen werden – noch bevor jemand anderes in der Firma Breitholz sich an den Schreibtisch gesetzt hatte.

Nach einem kurzen Mittagsschläfchen auf der Liege an einem Schattenplatz in seinem Garten setzte sich Karl wieder voller Tatendrang an seinen Schreibtisch. Auch Eva und Arthur sollten in ihren Ermittlungen vorankommen.

Kapitel 60

Rainer Kastenmeyer saß gemeinsam mit Manni Winkelmann an dem kleinen Tisch vor seiner Laube, beide hatten eine halbvolle Flasche Bier in der Hand.

Rainer konnte seine Verwunderung über den spontanen Besuch nicht verbergen. „Mit euch hätte ich nun wirklich nicht gerechnet. Was verschafft uns die Ehre? Ihr trinkt doch bestimmt ein Bier mit?"

Noch ehe Eva oder Arthur auf die Frage antworten konnten, war Manni schon aufgesprungen und Richtung Gartenhaus unterwegs. Eva setzte sich an den Tisch, und als Arthur gerade ebenfalls Platz genommen hatte, war Manni auch schon mit zwei eiskalten kleinen Flaschen mit Bügelverschluss aus der Laube zurückgekehrt. Alle vier prosteten sich zu.

Eva versuchte sich in einem möglichst belanglosen Tonfall. „Ach, wisst ihr, wir haben nach den aufregenden vergangenen Tagen ein wenig Ablenkung gesucht und wollten deshalb einfach mit ein paar netten Leuten zusammen sein. Und so kamen wir auf die Idee, Jutta und David einen kurzen Besuch abzustatten. Und weil David meinte, dass ihr zwei hier zusammensitzt, haben wir gedacht, wir schauen auch bei euch noch mal kurz vorbei."

„Gute Idee, wirklich eine sehr gute Idee!"

Rainer Kastenmeyers Reaktion machte klar, dass Eva den richtigen Plauderton getroffen hatte. Manni Winkelmann nahm den Bernsteins die Arbeit ab, auf möglichst unverfängliche Art das entscheidende Thema anzusprechen.

„Sagt mal, wisst ihr schon mehr über den Mord? Ihr steht doch mit Jakob in engem Kontakt. Und ihr beide habt Anton und Paula ja wohl auch gefunden, wie der Kommissar angedeutet hat. Übrigens ein höchst unsympathischer Mensch, wie ich finde."

Eva war sehr zufrieden damit, dass sie ohne Umschweife in eine Befragung von Rainer und Manni einsteigen konnte, ohne dass auch nur einer von beiden Grund zu übertriebener Vorsicht in seinen Aussagen hatte. „Das kann man wohl sagen. Und der Gipfel der Unverschämtheit ist, dass dieser Schnösel uns beide, vor allem aber Arthur, auf seiner Liste der Verdächtigen ganz oben stehen hat."

Auf den Gesichtern der beiden Männer war ungläubiges Staunen zu lesen. Eva Bernstein legte sofort nach. „Ihr habt an dem Abend ja mitbekommen, dass Anton ganz stolz Arthur seine Münzsammlung gezeigt hat. Und dass Arthur sich sehr dafür interessierte. Das ist für den Herrn Kommissar Grund genug, uns für die Mörder zu halten. Er ist der festen Überzeugung, dass wir die Beute beiseite geschafft haben und dann ganz clever vorspielten, wir hätten Anton und Paula tot gefunden." Nach einer kurzen Pause fuhr Eva fort: „Es sieht alles danach aus, dass der Mörder tatsächlich jemand aus unserer Runde war. Euch beide können wir uns beim besten Willen nicht als Täter vorstellen. Hat einer von euch eventuell einen Verdacht?"

Dass sie nach Einschätzung der Bernsteins nicht als Täter infrage kamen, machte Rainer Kastenmeyer und Manni Winkelmann noch entspannter und redselig.

Manni reagierte als Erster. „Für mich kann es fast nur der Joseph gewesen sein. Wobei ich zugeben muss, dass man sich bei einem solchen Verdacht vielleicht zu stark von Sympathie oder Antipathie leiten lässt."

Sofort hakte Rainer ein: „Ich habe mir auch schon meine Gedanken gemacht. Natürlich wäre es einem am liebsten, wenn es der Joseph gewesen wäre, weil den keiner von uns wirklich mag.

Aber was auch faktisch für ihn als Täter spricht, das ist, dass er wahrscheinlich als Einziger die nötigen Kontakte hat, um eine Münzsammlung zu Geld zu machen. Wenn er ein paar Bierchen zu viel hatte, dann hat er schon öfter mal damit geprahlt, was er alles an Geschäften am Laufen hat. Da klang manches nicht ganz koscher. Es würde mich gar nicht wundern, wenn Joseph sogar schon mal im Knast gesessen hätte. Aber das wüsste die Polizei ja schon längst."

Erstmals schaltete sich jetzt auch Arthur in die Unterhaltung ein. „Eva und ich sind natürlich nicht so anmaßend, uns nach einem einzigen Abend ein Urteil über die Menschen zu erlauben, die am Tag des Mordes im Garten waren. Aber gefühlsmäßig läuft vieles in diese Richtung. Wir waren es nicht, ihr seid es nicht gewesen, Jutta und David bestimmt auch nicht. Alex und Svenja scheiden aus, Jakob und Marianne auch. Damit blieben ja nur die Ehepaare Nassau und Petersen übrig." Arthur legte eine Kunstpause ein, um einem der beiden Männer eine Antwort zu ermöglichen.

Und Rainer Kastenmeyer reagierte wie erwünscht. „Michaela oder Johannes als Mörder? Das ist unmöglich. Die beiden sind einfach nur ganz feine Menschen."

Manni Winkelmann bestätigte die Worte seines Kumpels, ohne zu zögern. „Nein, die beiden waren es auf keinen Fall. Glaubt mir, der Joseph hat's getan. Ich bin mir nur nicht sicher, ob allein oder mit Giselas Hilfe."

Auf dem Rückweg zu ihrer Ferienwohnung radelten Eva und Arthur langsam nebeneinander her und tauschten dabei ihre Eindrücke aus.

„Was denkst du von den beiden?", begann Eva. „Auf mich haben Rainer und Manni einen völlig unaufgeregten Eindruck gemacht. Meinst du, einer von ihnen könnte sich so verstellen, dass wir darauf reinfallen?"

„Das schließe ich aus, wenn ich mir auch nur noch ein Fünkchen auf meine Menschenkenntnis einbilden darf. Und was sie über das Ehepaar Petersen gesagt haben, deckt sich auch mit meinem Gefühl. Aber es irritiert mich doch, dass jetzt alles so klar auf Joseph Nassau hinauszulaufen scheint. Wir dürfen nicht in die Sympathie-Falle tappen."

Es war schon fast sieben Uhr, als Eva und Arthur in ihrer Wohnung ankamen. Als sie die Tür öffneten, fanden sie einen Zettel auf dem Fußboden, der offenkundig unter der Tür durchgeschoben worden war. Kommissar Schrödel forderte sie auf, am nächsten Tag um neun Uhr in seinem Büro zu erscheinen.

Kapitel 61

Karl Dernauer saß schon kurz vor sieben im Büro von Doktor Hartmann. Dem Chef der Firma Breitholz war die Verunsicherung deutlich anzumerken.

„Selbstverständlich werde ich Ihnen jede gewünschte Form der Unterstützung zukommen lassen. Aber ganz ehrlich, *Herr Müller*, mir ist nicht klar, was genau die Zentrale sich von Ihrem Einsatz hier bei uns verspricht. Ich weiß nicht, was Sie im Detail erfahren möchten, welche Unterlagen Sie benötigen …" Gerald Hartmann geriet ins Stocken, seine Augen zwinkerten nervös.

Der Überraschungsgast, den man angeblich aus Frankfurt geschickt hatte, reagierte auf die Ratlosigkeit seines Gegenübers mit einem höchst liebenswürdigen Lächeln und einem schmeichelnden Timbre in der Stimme. Karl Dernauer war ausgesprochen zufrieden mit dem Beginn des Gesprächs. Allgemeine Verwirrung in der Chefetage würde ihm seine Arbeit als verdeckter Ermittler erleichtern und ganz oben an der Spitze war diese Gemütsverfassung schon mal vorhanden.

„Mein lieber Herr Doktor Hartmann, es ist für mich absolut nachvollziehbar, dass Sie ein wenig irritiert sind. Schließlich ist meine Mission ja auch nicht alltäglich. Lassen Sie es mich so sagen: Ich agiere als klassischer Troubleshooter, wie ich es schon öfter für Ihr Mutterhaus getan habe – und bisher immer erfolgreich, wie ich sicherlich sagen darf. Sie wissen ja selbst aus Ihrer langjährigen Erfahrung, dass wir uns in unserer Branche kein Gerede leisten können. Unsere Geschäftsfreunde reagieren ausgesprochen sensibel auf Turbulenzen in unserem Unternehmen, und einen Mordfall darf man wohl ohne Übertreibung so einstufen. Zum einen ist uns natürlich daran gelegen, dass der Fall so schnell wie möglich aufgeklärt wird. Aber das ist Sache der Polizei. Ich hingegen bin damit beauftragt, die Angelegenheit nach innen und nach außen so zu begleiten, dass wir Schadensbegrenzung betreiben können."

Mit diesen ebenso nichtssagenden wie bedeutungsschwer vorgetragenen Äußerungen ließ Karl den Firmenchef für ein paar Sekunden in seinen nach wie vor ungeordneten Gedanken allein.

Dann hob er bewusst die Stimme und wurde ein wenig energischer, als er weitersprach: „Ich möchte die ganze Führungsmannschaft darauf einschwören, dass wir eng zusammenstehen und dass nicht irgendwelche Gerüchte an die Öffentlichkeit dringen. Wenn ich das Ganze richtig verstanden habe, dann ist es ja durchaus möglich, dass ein Externer der Täter war. Das wäre natürlich der optimale Fall, dann bliebe an der Firma Breitholz und an der Konzernzentrale so gut wie nichts auf Dauer hängen. Aber auch im ungünstigen Fall, dass der Täter aus den eigenen Reihen kommt, ist es nicht zuletzt eine Frage der Sprachregelung, wie sich die Affäre auswirkt."

Doktor Hartmann hing schlaff in seinem Chefsessel. Er wirkte schlicht und einfach grenzenlos überfordert.

Karl Dernauer spürte, dass er nach seinen nebulösen Eingangsbemerkungen allmählich etwas Konkretes sagen musste. Mit einem Höchstmaß an Freundlichkeit fuhr er fort: „Sie haben doch sicherlich eine Art Tageskonferenz, vielleicht sogar eine feste Besprechung zum Beginn einer Woche?"

Gerald Hartmann setzte sich etwas aufrechter. „Ja, das ist so. Montags um neun wird besprochen, was in der Woche ansteht, welches Projekt auf welchem Stand ist, wo es Probleme gibt und so weiter."

Karl zog die Zügel sofort wieder an und wurde betont chefig, weil er registriert hatte, dass Hartmann endgültig im Begriff war, die Kontrolle über die Situation zu verlieren. „Prima. Sie können mich der Runde kurz vorstellen, dann übernehme ich. Machen Sie sich keine Gedanken, wir werden die Lage meistern."

„Ja, ist klar, gerne, wenn Sie meinen ..." Doktor Hartmann geriet ins Stottern und wechselte in kurzen Abständen die Gesichtsfarbe.

Für *Martin Müller* war der Moment gekommen, in die Befragung zum Fall einzusteigen. „Mein lieber Herr Doktor Hartmann, dann schildern Sie mir jetzt doch bitte einmal aus Ihrer persönlichen Sicht, was sich vergangene Woche in der Kirche ereignet hat. Sie können ganz unbefangen reden, schließlich bin ich ja nicht von der Polizei. Und ich werde mir auch keine Notizen machen. Es geht mir nur darum, mich möglichst gut in die Sache hineindenken zu können."

Der Firmen-Chef atmete einige Male tief durch. Dann blickte er kurz ins Leere. „Ja, gut. Wo fange ich denn am besten an?"

„Wo Sie wollen. Wir haben ja noch mehr als eine Stunde Zeit, bis wir uns mit den anderen zusammensetzen. Vielleicht beginnen wir damit: Wer hatte denn die Idee zu dieser doch eher touristischen Veranstaltung mit dem Nachtwächter?"

Gerald Hartmann konnte überhaupt nicht einschätzen, ob da ein wenig Spott in der Stimme des ungemein selbstsicheren Mannes auf der anderen Seite seines Schreibtisches mitschwang. Er begann seine Schilderung mit einem mehrfachen unbewussten Nicken seines Kopfes. „Das Opfer. Also der Herr Brand. Er kam zu mir und hat das Projekt vorgeschlagen und dann auch gleich den Psychologen ins Spiel gebracht, der eine Koryphäe bei solchen Führungskräfteseminaren sei. Die Nachtwächterführung war ja nur als auflockernder Einstieg gedacht, als eine Art gruppendynamische Übung. So viel ich weiß, hat das Vanessa Bornholm gemeinsam mit dem Psychologen abgesprochen, und Frau Bornholm hat dann auch alles organisiert. Das Seminar haben wir aber selbstverständlich nach dem Zwischenfall sofort gecancelt."

„Ein Mord ist in der Tat ein Zwischenfall, der einen seine Pläne und Projekte überdenken lässt."

Karls Anmerkung war ganz lakonisch, Gerald Hartmann wusste nicht, ob er sie als süffisant oder als verständnisvoll einordnen sollte.

Nach einem kurzen Zögern setzte er seinen Bericht fort. Er sprach von der guten Laune in der Truppe und davon, dass nichts auf die schreckliche Tat hingedeutet habe, die dann den lockeren Abend so abrupt beendete. Er könne sich auch beim besten Willen nicht vorstellen, wer den von ihm hochgeschätzten Kollegen Cornelius Brand umgebracht habe. Sein Stellvertreter sei im gesamten Management beliebt gewesen. Fast schon erleichtert schloss der Firmen-Chef seine Schilderung, indem er auf Karls erste Bemerkungen einging.

„Wahrscheinlich haben Sie recht, Herr Müller. Es wird bestimmt entweder der Psychologe oder der Nachtwächter gewesen sein. Sie müssen wissen, der hat früher einmal bei uns gearbeitet und er hatte auch großen Ärger mit Cornelius Brand."

Es überraschte *Herrn Müller*, alias Karl Dernauer, nicht im Geringsten, dass diese Lösung des Mordfalls Doktor Gerald Hartmann am liebsten wäre.

Kapitel 62

Als *Herr Martin Müller* kurz nach neun im Konferenzraum von Gerald Hartmann vorgestellt wurde, hatte sein Alter ego die Antennen weitestmöglich ausgefahren. Karl Dernauer versuchte, jede noch so kleine Mimik und Gestik der zwei Frauen und vier Männer, die zum Wochenplanungsgespräch erschienen waren, zu registrieren. Er selbst hatte ein undurchsichtiges Lächeln aufgesetzt.

Zunächst konzentrierte er sich auf die Sitzordnung. Jeder der Anwesenden schien einen festen Platz zu haben. Der fast ovale Konferenztisch hatte an der einen kurzen Seite, wo er neben dem Chef saß, zwei Plätze; an der anderen war er offen. Offenkundig war sein Stuhl der, auf dem bisher Cornelius Brand an den Konferenzen teilgenommen hatte. An jeder der beiden langen Seiten hatten drei Personen Platz genommen.

Gleich links von ihm saß Mark Weinheim, Brands Nachfolger als Personalchef, daneben Marketing-Chefin Barbara von Runkel und noch eins weiter Doktor Franco Spitzner, der Leiter der Rechtsabteilung.

Rechts neben Gerald Hartmann war der Platz seiner Assistentin Vanessa Bornholm. Neben ihr saß Finanz-Chef Adrian Best. Also musste der Mann am Ende des Tisches Stefan Herbst sein, der Leiter des Controlling und Digicam-Freak, den Karl Dernauer auf dem Film naturgemäß als Einzigen nicht gesehen hatte. Der erste optische Eindruck, den Karl gewann, war alles andere als positiv. Der leicht untersetzte Mann mit dem Façon-Schnitt, im grauen Anzug inklusive Weste über dem hellblauen Hemd, hatte die Aura eines Biedermanns, dem er die perversesten heimlichen Neigungen zutraute. Es wunderte ihn nicht, dass dieser Mensch so unglaublich geschmacklos den Toten gefilmt hatte.

Die kurze Begrüßung durch den Chef nutzte *Martin Müller*, um bei einem ersten Blick durch die Runde seine Eindrücke, die er aus dem Film gewonnen hatte, mit denen aus dem realen Leben abzugleichen. Der Personalchef wirkte aalglatt und hatte einen unangenehmen Zug um die schmalen Lippen. Barbara von Runkel war stilsicher geschminkt, wenngleich einen Tick zu stark. Sie sah müde aus.

Franco Spitzner tippte auf seinem Smartphone vor sich hin. Karl Dernauer konnte seine Augen nicht sehen und wartete auf eine bessere Gelegenheit, den Leiter der Rechtsabteilung einzuschätzen. Adrian Best wirkte wie ein harmloser Schönling. Den nachhaltigsten Eindruck gewann der Gast von Vanessa Bornholm. Hub und Günther hatten sie als eiskaltes Biest beschrieben; genau so wirkte sie auch auf Karl: schön, kühl, intelligent, berechnend – grausam.

Nach wenigen devoten Sätzen, bei denen er immer wieder Blickkontakt zum Gast aus Frankfurt suchte und bei denen er sich vor allem darauf konzentriert hatte, seiner Mannschaft zu vermitteln, dass man dem Mann aus der Zentrale jede Unterstützung zukommen lassen werde, hatte Gerald Hartmann das Wort an *Herrn Müller* weitergegeben. Karl Dernauer erhob sich von seinem Stuhl. Er wollte, dass die Breitholz-Führungstruppe zu ihm aufsehen musste, während er seine erste Ansprache hielt. Diese schlichte Maßnahme verfehlte ihre Wirkung nicht. Fast alle schienen ein wenig eingeschüchtert. Nur Vanessa Bornholm nicht. Sie verengte ihre Augen zu Schlitzen, was ihre kühle Überheblichkeit noch einmal steigerte.

Martin Müller wiederholte im Prinzip das, was er auch schon im Vier-Augen-Gespräch mit dem Firmen-Chef gesagt hatte. Man werde die Polizei ihre Arbeit machen lassen und sie dabei bestmöglich unterstützen, damit der Fall ganz schnell aufgeklärt werden könne. Das Mutterhaus setze alles daran, dass diese Affäre das Image der Firma nicht belaste. Und so sei auch sein Auftrag zu verstehen: weiteren Schaden abwenden, mit einer klaren Sprachregelung nach innen wie nach außen Gerüchte im Keim ersticken. Es folgten einige weitere Floskeln. *Martin Müller* wollte bewusst für Irritationen sorgen, indem er sich einerseits vage und andererseits vermeintlich zielgerichtet ausdrückte. Vor allem aber sollte rüberkommen, dass er das Sagen hatte, weil er der Mann mit dem direkten Zugang zur Konzern-Spitze war. Diesen Eindruck verstärkte er dadurch, dass er den Chef des Mutterhauses mehrfach beim Vornamen nannte.

Nach seinem betont kühlen Eingangs-Statement schaltete *Martin Müller* auf den Charme-Modus um. „Wir werden die schwierige Situation mit Ihrer Hilfe gemeinsam meistern, da bin ich ganz sicher. Und ich werde Sie auch nicht allzu lange von Ihrer wichtigen Arbeit abhalten. Wenn jeder von Ihnen mir eine Viertelstunde seiner Zeit für ein Einzelgespräch zur Verfügung stellt, dann sollte das genügen. Mein Ziel ist, dass wir schon heute Nachmittag eine Strategie für die nächsten Tage festlegen. Vielleicht haben wir ja Glück, und die Polizei klärt das Verbrechen zügig auf. Da ich mir nicht vorstellen kann, dass der Täter in dieser Runde sitzt, hätten wir dann bald alles erfolgreich überstanden."

Karl Dernauer ließ diese Sätze einige Sekunden wirken. Als Vanessa Bornholm Anstalten machte, das Wort zu ergreifen, blickte er ihr fest in die Augen und konterte sie aus: „Ja, Frau Bornholm, mit Ihnen würde ich mich gerne zuerst unterhalten. Ich schlage vor, wir gehen jetzt in Ihr Büro." Und mit einem Satz an die ganze Runde beendete er die Konferenz. „Danach werde ich die anderen im Verlaufe des Vormittags kurz aufsuchen. Einverstanden? Gut, dann darf ich Sie bitten, Frau Bornholm …"

Die Assistentin des Chefs erhob sich wortlos und bedeutete dem Gast aus der Konzernzentrale, dass er ihr folgen möge. Karl Dernauer konnte nicht einschätzen, ob es klug gewesen war, direkt mit der härtesten Nuss seine Befragungen zu beginnen.

Kapitel 63

Das Büro von Vanessa Bornholm war sehr schlicht und funktional eingerichtet: ein großer Schreibtisch aus Metall mit einer Platte in glänzendem Anthrazit, auf dem ein zugeklapptes Laptop stand, ein kleiner Besprechungstisch, vier Stühle mit knallbunten Rückenlehnen in rot, grün, gelb und blau, ein schlankes Regal an der Wand mit wenigen Büchern und modernen Accessoires – das war es. Keine Bilder oder Fotos, keinerlei persönliche Gegenstände wie Urlaubserinnerungen, keine Blume. Alles in allem kalt und grell.

Karl Dernauer fiel auf, dass es keinen Schrank, nicht einmal einen Schubladencontainer unter dem Schreibtisch gab. Diese Frau arbeitete nicht mit gedruckten Unterlagen, sie hatte alles Wichtige in ihrem Laptop und im Kopf.

Gerade erst hatte die junge Frau die Tür hinter *Herrn Müller* geschlossen und ihrem Gast einen Stuhl an dem Besprechungstisch angeboten, schon ging sie in die Offensive. „Ich weiß zwar noch nicht, was Sie hier bei uns genau vorhaben, aber was Sie uns da erzählt haben, das war doch nichts als Show. Was gibt es denn zu dem Mord zu kommunizieren, nach innen oder außen? Rein gar nichts. Ihr Besuch bei uns hat doch einen ganz anderen Hintergrund …"

Mit ihrer frechen Überrumpelungstaktik hatte Vanessa Bornholm, gerade auch gegenüber Chefs, immer wieder gepunktet auf ihrem ebenso kurzen wie erfolgreichen beruflichen Weg. Doch Karl Dernauer war von dieser Strategie nur mäßig überrascht. Er hatte sich vorgenommen, die grenzenlose Selbstüberschätzung der Karrierefrau auszunutzen und sie im Gespräch einfach reden zu lassen. Dass sie das mit so offenem Visier anging, hatte er zwar nicht erwartet, aber es spielte ihm in die Karten.

Er lächelte Vanessa Bornholm ruhig und freundlich an. „Und was ist Ihrer Meinung nach der wahre Grund für meinen Besuch?"

Wieder verengten sich die Augen der Chef-Assistentin zu Schlitzen. „Wie gesagt, ich weiß es noch nicht. Denkbar wäre, dass in der Zentrale nach diesem unangenehmen Vorfall die Entscheidung gefallen ist, unseren Standort dichtzumachen. Und Sie sind so eine Art Erst-Gutachter, wen man aus dem Management übernehmen will."

Erst „Zwischenfall", dann „unangenehmer Vorfall" als Bezeichnung für einen Mord oder Totschlag – in der Führungs-Crew der Firma Breitholz hatte man offenkundig einen ausgeprägten Hang zum Euphemismus, dachte Karl. Er hatte nicht vor, Vanessa Bornholm in ihrem überheblichen Redefluss zu stoppen.

„Nehmen wir einmal an, Sie hätten recht. Ich schätze es sehr, wenn man als Führungskraft nicht um den heißen Brei herumredet. Wer wäre denn Ihrer Ansicht nach geeignet, auch in der Konzernzentrale eine herausgehobene Position zu übernehmen?"

Martin Müller hatte genau die richtige Taste gedrückt. Vanessa Bornholm wähnte sich mit ihrer rücksichtslosen Art wieder einmal auf der Siegerstraße. Sie legte los, ohne Netz und doppelten Boden.

„Der Chef ist ein Auslaufmodell, mehr gibt es über ihn nicht zu sagen. Den haben Sie ja bestimmt ohnehin nicht auf der Rechnung für neue Aufgaben. Herr Weinheim kann nur Personal, aber da haben Sie in der Zentrale bestimmt bessere Leute. Der Spitzner ist ein Muttersöhnchen, er lebt voll und ganz in seiner Paragrafen-Welt. Wenn Sie in der Rechtsabteilung einen zuverlässigen Sachbearbeiter suchen, dann wäre er dafür bestimmt geeignet. Genau so sehe ich es bei Adrian Best. Fachlich in Ordnung, aber ohne jede Führungsqualität. Der Controlling-Herbst hat ein Drogen-Problem, da bin ich mir sicher. Und die Frau von Runkel, die macht Marketing wie aus dem vergangenen Jahrtausend. Da hatte sie wahrscheinlich auch ihre große Zeit."

Karl Dernauer war vom Ergebnis seines ersten Verdächtigen-Gesprächs mehr als angetan. Er hatte genug gehört. Es war überflüssig, Vanessa Bornholm zur Verschwiegenheit aufzufordern. Diese Frau dachte nur an ihre eigene Karriere und würde sich mit niemandem aus dem Kollegenkreis über diese Unterredung austauschen. Wieder setzte er ein charmantes Lächeln auf, das für sein Gegenüber nicht zu deuten war.

„Ich danke Ihnen für Ihre Offenheit. Wenn ich Sie richtig verstanden habe, sind Sie selbst die Einzige, die fürs Management im Mutterhaus geeignet ist. Gut möglich, dass ich zu derselben Erkenntnis gelange."

Er verabschiedete sich und ließ eine junge Frau zurück, die sich entspannt in ihren Schreibtischsessel setzte und selbstzufrieden vor sich hin grinste.

Vor dem nächsten Besuch bei einem Mitglied des Breitholz-Managements fuhr *Martin Müller* mit dem Aufzug ins Erdgeschoss und verließ das Gebäude durch den Hinterausgang. Er nahm auf einer Bank zwischen mehreren großen Bäumen Platz. Ein schon zu dieser frühen Stunde reichlich mit Kippen gefüllter überdimensionaler Stand-Aschenbecher zeigte ihm, dass es sich um eine bevorzugte Raucherecke handelte. Zufrieden registrierte er, dass er alleine war. Die erste Zigarette des Tages rauchte er mit Genuss.

In welcher Reihenfolge sollte er seine „Vernehmungen" fortsetzen? Dass er mit Vanessa Bornholm begonnen hatte, war ein spontaner Entschluss gewesen. War es wichtig, wen er wann verhörte? Konnten Äußerungen des einen Verdächtigen ihm Hinweise zu sinnvollen Fragen an einen anderen geben?

Karl Dernauer stellte die Entscheidung zurück, weil er sich jetzt damit beschäftigte, was ihm die Befragung der Chef-Assistentin an Erkenntnissen gebracht hatte. Ja, Vanessa Bornholm wäre zu einem Mord fähig. Nicht im Affekt, aber aus Berechnung. Diese Frau war hundertprozentig davon überzeugt, dass sie mit ihrer arroganten Art Karriere machte. Sie musste nicht durch eine so riskante Aktion wie der in der Kirche nachhelfen. Andererseits: Ihr Auftritt gegenüber dem ihr völlig unbekannten „*Herrn Müller* aus der Zentrale" zeugte von nahezu uneingeschränkter Risikofreude. Die ethischen Koordinaten dieser Person erlaubten ihr zweifelsfrei ein Verbrechen. Aber was hätte ihr die konkrete Tat gebracht?

An dieser Stelle kam Karl nicht weiter. Da ihm kein besseres Kriterium einfiel, beschloss er, alphabetisch vorzugehen. Also stand Adrian Best als Nächster auf seiner Liste.

Der Finanz-Chef hatte seine Sekretärin offenbar instruiert, dass sie einen *Herrn Müller* sofort in sein Büro bringen solle, wenn dieser bei ihr auftauche. Entsprechend zuvorkommend wurde Karl Dernauer behandelt, als er in das Vorzimmer eintrat. Ob er einen Kaffee wünsche, fragte die Sekretärin, als sie nach einem flüchtigen Klopfen die Tür zum Zimmer ihres Chefs öffnete. Karl nahm dankend an und wurde umgehend bedient.

Das Zimmer von Adrian Best war deutlich geräumiger als das von Vanessa Bornholm. Eine Längsseite war komplett von einer Schrankwand verdeckt, die andere Seite ließ viel Licht durch die Fenster, die durchgehend von der Decke bis zum Boden reichten, aber nur in der oberen Hälfte geöffnet werden konnten. Mehrere wuchtige mannshohe Hydrokultur-Pflanzen standen im Raum verteilt, in dem ansonsten nur ein großer Schreibtisch mit Glasplatte und ein identischer Tisch mit acht Stühlen als Besprechungseinheit standen.

Best versuchte, möglichst gelassen zu wirken, doch Karl Dernauer spürte die Nervosität, die hinter dieser Maske steckte. Als die Sekretärin den Raum verlassen hatte, rührte er schweigend in seiner Kaffeetasse und legte sich dabei seine Taktik zurecht, während Adrian Best sich in belanglosem Geplauder versuchte. Sollte er einen ähnlichen Gesprächsverlauf wie bei Vanessa Bornholm initiieren? Warum eigentlich nicht? Unvermittelt fiel er Adrian Best ins Wort.

„Ich denke, wir sollten gleich zum wahren Kern meines Besuches kommen. Ein intelligenter und erfahrener Mann wie Sie wusste ja bestimmt sofort, dass meine Ausführungen im Konferenzraum nur ein Vorwand waren."

Die Augen seines Gegenüber weiteten sich. Mit der gespielten Gelassenheit war es schlagartig vorbei. „Ich verstehe nicht ganz. Das müssen Sie mir bitte erklären. Sie sind nicht wegen des Todes von Herrn Brand hier?"

Martin Müller legte nach, um die Verunsicherung von Adrian Best weiter zu steigern. „Der Mord ist der Auslöser, aber nicht der Grund. In der Konzernzentrale ist nach diesem brutalen Verbrechen die Entscheidung gefallen, dass die Firma Breitholz als eigenständiges Unternehmen Geschichte ist."

Diese radikale Offenheit ließ den Finanz-Chef fast von seinem Stuhl fallen. Er suchte mit beiden Unterarmen verkrampften Halt an den Lehnen.

„Das heißt …?" Mehr brachte er als Antwort nicht heraus.

Karl Dernauer blickte seinem Gegenüber scharf in die Augen, als er antwortete. Noch war nicht der Punkt gekommen, an dem er auf Liebenswürdigkeit umschalten wollte. „Ich bin hier, um der Konzern-Leitung einen ersten Eindruck zu verschaffen, wer für herausragende Management-Positionen geeignet ist. Wir werden nicht jede Führungskraft übernehmen, wenn wir diesen Standort zu einer reinen Außenstelle abstufen."

Karl überlegte kurz, ob er sich nicht zu viel herausnahm, wenn er einfach solche Behauptungen in die Welt setzte. Doch dann beruhigte er sich selbst, dass diese Methode keine nachhaltige Wirkung haben würde und der Konzern-Chef sie sicherlich im Nachhinein billigen dürfte, wenn sie denn dazu beitrug, den Mörder zu entlarven. Die spätere Firmenpolitik würde sich ja nicht wirklich an seinem Undercover-Einsatz orientieren.

Adrian Best war zu verstört, um auf diese unverhohlene Drohung zu reagieren. Jetzt war für Karl der Zeitpunkt gekommen, eine Charme-Offensive zu starten. „Bei allem, was ich über Sie weiß, sind Sie selbst ja mehr oder weniger gesetzt, wenn es um die neuen Aufgaben in Frankfurt geht. In unserer Finanzabteilung brauchen wir noch fähige Manager. Für mich ist wichtig, wie Sie Ihre Kollegen einschätzen. Fangen wir doch einfach bei Ihrem Chef an. Was halten Sie von Doktor Hartmann?"

In Adrian Bests Gedanken ging es wild durcheinander. War das eine Falle oder eine Chance? Schließlich entschied er sich für Letzteres. Er begann zögerlich, aber dann nahm er auf Gerald Hartmann keinerlei Rücksicht. „Herr Doktor Hartmann macht hier seit vielen Jahren einen guten Job, aber ich glaube nicht, dass er Ambitionen hat, sich beruflich noch einmal zu verändern. Er wird eine solche Neuordnung wohl gerne nutzen, um sich einen goldenen Handschlag geben zu lassen."

Die Reaktion von *Martin Müller* wirkte schon fast fröhlich. „Na sehen Sie, in diesem Punkt sind wir doch schon einmal d'accord. Dann lassen Sie uns weitermachen. Wie schätzen Sie seine Assistentin ein?"

Adrian Best wurde deutlich vorsichtiger. „Frau Bornholm ist sehr intelligent und sehr ehrgeizig. Sie wird bestimmt ihren Weg machen." Er versuchte, möglichst schnell aus dieser unangenehmen Lage als Denunziant zu entfliehen und fuhr in gesteigertem Sprechtempo fort. „Alle anderen Kollegen halte ich übrigens auch für sehr gute Führungskräfte. Ich kann Ihnen nur empfehlen, sie an den Konzern zu binden. Eine Ausnahme wäre vielleicht Frau von Runkel. Sie hat ihren Leistungszenit nach meiner Einschätzung schon überschritten."

Karl ließ sich nichts anmerken, als er bei der letzten Bemerkung dachte: „Aha, der feine Herr sieht eine Chance, sich seiner Noch- oder Ex-Geliebten dauerhaft zu entledigen."

Alles in allem zog er nach dem Gespräch spontan das Fazit, dass der Finanz-Chef auf der Liste der Verdächtigen eher weiter nach hinten gerückt war.

Kapitel 64

Vor den noch anstehenden vier „Verhören" verließ Karl Dernauer das Firmengelände. Ein kurzer Spaziergang würde ihm helfen, seine Gedanken ein wenig zu ordnen.

Als er an einem kleinen Bachlauf angekommen war, den er in diesem nüchternen Gewerbegebiet mit seinen Verwaltungs- und Firmen-Hochhäusern so gar nicht erwartet hatte, setzte er sich auf eine Bank. Ohne konkreten Anlass zückte er sein Smartphone. Gabriella hatte versucht, ihn telefonisch zu erreichen und ihm außerdem eine SMS geschrieben: *Rufst du mich mal an, wenn du Zeit hast? Kuss.*

Sein Herz schlug ihm sofort bis zum Hals. Das konnte eigentlich nur einen Hintergrund haben. Wenige Sekunden, nachdem er den Rückruf gestartet hatte, hörte er Gabriellas Stimme. Sie klang müde. Hätte er nicht gewusst, wer sich am anderen Ende meldet, hätte er sie nicht erkannt.

„Lieb von dir, dass du so schnell zurückrufst. Heute Nacht war es so weit. Meine Mutter ist friedlich eingeschlafen."

Obwohl diese Situation absehbar gewesen war, fehlten Karl spontan die Worte. Nach einigen Sekunden Stille antwortete er.

„Das ist sehr traurig. Und wie geht es dir?"

„Ich bin froh, dass ich bei ihr war. Aber jetzt fühle ich mich leer und völlig ausgepowert."

Karl ließ Gabriella schweigen, dann fügte sie hinzu: „Sie wird am Samstag beigesetzt, ich bleibe natürlich hier. Am Sonntag werde ich zurück sein. Vielleicht können wir morgen oder übermorgen mal telefonieren. Ich werde dir eine Nachricht schreiben, wenn es bei mir passt.”

Danach schien sie die Tränen zu unterdrücken. Auch Karl konnte nichts sagen. „Es wäre schön, wenn du mich jetzt im Arm halten würdest. Ich küsse dich.”

Nach dem Gespräch blieb Karl einige Minuten lang auf der Bank sitzen. Das mit dem Gedanken ordnen klappte nicht. Er stand auf und marschierte wieder zum Breitholz-Gebäude.

Als er zurück war, steuerte er, ohne darüber nachzudenken, das Büro von Doktor Spitzner an, obwohl bei alphabetischem Vorgehen Stefan Herbst an der Reihe gewesen wäre. Auch hier wurde er von der Sekretärin ausgesprochen freundlich behandelt. Die jeweiligen Vorzimmer waren offenkundig bestens präpariert.

Als *Martin Müller* das Zimmer des Leiters der Rechtsabteilung betrat, hatte er immer noch große Schwierigkeiten, sich wieder auf den Fall zu konzentrieren.

Der erste Eindruck, den Karl von Franco Spitzner gewann, ließ ihn ein wenig grübeln. Hub und Günther hatten Spitzner als gefühlskalten Karrieristen bezeichnet, aber so wirkte der Jurist auf ihn überhaupt nicht. Er erinnerte ihn eher an einen unreifen jungen Mann, zumal er eine gewisse Verunsicherung nicht verbergen konnte.

Karl stieg mit einer Frage zum Mordopfer ein. „Sie haben mit Herrn Brand ja eng zusammengearbeitet. Wie war er denn so? Nicht nur als Vorgesetzter, meine ich.”

Franco Spitzner überlegte nur kurz, ehe er antwortete. „Also ich kann wirklich nur Gutes über ihn sagen. Er war ein sehr korrekter Chef und auch menschlich sehr in Ordnung. Zufällig habe ich vor ein paar Wochen seine Frau getroffen. Ich glaube, die beiden waren das perfekte Paar. Sein Tod muss sehr schlimm für sie sein. Auch ich bin sehr betroffen, wie man mir wohl auch anmerkt.”

Karl Dernauer war ein wenig irritiert von diesem unerwarteten Ausflug in das Privatleben des Toten. Gleichzeitig fiel ihm auf, dass dieser wichtige Punkt bislang gar kein Thema in seinen Gesprächen mit Hub und Günther gewesen war. Er müsste diesen Aspekt am Abend mit den beiden vertiefen. Franco Spitzner riss ihn aus diesen Überlegungen heraus.

„Ich kann Ihnen allerdings nicht sagen, ob das Verhältnis von Cornelius Brand zu allen Kollegen so gut und unkompliziert war."

Karl Dernauer spürte, wie er zunehmend sauer auf sich selbst wurde, weil er unkonzentriert war. Gabriellas Anruf hatte ihn wohl zu sehr mitgenommen. Er versuchte, beim Gespräch mit Spitzner das Heft wieder in die Hand zu nehmen.

„Aber ich habe gehört, dass Sie mehrfach Streit mit Cornelius Brand gehabt haben sollen."

Es war für Karl nicht eindeutig auszumachen, ob die Empörung von Franco Spitzner echt oder gespielt war: „Wer hat das behauptet? Das ist eine glatte Lüge. Natürlich hatten wir manchmal Meinungsverschiedenheiten. Aber die bezogen sich immer nur auf die Sache. Weil wir ein so gutes Verhältnis zueinander hatten, konnten wir uns auch eine jeweils andere Meinung klar ins Gesicht sagen. Das ist an den Haaren herbeigezogen, also wirklich!"

Karl trat auf die Bremse. „Nun regen Sie sich mal nicht auf, lieber Herr Doktor Spitzner. Worüber ich eigentlich mit Ihnen reden wollte: Wer aus der Führungsmannschaft wäre denn Ihrer Meinung nach geeignet, in der Konzernzentrale eine verantwortungsvolle Position zu übernehmen? Sie sollen wissen, dass der eigentliche Hintergrund meines Besuches in Ihrem Hause ist, eine entsprechende Expertise für den Vorstand in Frankfurt zu erstellen. Die Zentrale wird die Firma Breitholz nämlich zu einer reinen Außenstelle abstufen. Ach ja, und wie sieht es mit Ihnen selbst aus?"

Für einen Moment schien Doktor Franco Spitzner völlig die Contenance zu verlieren. Er stammelte eine ganze Reihe von Fragen vor sich hin, von denen man nicht wusste, ob er sie seinem Gegenüber oder sich selbst stellte. „Was sagen Sie da?

Abstufung zu einer Außenstelle? Dann gibt es hier bald gar keine eigene Rechtsabteilung mehr? Ich müsste also umziehen? Nach Frankfurt?"

Martin Müller unterbrach den Redeschwall. „Aber ich dachte, Sie hätten damit gar kein Problem. Sie sind doch ungebunden und ein Karrieresprung wäre doch nicht zu verachten."

Franco Spitzner mühte sich augenscheinlich, die Fassung wiederzugewinnen. „Natürlich könnte ich mir eine neue berufliche Herausforderung im Konzern sehr gut vorstellen. Das kommt für mich alles nur sehr überraschend. Ich könnte eine Zeit lang pendeln, aber kaum auf Dauer." Er atmete ein paarmal tief durch. „Sie haben bestimmt Verständnis dafür, dass ich mir einen solch weitreichenden Schritt erst einmal in Ruhe durch den Kopf gehen lassen muss."

Karl Dernauer hatte jetzt fast schon ein wenig Mitleid mit dem Mittdreißiger, der wie ein Abiturient wirkte, der Angst vor dem Verlassen des Elternhauses zum Studienbeginn in einer anderen Stadt hatte. Er hatte nicht den Eindruck, dass er aus diesem Mann in dieser Verfassung noch viel Substanzielles herausholen könnte und deshalb beendete Karl das Gespräch. Franco Spitzner schien kaum wahrzunehmen, dass sein Besucher das Büro verließ.

Gegen Ende der Unterhaltung mit Franco Spitzner hatte Karl seine Konzentrationsfähigkeit zurückgewonnen.

Als er das Büro von Stefan Herbst betrat, war er wieder voll und ganz bei der Sache. Genau wie der Leiter des Controlling. Wenn dieser Mann wirklich ein Drogenproblem hatte, dann konnte er dies zumindest im Moment bestens überspielen.

Herbst wirkte weder nervös oder überdreht noch übertrieben selbstsicher oder zu zurückhaltend. Im Gegenteil: Freundlich und ohne jede Scheu stieg er ins Gespräch ein.

„Sie haben unsere Truppe ja heute morgen ganz schön aufgemischt. Keiner wusste so recht, was er von Ihnen halten sollte. Aber es wird bestimmt im Sinne des Hauses sein, wenn wir zusammenarbeiten. Wie kann ich Ihnen helfen?"

Karl Dernauer musterte sein Gegenüber kurz, aber gezielt. Die Augen verrieten nichts, ebenso die Körpersprache. Das personifizierte reine Gewissen schien ihm gegenüberzusitzen. Welche Taktik sollte *Herr Müller* diesmal anwenden? Karl schien es am besten, wenn er Stefan Herbst erst einmal reden ließ.

„Ich habe gehört, dass Sie an dem bewussten Abend durchgehend mit Ihrer Kamera gefilmt haben. Entsprechend werden Sie wahrscheinlich auch am meisten bewusst beobachtet haben. Wissen Sie, für mich wäre es wichtig, wenn ich möglichst bald ausschließen könnte, dass einer aus dem Breitholz-Management der Täter war. Das würde unser weiteres Vorgehen sehr erleichtern. Erzählen Sie doch einfach mal, wie Sie den Abend erlebt haben."

Immer noch schien der Controlling-Chef nicht den geringsten Argwohn zu hegen. „Natürlich, gerne. Aber ich muss Sie gleich ein bisschen enttäuschen, was meine Beobachtungen angeht. Wenn ich filme, dann tue ich das sehr spontan, ich halte oft einfach nur mit der Kamera drauf, ohne mir allzu viele Gedanken zu machen."

Karl Dernauer hatte den Eindruck, dass Stefan Herbst einen Hauch seiner Gelassenheit verloren hatte. Er wirkte leicht angespannt und sprach jetzt ein wenig schneller weiter.

„Also, wissen Sie – mir ist nicht wirklich etwas aufgefallen. Alle waren eigentlich wie immer, nur in einer etwas lockereren Stimmung, weil es sich ja um ein nur halbdienstliches Treffen handelte. Und wenn Sie mich fragen, ob einer meiner Kollegen der Mörder sein könnte – das muss ich ganz klar verneinen. Der Herr Brand war bei allen sehr beliebt, ich kam auch sehr gut mit ihm klar. Er konnte zwar auch schon mal energisch werden, aber das war dann immer an der Sache orientiert, er wurde nie irgendwie persönlich. Also ich kann mir beim besten Willen nicht vorstellen, dass einer der Kollegen ... Nein, wirklich nicht."

Die letzten Sätze wirkten schon fast gehetzt vorgetragen. Karl Dernauer hatte zwar persönlich keine detaillierten Erfahrungen mit Drogen-Konsumenten – wenn man Liebe zum Wein und zu Zigaretten, die er selbst teilte, mal außer Acht ließ. Aber diese Wesensveränderung in so kurzer Zeit war doch sehr merkwürdig.

Er wollte diesen Eindruck auf sich wirken lassen, zumal er sich keine wirklich konkreten Aussagen mehr erhoffte. Stefan Herbst war augenscheinlich verwirrt, als *Martin Müller* das Gespräch plötzlich beendete und sich verabschiedete.

Kapitel 65

Karl Dernauer suchte noch einmal das Bänkchen in der Raucherecke auf dem Hof hinter dem Breitholz-Gebäude auf. Nachdem er zweimal an der Zigarette gezogen hatte, war für ihn klar, dass Stefan Herbst in der Tat Drogen konsumiert. Welche auch immer. Er dachte an die Schluss-Sequenz des Films vom Tatabend. Natürlich war es möglich, dass Herbst unter Drogeneinfluss seinen Vorgesetzten erschlagen hatte. Aber war es denkbar, dass er danach so ruhig weiterfilmte? Die Kamera hatte kein bisschen gewackelt. Sein bislang letzter Gesprächspartner erschien ihm als Täter nicht sehr wahrscheinlich. Wobei er sich erst sicher sein konnte, wenn klar war, welche Drogen Stefan Herbst nahm und wie diese wirkten. Vor allem in Stress-Situationen.

Ein Blick auf die Uhr sorgte für eine gedankliche Neuorientierung. Es war schon Viertel vor zwölf, er musste sich ranhalten, wenn er noch am Vormittag sein geplantes Pensum durchziehen wollte.

Martin Müller machte sich auf zum Büro des Personalchefs. Mark Weinheim begrüßte ihn distanziert. Karl überlegte, was der Hintergrund dieses Verhaltens sein könnte. Möglich war, dass es inzwischen schon einen Austausch zwischen Mitgliedern der Führungs-Crew gegeben hatte. Auf jeden Fall erschien es ihm ratsam, wieder die offensive Tour zu fahren. Er startete das Gespräch ähnlich wie bei Adrian Best, also mit dem Hinweis darauf, dass sein Eingangs-Statement nur ein Vorwand gewesen sei und es in Wirklichkeit um eine Beurteilung des Spitzenpersonals in Bezug auf neue Aufgaben gehe.

Wenn der Personalchef überrascht war, dann kaschierte er dies perfekt. Förmlich fragte er, welche Aufgabe ihm selbst „bei dieser ungewöhnlichen Rekrutierungsmaßnahme" zugedacht sei.

„Stärke zeigen." Dieser Gedanke kam Karl sofort in den Sinn und so verzichtete *Martin Müller* in der Folge auch auf jede Form von Charme. „Machen wir es kurz. Ich hätte von Ihnen zunächst gerne eine Einschätzung, ob Sie irgendeinem aus dem Breitholz-Management die Tat zutrauen, denn einen Mörder können wir bei unseren weiteren Überlegungen außen vor lassen."

Das knappe „Nein" als Antwort überraschte Karl Dernauer nicht.

„Meine zweite Frage ist für Sie als Personalchef natürlich ein Heimspiel: Wem trauen Sie aus dem heutigen Breitholz-Management eine Führungsrolle im Mutterhaus zu und wenn ja welche? Und meine dritte Frage schließe ich direkt an: Wo sehen Sie Ihre eigene Zukunft in der Konzernzentrale?"

Mark Weinheim antwortete schnörkellos. „Ihre letzte Frage lässt sich ganz leicht abhandeln. Ich habe ein exzellentes Verhältnis zu Herrn Huber, der ja Personalvorstand im Konzern ist. Ich verlasse mich da ganz auf sein Urteil, was meine Fähigkeiten angeht. Und ja, ich kann mir auch vorstellen, irgendwann mal seine Aufgaben zu übernehmen. Mehr möchte ich dazu nicht sagen."

Weinheim blickte bei diesen Worten *Martin Müller* mit einer solchen Kälte und Selbstsicherheit in die Augen, dass Karl Dernauer einen Moment lang irritiert war. Dann holte der Personalchef zu einem neuen Schlag aus.

„Was meine Bewertung der Kollegen angeht: Ich gehe einfach mal davon aus, dass ich in der anstehenden Personalentwicklung des Konzerns ohnehin eingebunden sein werde. Und im Rahmen dieses von Herrn Huber gesteuerten Prozesses werde ich meine Einschätzungen bestimmt sinnvoll einbringen können."

Offenkundig war Mark Weinheim ein Protegé des Personalvorstands in der Konzernzentrale. Wahrscheinlich hatte er sich im Laufe des Vormittags schlau gemacht, wie er mit dem ominösen *Herrn Müller* umgehen sollte. Als Karl Dernauer leicht konsterniert das Büro des Personalchefs verließ und sich auf den Weg zu seiner letzten Unterredung machte, versuchte er, den ungewöhnlichen Gesprächsverlauf zu interpretieren.

Ein Mordmotiv aus beruflichen Gründen schied beim Personalchef offenkundig aus. Mark Weinheim war so gut mit der Zentrale vernetzt, dass er es nicht nötig hatte, sich mit Cornelius Brand anzulegen. Seine Karriere hatte er offenkundig schon an der Breitholz-Führung vorbei angelegt.

Bliebe ein Mord im Affekt, aus eher privaten Gründen. Aber dafür gab es keinerlei Anhaltspunkte, und Mark Weinheim schien überhaupt nicht der Typ dafür, seinen berechnend kalkulierten Aufstieg im Konzern durch Emotionen zu gefährden.

Der Besuch bei Barbara von Runkel erwies sich als erfrischend unkompliziert. Karl Dernauer war mit dem Vorurteil, auf eine veritable Zicke zu treffen, bei der Marketing-Chefin erschienen. Die ehemalige Geliebte des Mordopfers, die allein damit ja schon ein Motiv haben konnte, erwies sich dann aber als höchst charmant. *Martin Müller* hatte fast schon das Gefühl, als flirte sie ein wenig mit ihm. Ihre Affäre mit Cornelius Brand sprach sie selbst an, was ihrem Gast sehr angenehm war, da er keinen rechten Plan gehabt hatte, wie er das ebenso wichtige wie heikle Thema angehen sollte.

„Ehe Sie es von jemand anderem erfahren, weihe ich Sie doch lieber selbst ein. Ich war vor Jahren mal mit Cornelius Brand liiert. Das war aber noch vor seiner Heirat. Wir hatten seitdem ein sehr gutes und professionelles Verhältnis zueinander."

Ihr Schmunzeln bei dem Ausdruck „Verhältnis" wusste Karl nicht zu deuten. War ihr das Wort rausgerutscht oder hatte sie es absichtlich wegen der Doppeldeutigkeit benutzt?

„Das ist für mich nicht von Interesse." Karl Dernauer hatte noch selten schamloser gelogen. „Ich will Ihnen gegenüber ganz offen sein …" Erneut leitete er seinerseits die Unterhaltung mit der Darstellung ein, dass er für den Konzern auf der Suche nach Führungskräften mit Perspektive sei.

Die attraktive Mittvierzigerin kokettierte mit ihrem Alter, was sie nach Karls Einschätzung nicht zum ersten Mal tat.

„Ich werte es als einen persönlichen Glücksfall, dass Sie offenkundig auch einen Dinosaurier wie mich noch auf Ihrer Rechnung haben."

Offenkundig war auch Barbara von Runkel kein bisschen davon überrascht, dass *Martin Müller* noch vor wenigen Stunden einen ganz anderen Grund für seinen Besuch bei der Firma Breitholz genannt hatte. Vielleicht funktionierte der Flurfunk zwischen einzelnen Mitgliedern der Führungs-Crew doch, obwohl sich alle so spinnefeind zu sein schienen.

„Zu Ihrer Person habe ich schon eine ganz klare Meinung. Und die ist durchaus positiv." Karl Dernauer fand es zweckmäßig, ebenfalls ein klein wenig zu flirten. „Sie sind schon lange im Management, Ihre Einschätzung der Kollegen ist mir besonders wichtig."

Barbara von Runkel reagierte anders, als *Herr Müller* erwartet hatte: „Darf ich Ihnen einen Vorschlag machen? Könnten wir das vielleicht in einer kurzen Mittagspause besprechen? Nur fünf Minuten von hier sitzt man sehr schön draußen, da bekommt man auch einen leckeren Salat. Ich habe echt Hunger und ich würde auch gerne eine rauchen."

Die Vertraulichkeit mit einem Mann, den die Konzernzentrale angeblich mit einem Spezialauftrag geschickt hatte, überraschte Karl Dernauer sehr. Die Dame hatte offenbar kein Problem, auch ein gewisses Risiko zu gehen – ganz wie jemand, der einen Menschen während eines Gruppenausflugs erschlägt, schoss es Karl in den Kopf.

Inhaltlich gefiel ihm der Vorschlag allerdings. Und so setzten die Marketing-Chefin und der verdeckte Ermittler ihr Gespräch bei einigen Zigaretten, einem Salat und einem Glas Weißwein fort. Sehr bald entwickelte die geplante „Vernehmung" den Charakter einer eher munteren Plauderei über Kollegen.

Wirklich neue Erkenntnisse gab es für Karl Dernauer allerdings nicht. Barbara von Runkel hielt sich mit Gemeinheiten zurück, nicht einmal Vanessa Bornholm war ihr eine Gehässigkeit wert. Als es ans Bezahlen ging, unterlief Karl Dernauer ein eklatanter Fehler, der ihm erst auf dem Heimweg auffiel: Er übernahm die Rechnung, ohne sich eine Quittung geben zu lassen. Das musste für eine erfahrene Managerin wie Barbara von Runkel ein klares Indiz sein, dass er nicht von der Konzernzentrale geschickt worden war. Seine Tarnung als *Martin Müller* durfte Karl getrost als aufgeflogen betrachten. Nur gut, dass er seine Vernehmungsrunde abgeschlossen hatte. Eine Fortsetzung seines Undercover-Einsatzes, wenn er sie denn noch einmal in Erwägung gezogen hätte, war damit unmöglich geworden.

Gegen halb zwei war er wieder zu Hause. Er gönnte sich zunächst eine halbe Stunde, die er auf seiner Gartenliege vor sich hin döste. Dann brühte er sich eine große Tasse Milchkaffee auf. Er war von sich selbst überrascht, dass er nach diesem intensiven Vormittag plötzlich Lust darauf verspürte, noch ein paar Stunden Eva und Arthur Bernstein bei ihren Mordermittlungen zu assistieren.

Kapitel 66

Als Eva Bernstein das Büro ihres Intimfeinds betrat, spürte sie sofort die negative Aura von Hauptkommissar Schrödel.

Er begrüßte das Ehepaar und Rechtsanwalt Markus Bader mit unverhohlener Abneigung. „Da sind ja unsere Hundefreunde. Und der Herr Anwalt ist auch dabei. Dann wollen wir mal gleich zur Sache kommen."

Markus Bader konterte diesen Einschüchterungsversuch. „Auch wir wünschen Ihnen einen Guten Morgen. Ich habe den Eindruck, hier bettelt jemand um eine Dienstaufsichtsbeschwerde."

Kevin Schrödel bemühte sich um einen jovialen Tonfall, der nur bedingt erfolgreich war. „Ach, kommen Sie, Herr Anwalt, Sie wissen doch ebenso gut wie ich, dass ich nur meine Arbeit mache. Sie müssen mich ja nicht mögen, aber Sie sollten doch versuchen, meine Untersuchungsmethoden zu respektieren."

Auch aus dem zweiten verbalen Schlagabtausch ging Bader als Sieger hervor: „Punkt zwei fällt ausgesprochen schwer, mit Punkt eins haben Sie aber völlig recht."

Während der Kriminalbeamte noch nach einer seiner typischen frechen Antworten suchte, schaltete sich Arthur Bernstein ein.

„Sie wollten doch zur Sache kommen. Dann tun Sie das bitte. Wir haben heute noch wichtige private Dinge vor."

„Daran will ich Sie natürlich nicht hindern, denn was ist die Aufklärung eines Mordfalls schon gegen ein Freizeitvergnügen eines Touristen-Ehepaares."

Als wider Erwarten keiner auf diese neuerliche Ungehörigkeit reagierte, kam Schrödel dann wirklich endlich zur Sache. „Ich will Sie ganz offen auf den Stand der Ermittlungen bringen. Was wir im Laufe der vergangenen Woche an Indizien zusammengetragen haben, setzt sich immer mehr zu einem fast fertigen Puzzle zusammen. Und deshalb kann ich Ihnen auch sagen, welches eindeutige Gesamtbild ich vor mir sehe."

Markus Bader quittierte diese Ankündigung mit einem Zwei-Wort-Satz: „Wir hören."

„Wir hatten uns gewundert, dass das Ehepaar Gärtner junior nichts von dem Verbrechen mitbekommen hat, obwohl es ja nur rund hundert Meter entfernt in seiner Datscha schlief. Seit ein paar Tagen wissen wir nach der Urinuntersuchung, dass beide mit demselben Narkotikum in Tiefschlaf versetzt worden sind wie der Wachhund. Der Täter hat also sehr gezielt gearbeitet."

Markus Bader intervenierte mit siegessicherer Miene. „Und das ist ja wohl ein Punkt, der ganz klar dagegen spricht, dass meine Mandanten die Mörder sind – oder einer von ihnen. Sie haben das Opfer doch erst am Tatabend kennengelernt."

„Das schon. Aber Herr Bernstein hatte das Schlafmittel bereits in seinem Besitz. Wir haben die Aussage einer Apothekerin, die am Vormittag des Tattages ein Rezept für das Narkotikum entgegengenommen hat. Von einem Mann, dessen Beschreibung exakt auf Herrn Bernstein passt. Bei einer Gegenüberstellung wird sie ihn zweifelsfrei identifizieren. Und dann bricht das ganze schöne Lügengebäude in sich zusammen."

Es fehlte nur noch, dass Kevin Schrödel sich bei dieser Aussage vor Genugtuung auf die Schenkel klopfte. Offenbar hatte der Hauptkommissar sich absolut in seinen Verdacht verbissen, dass Arthur Bernstein der Mörder war. Er schien nur in eine Richtung ermittelt zu haben, das aber mit aller Macht.

Eva schaute ihren Mann verdutzt an. Ihr Arthur und Schlafmittel? Wie sollte er an ein Rezept gekommen sein? Er war mit Sicherheit nie bei einem Arzt wegen Schlafstörungen in Behandlung, sie hatte Arthur oft um seinen extrem gesunden Schlaf beneidet. Da konnte sie sich absolut sicher sein, trotz der getrennten Schlafzimmer.

Mal abgesehen davon, dass der Verdacht gegen Arthur ohnehin völlig absurd war: Am Tattag war Eva im Prinzip jede Sekunde mit Arthur zusammen gewesen. Er konnte gar nicht in einer Apotheke gewesen sein. Sie war schneller zu einer Antwort in der Lage als ihr völlig konsternierter Ehemann. Und sie hielt den Zeitpunkt für gekommen, diesem Ekelpaket hinter dem Schreibtisch nun endlich mal mit gleicher Münze heimzuzahlen.

„Mein lieber Herr Schnösel – Pardon, Herr Schrödel: Die Aussage einer Ehefrau hat für Sie ja bestimmt keine entlastende Qualität, aber ich würde vor jedem Gericht der Welt beschwören, dass mein Mann am Tattag ununterbrochen mit mir zusammen war. Die Apothekerin muss sich also täuschen. Damit biete ich Ihnen jetzt zwei Möglichkeiten: Entweder Sie stufen mich als Mitwisserin oder als Mittäterin ein."

Die Verballhornung seines Namens ließ das Gesicht des Hauptkommissars vor Wut rot anlaufen. Er sprang auf und wurde deutlich lauter, als er es in Anwesenheit eines Anwalts wollte.

„Ich habe die Zeugin selbstverständlich herkommen lassen. Sie haben ja bestimmt nichts gegen eine Gegenüberstellung? So rein wie Ihr Gewissen angeblich ist."

Arthur Bernstein und Markus Bader wechselten einen kurzen Blick, wobei Arthur seinem Anwalt durch ein Lächeln und ein

Nicken zu verstehen gab, dass er keine Probleme damit hatte, diese Prozedur über sich ergehen zu lassen. Bader übernahm die Antwort.

„Da wir eine Chance darin sehen, dass Ihre unsäglichen Nachstellungen gegenüber meinem Mandanten damit endgültig vorbei sind, wird Herr Bernstein freiwillig an dieser Maßnahme teilnehmen. Ich selbst werde selbstverständlich mitverfolgen, was ihre Zeugin aussagt."

„Aber gerne doch." Die Gesichtsfarbe des Kripobeamten war wieder deutlich heller. Er verströmte seine übliche Arroganz.

Eva Bernstein musste im Flur warten, während Arthur Bernstein mit vier Kriminalbeamten in einen Raum geführt wurde. Die fünf Männer stellten sich nebeneinander auf, Arthur Bernstein als zweiter von rechts.

Aus dem Nebenzimmer sahen Hauptkommissar Schrödel, ein weiterer Kripo-Mann und Markus Bader durch eine Glasscheibe auf die Männer. Der Rechtsanwalt setzte gerade an, den Ermittler heftig zu attackieren, als die Zeugin hereingeführt wurde. Bader stellte seinen Einspruch vorerst zurück.

Die Apothekerin wirkte verschüchtert. Ohne lange Vorrede und ohne sie mit ihrem Namen anzusprechen, drängte Kevin Schrödel sie schroff zu einer belastenden Aussage.

„Einer dieser Männer ist doch der, der das Schlafmittel-Rezept bei Ihnen eingelöst hat?"

Die Frau ließ ihren Blick mehrmals von links nach rechts und wieder zurückwandern.

„Ich bin mir nicht ganz sicher, aber von der Größe und vom Alter her kann es nur der Zweite von rechts gewesen sein."

Der Hauptkommissar ließ die Zeugin aus dem Zimmer führen und wandte sich dann triumphierend an den Anwalt. „Jetzt gehen ja wohl auch Ihnen die Augen auf, dass Herr Bernstein das Ehepaar Gärtner umgebracht hat."

Markus Bader schüttelte entgeistert den Kopf.

„So viel blanken Dilettantismus zur frühen Morgenstund habe ich ja noch nie erlebt. Sie lassen die Zeugin Ihren Verdächtigen mit

Männern vergleichen, die alle deutlich jünger und kleiner sind? Haben Sie Ihre Kommissar-Stelle in einer Lotterie gewonnen?"

Der Rechtsanwalt zog sein Smartphone aus dem Jackett und schoss durch die Scheibe ein Foto. „Wenn mein Kollege Staatsanwalt sieht, wie Sie die Gegenüberstellung gestaltet haben, dann wird er alles tun, aber mit Sicherheit nicht zum Haftrichter gehen. Ich bin fassungslos, schlicht und einfach fassungslos."

Kevin Schrödel wurde ungewohnt kleinlaut. Er erkannte für einen kurzen Moment selbst, dass er sich völlig in eine Idee verrannt hatte und in seinen Ermittlungen sogar Selbstverständlichkeiten solider Polizeiarbeit vernachlässigt hatte: „Sie können Ihren Mandanten wieder mitnehmen. Die Zeugin ist wohl wirklich nicht das wert, was ich mir von ihr versprochen hatte."

Als Markus Bader sich grußlos umdrehte, um Arthur Bernstein abzuholen und ihn aus dieser unwürdigen Situation zu befreien, war der Kripo-Mann aber schon wieder zurück auf seinem Weg zu altbekannter Überheblichkeit.

„Sagen Sie den Bernsteins aber, dass sie sich weiterhin zu unserer Verfügung halten sollen. Sie sind noch nicht aus dem Schneider, ich bin mir sicher, dass ..."

Die letzten Worte des Satzes hörte Markus Bader nicht mehr. Er hatte unter Kopfschütteln und heftigem Rollen der Augen die Tür zum Flur schon hinter sich zugezogen.

Kapitel 67

Karl Dernauer war erschöpft, als Hub und Günther am Abend, bepackt mit ihren Plastiktüten, pünktlich um sieben in seinem Garten erschienen. Der Tag war lang und arbeitsreich gewesen, mit vielen intensiven Eindrücken. Allerdings war ihm bewusst, dass ihm Gabriellas Anruf nach dem Tod ihrer Mutter am meisten in den Knochen steckte. Er dachte mit starkem Mitgefühl an sie.

„Ciao bello. Ich gehe gleich mal in die Küche und kümmere mich um die Vorspeise. Günther, versorgst du uns schon mal mit dem Aperitif? Karl hat bestimmt was Passendes im Kühlschrank."

Die italienische Gruß-Phase dauerte also an, und auch das „Ciao bello" hatte Hub noch in seinem Repertoire. Karls Laune hellte sich trotz der ungeliebten Floskel merklich auf. Die anstehende Kriminal-Kulinarik war genau das Richtige, um ihn auf andere Gedanken zu bringen. Er setzte sich an den Terrassentisch, zündete sich eine Zigarette an und ließ seine Freunde in der Küche werkeln.

Günther kam mit drei Gläsern Sekt zurück, wobei die Farbe des Getränks verriet, dass er offenbar den Holunderblütenlikör entdeckt hatte. Fast zeitgleich platzierte Hub drei Teller auf dem Tisch. Der Hähnchensalat mit gerösteten Cashew-Kernen sah köstlich aus, obwohl Hub ihn eher lieblos angerichtet hatte.

Der Oberstaatsanwalt hatte kaum am Tisch Platz genommen, als er Karl auch schon mit seinen Fragen überfiel.

„Wie läuft dein Undercover-Einsatz? Hast du den Täter schon gefunden? Oder müssen Günther und ich morgen noch weiter ermitteln? Sag schon: Wer war's?"

„Zunächst einmal muss ich eingestehen, dass mein Einsatz bei der Firma Breitholz beendet ist. Ich denke, ich bin als verdeckter Ermittler verbrannt." Und dann erzählte Karl seinen Lapsus mit der Rechnung, für die er sich keine Quittung hatte geben lassen.

„Das war in der Tat ungewöhnlich gedankenlos von dir. Von mir hast du das nicht gelernt", kommentierte Günther mit einem breiten Grinsen. „Aber du hast doch bestimmt irgendetwas Interessantes herausgefunden. Hast du einen konkreten Verdacht?"

Karl Dernauer widmete sich zunächst einmal seiner Vorspeise. Er hatte unbändigen Hunger, außer dem Salat am Mittag hatte er den ganzen langen Tag nichts zu sich genommen. „Nach der Vorspeise", war das Einzige, was er sagte, bevor er zum Besteck griff. Seine Freunde akzeptierten notgedrungen, dass sie noch ein wenig auf die Folter gespannt wurden.

Als der Hausherr sich mit der Serviette den Mund abwischte und nach seinen Zigaretten griff, platzten Hub und Günther bereits fast vor Neugier.

„Es lief alles in allem ganz gut", begann Karl seinen Bericht eher unverbindlich. „So viel vorweg: Den Mörder kann ich euch noch nicht präsentieren, aber ich denke, ich kann wenigstens ein paar Verdächtige als Täter ausschließen."

Nach dem ersten Zug an seiner Zigarette lehnte sich Karl entspannt zurück. „Ich muss mich korrigieren: Als Mörder völlig ausschließen kann ich nur Mark Weinheim. Er hat einen ganz engen Draht zum Mutterhaus, er macht seine Karriere unabhängig von der Firma Breitholz. Und ich kann mir nicht vorstellen, dass er sein berufliches Fortkommen durch eine wie auch immer motivierte Tat im Affekt aufs Spiel setzt. Dafür ist der viel zu gefühlskalt."

Nach kurzer Pause fuhr Karl fort: „Bei Adrian Best ist es mehr ein Gefühl, aber auch ihn sehe ich nicht als Mörder. Alle anderen hätten für mich zumindest mehr oder weniger ein Motiv."

Hub ging wieder in die Küche und Günther folgte ihm. Das vegetarische Curry mit grünen Bohnen und Kokosmarinade, das jetzt aufgetragen wurde, gehörte zu Karls thailändischen Leibgerichten. Da Hub das wusste, hatte er es mit der Auswahl im Restaurant nicht schwer gehabt. Günther folgte ihm mit einer Flasche Weißburgunder im Kühler und drei Gläsern.

Beim Hauptgang ging Karl zu einem Punkt über, der ihn seit seinem Gespräch mit Franco Spitzner mehrfach beschäftigt hatte. „Was wissen wir eigentlich über die Frau des Opfers? Dieser Jura-Mensch, der Spitzner, hat erwähnt, dass er sie kennt und dass er glaubt, dass sie sehr stark trauert, weil sie ihren Mann sehr geliebt habe. Gibt es eine Lebensversicherung? Teilt ihr die Meinung, dass das eine gute Ehe war?"

Nach einem kurzen Blickwechsel mit dem Oberstaatsanwalt antwortete Günther Keller: „Nach allem, was wir über Cornelius Brand wissen, war er ein egoistischer Kerl. Eine gute Ehe war das bestimmt nicht, aber es ist natürlich nicht auszuschließen, dass seine Frau ihn trotzdem geliebt hat. Dann war es aber eher eine Form der Hörigkeit."

Günther machte eine kurze Pause. „Zu deiner anderen Frage: Ja, es gibt eine Lebensversicherung. Anna Brand bekommt fast eine halbe Million. Vorausgesetzt, dass sie mit dem Mord nichts zu tun hat."

Er dachte einen weiteren Moment kurz nach und ergänzte dann: „Der Spitzner und sie, die kennen sich übrigens schon seit der Schulzeit. Anna Brand hat uns auf die Frage, ob sie einen der Kollegen ihres Mannes kenne, gesagt, dass ihr Mann sie aus seinem beruflichen Leben völlig herausgehalten habe. Deshalb habe sie keinen Kontakt zu einem seiner Kollegen gehabt. Außer Franco Spitzner, den habe sie zufällig erstmals seit dem Abitur vor ein paar Wochen bei einem Klassentreffen zu fünfzehn Jahre Abi wiedergetroffen. Und da habe sie sich eine Zeit lang mit ihm unterhalten. Bis sie dann von einer ehemaligen Klassenkameradin erlöst worden sei, weil Spitzner sei noch immer so langweilig, wie sie ihn aus Schulzeiten in Erinnerung gehabt hatte."

Der Rest des Abends brachte die beiden Profi-Ermittler und den Hobby-Kriminalisten nicht weiter – wenn man einmal davon absah, dass Weinkenner Günther seinen Freund Karl noch mit einem ausgesprochen schmackhaften italienischen Weißwein beeindruckte.

Kapitel 68

Der nächste Morgen begann für Karl Dernauer sehr aufwühlend. Zunächst telefonierte er mit Gabriella, die sich zwar schon wieder ein wenig gefangen zu haben schien, aber immer noch sehr traurig war. Sie sprach von den vielen verpassten Gelegenheiten der vergangenen Jahre, mit ihrer Mutter intensiveren Kontakt zu pflegen. Karl dachte wehmütig an seine eigenen, viel zu früh verstorbenen Eltern. Und wie immer in solchen Momenten kam ihm das wunderschöne Lied *Living years* von „Mike and the mechanics" in den Sinn.

Es war eine innige Zweisamkeit trotz der Distanz zwischen Rheinland und Südtirol. Karl fühlte sich Gabriella sehr nah, und es kam ihm vor, als wären sie schon seit Jahrzehnten befreundet und nicht erst seit wenigen Wochen.

Das Gespräch war kaum beendet, als sein Telefon sich schon wieder meldete. Spontan kam Karl in den Sinn, dass Gabriella noch etwas vergessen hätte, was sie sagen wollte. Um so größer war seine Überraschung, als sich Julius Quintus meldete.

Der Literaturagent sparte sich jede Form der Vorrede. „Einen schönen guten Morgen wünsche ich. Habe ich es nicht gleich gesagt: Wir haben einen Verlag für das Buch." Es folgten noch ein paar organisatorische Infos, wann sich Karl mit wem in Verbindung setzen solle. Und nach nicht einmal zwei Minuten war das Gespräch beendet.

Karl Dernauer dachte bei einem Milchkaffee und zwei Zigaretten eine knappe halbe Stunde über sein Leben nach, das innerhalb weniger Wochen eine ungeheure Dynamik gewonnen hatte. Dieser Energieschub trieb ihn noch vor dem Frühstück an seinen Schreibtisch.

Kapitel 69

Als die Bernsteins am Nachmittag beim Ehepaar Schindler eintrafen, begrüßte Jakob sie gleich mit einer Nachricht, die Eva aus ihrer immer noch aggressiven Grundstimmung riss, die der unverschämte Hauptkommissar am Vormittag in ihr erzeugt hatte. Ihre eigene Befindlichkeit trat in den Hintergrund.

„Die Leichen von Paula und Anton sind freigegeben. Am kommenden Dienstag findet die Beisetzung statt, das hat mir Alex vorhin telefonisch mitgeteilt. Ich hoffe, ihr seid dann noch hier. Oder sieht eure Urlaubsplanung etwas anderes vor?"

Arthur Bernstein legte seine Stirn in Falten. „Das wäre eigentlich der Tag unserer Weiterreise." Nach einem kurzen Blickwechsel mit Eva ergänzte er: „Ich denke, wir werden uns noch für eine Nacht hier ein Hotelzimmer nehmen und die Radtour entsprechend schieben. Wir sind es Paula und Anton schuldig, uns würdig von ihnen zu verabschieden, so liebevoll, wie sie uns aufgenommen haben."

„Das kommt gar nicht infrage, dass ihr ins Hotel geht", sagte Marianne Schindler. „Ihr übernachtet nach der Beerdigung natürlich bei uns."

Danach erzählte Arthur den Schindlers von dem unsäglichen Auftritt des Kriminalbeamten vor einigen Stunden. Jakob begleitete die Schilderung mit mehrfachem Kopfschütteln, seine Frau schwieg, aber ihr ungläubiges Erstaunen über das Vorgehen von Kevin Schrödel war unverkennbar.

Als Arthur seinen Bericht beendet hatte, diskutierten Marianne und Jakob Schindler mit ihm Möglichkeiten, den Kripo-Mann in die Schranken zu weisen. Arthur und Jakob spielten dabei einige juristische Optionen durch, die sie aber alle verwarfen.

Eva Bernstein sagte kein Wort, sie schien tief in Gedanken versunken zu sein. Es dauerte fast eine Viertelstunde, bis sie Staatsanwalt Jakob Schindler gezielt ansprach.

„Gibt es irgendwelche polizeilichen Erkenntnisse, dass jemand versucht hat, die Münzsammlung zu Geld zu machen?"

Jakob Schindler war kurz irritiert, dann antwortete er mit einer Gegenfrage.

„Meines Wissens noch nicht, obwohl die Kripo sich natürlich bei uns und auch in Berlin und anderen Städten in der Szene intensiv umgehört hat. Warum fragst du?"

„Ach, es ist nur so ein Gedanke. Lasst mich bitte noch ein wenig vor mich hin grübeln." Und das tat Eva Bernstein dann auch.

Marianne Schindler begann, den Tisch auf der Terrasse mit Kuchengeschirr einzudecken. „Jakob hat einen sehr leckeren Kuchen gebacken", sagte sie, während sie die Kaffeetassen füllte. Und direkt danach holte sie eine sehr gut aussehende rotweiße Torte aus der Küche, die sie als „Jakobs Sommertraum" vorstellte.

„Du kannst backen?" Arthur Bernsteins Frage an seinen alten Freund drückte große Verwunderung aus. „Seit wann das denn?"

„Mit Kochen hab ich nichts am Hut, das ist Mariannes Welt. Aber Backen läuft gut. Da ist einem in den Rezepten ja jeder kleinste Schritt vorgegeben. Vor ein paar Jahren habe ich es mal versucht, um Marianne zu einem Geburtstag zu überraschen. Und seitdem ist daraus bei mir fast ein Hobby geworden."

Eva Bernstein sprach dem Kuchen ein großes Lob aus. Doch das blieb während der nächsten halben Stunde ihr einziger Wortbeitrag. Die anderen drei ließen sie in Ruhe, denn sie spürten, dass in Evas Gedankenwelt etwas ganz Spezielles vor sich ging. Ihre nächste Frage richtete sie an Marianne.

„Wie verarbeiten eigentlich Alex, Svenja und die Kinder das, was passiert ist?"

„Ich habe Alex nur vorgestern kurz gesehen. Er wirkt auf mich sehr niedergeschlagen, fast schon depressiv. Svenja ist mit ihren Töchtern viel auf dem Reiterhof, den sie vor ein paar Monaten schon mal kaufen wollte. Es kam dann aber nicht dazu. Für sie und die Mädchen ist das eine gute Ablenkung, glaube ich. Sie sind alle drei ganz vernarrt in Pferde. Der Junge spielt viel mit Pünktchen, das tut ihm bestimmt auch gut."

Eva Bernstein ließ sich noch ein Stück Kuchen geben. Ihre Gesichtszüge hellten sich auf, und sie nahm plötzlich wieder mit ihrem bekannten Elan an der Unterhaltung teil, wobei sie jetzt ihren Mann mit leuchtenden Augen ansah.

„Mein herzallerliebster Lieblingsmann, ich glaube, du wirst bald von den unverschämten Nachstellungen des Herrn Schnösel erlöst sein. Nein, ich muss mich korrigieren: Eigentlich bin ich mir sogar sicher."

Marianne und Jakob Schindler starrten Eva Bernstein mit offenem Mund an. Jakob wollte gerade eine Frage stellen, als Arthur ihm zuvorkam.

„Hab ich es doch gewusst, meine Miss Marple löst den Fall. Also bitte, dann lass uns kriminalistische Analphabeten nicht dumm sterben. Wer war es? Wer hat Paula und Anton auf dem Gewissen?"

Eva stand mit Schwung auf und schien vor Energie fast überzuschäumen. „Marianne und ich gehen jetzt in die Küche und spülen das Geschirr ab. Ich denke, ich werde sie dabei schon mal einweihen. Und ihr beiden Herren der Schöpfung dürft noch ein wenig schmoren. Als kleine Revanche dafür, dass ihr mich auch immer so gerne zappeln lasst, wenn ich neugierig bin."

Die Frauen ließen ihre verdutzten Männer zurück, die sich sofort daran machten, aus Evas spärlichen Äußerungen dem Mörder auf die Spur zu kommen. Sie taten dies allerdings ohne den geringsten Erfolg.

Kapitel 70

Die Sonne stand hoch am Himmel, als Karl Dernauer sein Arbeitszimmer verließ und mit einem frischen Milchkaffee auf seiner Terrasse Platz nahm. Eigenartig, er spürte kein bisschen von der von Befreiung, die sich bei seinem ersten Roman in ihm breitgemacht hatte, als er die Lösung des Mordfalls zu Papier gebracht hatte. Er würde seine Leser im nächsten Kapitel aufklären, die meisten Sätze schwirrten schon fast vollständig ausformuliert durch sein Autorenhirn. Doch irgendein unbestimmtes Gefühl versetzte ihn in eine ausgeprägte Unruhe. Er hatte keine Erklärung dafür.

Vielleicht war aktive Entspannung jetzt das Richtige. Er kramte sich ein paar Gartenwerkzeuge zusammen und begann, eher plan- und ziellos Unkraut zu jäten. Seine Stimmung wurde dabei allerdings nicht besser, sondern zunehmend düsterer.

Allmählich dämmerte ihm, was ihm so unversehens die Laune verdorben hatte. Es hing gar nicht mit seinem Roman zusammen, sondern mit dem Mordfall im wahren Leben. Er hatte einerseits das Gefühl, dass er der Lösung ganz nah war, andererseits sah er den Täter oder die Täterin nicht wirklich vor sich, so wie es in seinem Krimi der Fall war.

Abrupt warf Karl das Gartenwerkzeug zur Seite. Er holte einen Schreibblock und einen Stift aus seinem Arbeitszimmer und setzte sich an den Terrassentisch, um alle Erkenntnisse zu den Verdächtigen noch einmal übersichtlich aufzulisten.

Seine ersten Notizen waren ein Rückschlag. Zu Stadtführer „Jojo" Jordan und zum Psychologen Doktor Kinkel hatte er noch gar nichts Neues erfahren. Karl Dernauer wollte sich zu einer nüchterner Vorgehensweise zwingen – wobei er sich erstaunlicherweise selbst mit dem Gedanken zu überzeugen versuchte, dass er ruhig seinem kriminalistischen Instinkt vertrauen dürfe. Er spürte jetzt noch stärker, dass er dem Mörder dicht auf den Fersen war.

Aus diesem wirren Mix aus Emotion und Systematik ergab sich eine Aufstellung, die wenig harte Fakten und umso mehr gefühlsmäßige Verdachtsmomente enthielt.

Adrian Best: Schlichter Schönling, kein Motiv erkennbar, als Täter eher unwahrscheinlich.

Vanessa Bornholm: Eiskalte Zicke, Brand könnte ihrer Karriere im Weg gestanden haben, zu einem Mord auf jeden Fall fähig.

Doktor Gerald Hartmann: Schwacher Chef, könnte mit drohendem Karriereende nicht klargekommen sein, für diesen Mord wohl nicht kaltblütig genug.

Stefan Herbst: Drogensüchtiger Sonderling, könnte Angst vor Entdeckung oder Enthüllung seiner Sucht gehabt haben. Motiv klar, zum Mord fähig, evtl. unter Drogeneinfluss.

Barbara von Runkel: Charmante und kluge Frau, mögliche Motive: Eifersucht oder gekränkte Eitelkeit, vielleicht Angst vorm Altern. Als Täterin eher unwahrscheinlich.

Doktor Franco Spitzner: Muttersöhnchen und Fachidiot, unverständliche Reaktion auf möglichen Arbeitsplatzwechel, Motiv dennoch unklar. Als Mörder nicht auszuschließen.

Mark Weinheim: Gut mit Zentrale vernetzter Karrierist, kein Motiv in Sicht, als Täter kaum denkbar.

Karl Dernauer spielte versonnen mit seinem Kugelschreiber vor sich hin, als er die Zusammenfassung der Verdächtigen noch einmal überflog. Er konnte eigentlich nur den Personalchef als Mörder ausschließen. Warum war er sich dann so sicher, dass er die Lösung zum Greifen nahe hatte?

Er ließ Block und Stift einfach liegen und setzte sich noch einmal vor den Computer. Vielleicht brachte es ihn ja weiter, wenn er Eva Bernstein die Auflösung in seinem erdachten Kriminalfall präsentieren ließ.

Kapitel 71

Als Eva Bernstein und Marianne Schindler aus der Küche zu ihren Ehemännern zurückkehrten, waren diese immer noch in Spekulationen über den oder die Täter vertieft. Marianne hatte einen sehr ernsten Gesichtsausdruck.

„Was Eva mir gerade erzählt hat, ist ebenso unglaublich wie überzeugend. Aber vor allem ist es schrecklicher als alles, was ich mir je hätte ausmalen können."

Die beiden Männer richteten sich fast gleichzeitig ruckartig in ihren Gartensesseln auf, in eine Art Hab-acht-Stellung. Ihre Blicke gingen ebenso fast gleichzeitig in Richtung Eva Bernstein.

Eva sprach leise, aber sehr akzentuiert. Ihr Mann und Arthur Bernstein hingen wie gebannt an ihren Lippen.

„Ihr wisst ja beide, dass ich sehr früh die Theorie hatte, dass es sich bei dem Täter um einen Hundefreund gehandelt haben muss. Diese Überlegung hat sich als richtig erwiesen und doch als falsch. Und sie hat mir auf dem Weg zur Lösung einerseits im Wege gestanden und mich dann andererseits doch hingeführt."

Arthur Bernstein bedachte seine Frau mit einem ungewohnt strengen Blick. „Und du wirfst mir vor, dass ich mich bisweilen kryptisch äußere und nicht schnell genug zur Sache komme!"

Eva lächelte milde zurück. „Keine Sorge, ich will euch ja gar nicht noch länger auf die Folter spannen. Aber es ist wichtig, dass ihr meine Gedanken nachvollziehen könnt."

Sie dehnte ihren Körper und sprach dann, immer noch sehr leise, weiter.

„Wie so oft ist es entscheidend, dass man dem Motiv des Täters auf die Spur kommt. Von Beginn an sind wir alle davon ausgegangen, dass es um die Münzsammlung ging, die jemand zu Geld machen oder einfach nur besitzen wollte. An der Spitze dieser Bewegung stand unser allseits nicht geschätzter Herr Hauptkommissar, der meinem lieben Arthur unterstellte, dass er sogar zu einem Mord fähig wäre, nur um diesen Schatz sein Eigen nennen zu können. Dass das völliger Quatsch war, konnten andere nur vermuten, aber ich wusste es sogar. Weil ich meinen Arthur kenne, aber auch, weil ich ja in allen wichtigen Momenten mit ihm zusammen war."

„Ich danke dir für dieses Bekenntnis zu deinem Mann, aber was meinst du damit, dass es gar nicht um die Münzsammlung ging?" Arthur konnte und wollte seine Überraschung nicht verbergen.

„Mich hat die ganze Zeit schon irritiert, dass jemand einen so brutalen Doppelmord begeht, obwohl er gar nicht wissen kann, ob er die exklusive Sammlung verkaufen kann. Wenn überhaupt, dann wäre das nur dem Ehepaar Nassau oder Joseph Nassau allein zuzutrauen gewesen. Aber der ist kein Hundefreund. Warum hätte er Pünktchen am Leben lassen sollen?"

Jetzt unterbrach Jakob Schindler die Argumentationskette von Eva Bernstein.

„Um was ging es deiner Meinung nach denn, wenn nicht die wertvolle Münzsammlung das Objekt der Begierde war?"

Evas Antwort versetzte Jakob und Arthur jetzt endgültig in totale Verwirrung.

„Um Geld. Um sehr viel Geld."

Arthur Bernstein brachte seine Irritation leicht stotternd zum Ausdruck. „Aber du hast doch gerade gesagt ..."

Eva Bernstein dehnte ihren Körper erneut und zog die Schultern straff zurück, als sie weitersprach: „Der Diebstahl der Münzsammlung war ein einziges schlichtes und irgendwie geniales Ablenkungsmanöver. Wir sind ja auch alle darauf reingefallen. Ich bin doch am Abend, als wir bei den Gärtners so freundschaftlich aufgenommen wurden, mit Paula durch den Garten gezogen. Sie hat mir alles gezeigt und allerhand erzählt. Mehrfach habe ich dabei gespürt, dass die Chemie zwischen Paula und Anton und ihrer Schwiegertochter nicht stimmt. Paula wirkte sogar ein paar Mal richtig traurig und auch beunruhigt. Aber Svenja hatte ich nie als Täterin auf der Rechnung, weil sie ja keine Hundefreundin ist. Und das war lange mein großer Fehler."

Jakob suchte mit seinen Blicken Halt bei seiner Frau Marianne. „Svenja soll ihre eigenen Schwiegereltern kaltblütig und brutal ermordet haben? Das wäre ja unfassbar. Aber warum?"

Eva wirkte bedrückt, aber sie schaffte es, ihren Vortrag ruhig fortzusetzen. „Die Brutalität des Mordes fand ich von Anfang an ungewöhnlich für einen Raub. Als wir Paula und Anton gefunden haben, dachte ich sofort an ein Massaker, das auch persönliche Gründe gehabt haben muss. Aber natürlich stand ich unter Schock, zu klaren Gedanken war ich nicht fähig. Und dann habe ich ja – leider oder Gott sei dank – ziemlich bald die Hundefreund-Theorie entwickelt, durch die Svenja als Täterin durchs Raster fiel."

Eva holte tief Luft. „Zum ersten Mal ging mein Gefühl in die richtige Richtung, als wir bei Jutta und David waren und die Zwillinge im Nachbargarten mit Pünktchen herumtollen sahen. Das hat in mir etwas ausgelöst, was ich aber zunächst nicht einordnen konnte. Es blieb noch in hinteren Gehirnwindungen stecken. Ins Bewusstsein kam es mir erst heute bei Kaffee und Kuchen, als ihr mir erzählt habt, wie gut es dem Sohn von Alex und Svenja offenkundig tut, dass er mit Pünktchen spielen kann. Und dass Svenja ihren geplanten Kauf eines Reiterhofs nicht realisieren konnte. Warum? Weil ihre Schwiegereltern ihr das Geld dafür nicht geben wollten? Jetzt passten plötzlich alle

Puzzleteile zusammen. Das Motiv, die Hundefreund-Theorie und die Münzsammlung."

Die folgende kurze Pause nutzte keiner der Zuhörer zu einer Zwischenfrage.

Also trug Eva Bernstein die finalen Schlüsse ihrer Aufklärung des Doppelmordes vor: „Svenja war wohl wie besessen von der Idee, einen eigenen Reiterhof zu besitzen. Ihre Schwiegereltern hätten ihr das nötige Geld dafür sicherlich geben können, aber sie sahen das nicht ein. Sie hatten ihren Sohn und dessen Familie schon sehr üppig unterstützt, dem eher lebensuntüchtigen Alex beruflich auf die Beine geholfen und seiner Familie ein schönes und teures Heim finanziert. Paula und Anton waren nachvollziehbar der Meinung, dass ihr Sohn und seine Frau sich weiteren Wohlstand im Leben aus eigener Kraft erarbeiten sollten."

Jakob erhob sich aus seinem Sessel. „Ich weiß ja nicht, wie es euch geht, aber ich brauche an dieser Stelle einen Schnaps. Möchte noch jemand einen Espresso und einen Grappa?"

Alle drei Gefragten stimmten zu. Eva wartete mit der Fortsetzung ihrer Schilderung der Mord-Vorgeschichte und der Tat selbst, bis Marianne und Jakob mit vier kleinen Tassen und vier kleinen Gläsern aus der Küche zurückgekommen waren. Auch Arthur schwieg während dieser Zeit und starrte ins Leere.

„In Svenja hat sich ein tiefer Hass gegen ihre Schwiegereltern aufgebaut, die ihr die Erfüllung ihres Lebenstraumes verweigerten, obwohl das für sie finanziell ein Leichtes gewesen wäre. Die aus Svenjas Sicht völlig überflüssige Münzsammlung war wohl eine Art Symbol dafür, würde ein Psychologe wahrscheinlich interpretieren. Millionenwerte lagen in einem Tresor, aus Svenjas Sicht völlig ohne Sinn. Allein davon hätte man den Kauf eines Reiterhofs locker finanzieren können."

Eva nippte an ihrem Espresso und danach am Grappa.

„In ihrem Wahn hat sie dann einen diabolischen Plan entwickelt, der gleich mehrere Zwecke erfüllte. Sie konnte sich an ihren Schwiegereltern rächen, sie könnte sich vom erwarteten Erbe endlich ihren sehnlichen Wunsch erfüllen und sie würde durch den Diebstahl der Münzsammlung den Verdacht von sich ablenken, in Richtung auf jemanden, der das Geld dringend brauchte. Denn sie selbst war nicht unvermögend und würde deshalb kaum zum Kreis der Verdächtigen zählen."

Noch einmal nahm Eva jeweils einen kleinen Schluck der beiden Getränke.

„Und jetzt noch einmal zurück zur Hundefreund-Theorie. Svenja selbst hatte ja, wie einer, von dem ich nicht mehr weiß, wer es war, es ausgedrückt hat, ein Null-Verhältnis zu Hunden generell und auch zu Pünktchen speziell. Aber ihre Kinder nicht. Die liebten Pünktchen alle drei sehr. Und aus Rücksicht auf die Gefühle ihrer Kinder hat sie den Dobermann verschont."

Arthur Bernstein wollte an dieser Stelle offenkundig einhaken, doch Eva kam ihm zuvor. „Lass mich schnell noch die beiden letzten wichtigen Aspekte nennen. Ein kleines Indiz war, dass Jakob berichtet hat, es gebe noch keine Hinweise auf ein Angebot der Münzsammlung in der Unterwelt. Also hatte der Täter zwei Menschen grausam ermordet und wartete dann seelenruhig ab. Das Motiv des Mörders war doch wohl, dass er sehr dringend Geld brauchte. Das bestätigte mich in meinem Verdacht, dass es gar nicht wirklich um das Diebesgut ging. Noch wichtiger war aber eure Einschätzung, dass Alex zunehmend deprimiert oder sogar depressiv wirkt. Ich glaube, nein ich bin mir sicher, dass er weiß, was wirklich geschehen ist. Und er weiß damit auch, dass seine Frau die ganze Familie zerstört hat und er und die Kinder bis ans Ende ihres Lebens ein nicht zu verarbeitendes Trauma haben."

Keiner der vier Menschen am Tisch konnte nach diesen unfassbar schockierenden Erkenntnissen etwas sagen. Es herrschte minutenlanges Schweigen.

Eva fasste sich als Erste. „Wir sollten morgen Alex mit der Wahrheit konfrontieren. Ich bin überzeugt davon, dass es für ihn eine kleine Erlösung ist, wenn er endlich nicht mehr mit seinem Verdacht alleine leben muss. Wobei es klar ist, dass das Leben der ganzen Familie für immer zerstört sein wird."

Kapitel 72

Karl Dernauer war am Vorabend schon gegen acht Uhr todmüde ins Bett gefallen, und an diesem Mittwochmorgen erwachte er erst gegen neun. Die Intensität seines Schaffens und die emotionalen Herausforderungen im Umgang mit dem Tod von Gabriellas Mutter hatten ihren Tribut gefordert. Körper und Seele hatten sich den Schlaf geholt, den sie zur Erholung brauchten.

Als er beim Frühstück auf seiner sonnigen Terrasse saß – dieser Sommer schien ja gar keine Pause einzulegen – klingelte das Telefon. Er hoffte, dass sich Gabriella melden würde, doch es war die Verlegerin, von der der Literaturagent gesprochen hatte.

Die Chemie stimmte sofort, und so führte er mit der ihm zuvor gänzlich unbekannten Frau ein fast halbstündiges Gespräch. Über sich, über sie, über gute und schlechte Krimis, über Literatur allgemein. Am Ende wurde über Details der künftigen Zusammenarbeit gesprochen und die Verlegerin kündigte an, Karl spätestens am nächsten Tag einen Vertragsentwurf zuzusenden.

Nach dem Telefonat ging er in sein Arbeitszimmer, um sich die letzten Seiten seines Roman-Manuskriptes auszudrucken, damit er sie Korrektur lesen konnte. Als er mit der ersten Seite fertig war, schüttelte er den Kopf. Unglaublich, wie viele Tippfehler man auf einem einzigen Blatt Papier unterbringen konnte. Fast zwanzig Korrekturen hatte er markiert. Hochkonzentriert las Karl weiter. Die Zahl der Anmerkungen wurde nicht geringer.

Nach dem dritten Blatt legte er das Manuskript zur Seite, obwohl er erst die Hälfte des Kapitels redigiert hatte. Eine noch unbestimmte Ahnung nahm nach und nach Konturen an. Und dann – schlagartig – fiel ihm eine mögliche Parallele zwischen Eva Bernsteins Motiv-Analyse und dem Mord an Cornelius Brand auf. Nein, es war nicht eine Parallele, es waren gleich mehrere. Was wäre, wenn …?

Karl Dernauer sprang auf und ging schnellen Schrittes an seinen Schreibtisch. Er recherchierte einen Namen im elektronischen Telefonbuch und hatte Glück. Dann wählte er die angegebene Nummer und hatte abermals Glück. Es meldete sich jemand am anderen Ende der Leitung. Und dann hatte er zum dritten Mal Glück. Die Person am Telefon hatte nichts gegen einen spontanen Besuch seinerseits einzuwenden.

Als Karl knapp zwei Stunden später wieder sein kleines Häuschen betrat, war er sicher, die Lösung im Mordfall Cornelius Brand gefunden zu haben. Er rief Hub im Büro an und verabredete sich für den Abend mit ihm und Günther im *Vesuvio*: „Sieh zu, dass du meinen Lieblingstisch am Rand der Terrasse bekommst. Und wie immer: Du zahlst natürlich. Grüezi. Ciao bello. Habe die Ehre." Die Aneinanderreihung der Grußformeln, die sonst der Oberstaatsanwalt benutzte, ließ Hub ein wenig verwirrt zurück. Genau wie Karls Ankündigung, dass es sich um „das letzte Essen dieser Art" handele.

Karl Dernauer setzte sich mit einem frisch gebrühten Milchkaffee an seinen Terrassentisch. Nach nur einer Zigarette stand er auf und wechselte ins Arbeitszimmer. Der Mord in Brandenburg war geklärt, aber es fehlten noch die Beweise.

Kapitel 73

Als Jakob Schindler am späten Samstagvormittag sein Telefongespräch mit Alex Gärtner beendet hatte, blickte er ernst in die Runde. Seine Frau Marianne und das Ehepaar Bernstein warteten höchst gespannt auf das, was der Staatsanwalt zu sagen hatte.

„Alex ist allein zu Hause. Svenja ist mit ihren Töchtern auf dem Reiterhof, und der Junge ist bei einem Freund zum Spielen. Alex wirkte völlig von der Rolle. Ich wollte ihn nicht überfordern und habe deshalb nur gefragt, ob ich ihn mal kurz besuchen könne. Von euch dreien habe ich nichts gesagt. Zuerst hat er sich ein wenig gesträubt, es gehe ihm nicht gut. Aber dann meinte er nur: ‚Ja, komm ruhig vorbei, ich bin da.'"

Die beiden Ehepaare brauchten rund zehn Minuten zu dem Neubaugebiet am Rande der Stadt, in dem das große

Einfamilienhaus stand, das Alex und Svenja mit dem Geld von Paula und Anton gebaut hatten. Der Garten war ein wahres Paradies für heranwachsende Kinder. Die Fröhlichkeit und Leichtigkeit, die das Gelände vermittelte, standen in scharfem Kontrast zu der Apathie des Mannes, der auf dem Gartenstuhl in der Grillecke saß. Alex Gärtner nahm seine Besucher erst mit einer gewissen Verzögerung war.

Marianne Schindler zog sich einen Stuhl heran und setzte sich direkt neben Alex Gärtner. Dann nahm sie ihn in den Arm, was er willenlos mit sich geschehen ließ. Sein Gesicht war aschfahl, er sah aus wie ein alter, gebrochener Mann.

Eva Bernstein setzte sich in einen Stuhl gegenüber. Sie sprach ganz leise, nur einen kurzen Satz: „Armer Alex, wir wissen alles."

Jetzt brach es unvermittelt aus dem knapp vierzigjährigen Mann heraus, der Tränenstrom kam einer Befreiung gleich.

„Das ist alles so unglaublich schlimm. Warum hat sie das getan? Warum hat sie alles kaputtgemacht? Meine lieben Eltern. Meine Mutter, mein Vater. Die haben doch alles für uns getan, wir haben ihnen alles zu verdanken. Ich kann es einfach nicht verstehen. Und nur wegen der blöden Pferde! Ach, was rede ich: Die armen Tiere können ja nichts dafür."

Die beiden Ehepaare waren zu erschüttert, um irgendetwas zu sagen. Noch einmal bäumte sich Alexander Gärtner auf: „Und sie ist gut gelaunt, so gut wie noch nie. Sie macht Pläne, sie ist so liebevoll zu den Kindern und zu mir, wie sie es seit Jahren nicht mehr war ..."

Er starrte vor sich hin, dann sprang er plötzlich auf und rannte ins Haus. Arthur hatte die Befürchtung, dass er sich etwas antun wollte und hetzte hinter ihm her. Auch die anderen sprangen auf und rannten ins Haus.

Alex hatte sich auf den Stuhl hinter seinem Schreibtisch gesetzt und die Tür des rechten Unterschranks geöffnet. Er zog einen kleinen Koffer heraus, den Arthur Bernstein sofort wiedererkannte. Alex öffnete den Deckel, die vier Besucher starrten auf die Münzsammlung.

„Den habe ich beim Aufräumen in unserer Laube gefunden. Der Koffer lag einfach so unter dem Bett. Sie hat sich nicht einmal die Mühe gemacht, ihn zu verstecken, weil sie in ihrem Wahnsinn wohl absolut sicher war, dass bei uns niemand suchen würde."

Jakob Schindler rief seinen Kollegen in der Staatsanwaltschaft an. Rund eine halbe Stunde später erschien er in Begleitung von Hauptkommissar Schrödel. Nicht einmal eine Stunde später wurde Svenja Gärtner auf dem Reiterhof festgenommen.

Kapitel 74

Karl Dernauer wurde in seinem Lieblingsrestaurant wie immer überschwänglich von Koch Andrea begrüßt. Als er ins Freie kam, saßen Hub und Günther schon am gewünschten Tisch am Rand der Terrasse, an dem man auch vertrauliche Gespräche führen konnte, weil er ein wenig abseits hinter einer kleinen Pergola platziert war. Die höchst gespannte Erwartung stand dem Oberstaatsanwalt und dem Hauptkommissar ins Gesicht geschrieben.

Das belanglose Geplauder, mit dem Karl Dernauer begann, steigerte die Neugier der beiden Profi-Ermittler noch. Als Karl zum Aperitif eine Zigarette anzündete, kleine blaue Ringe in die Luft blies und dazu vom Unkrautjäten in seinem Garten erzählte, fiel Hub ihm ins Wort: „Es reicht, mein Lieber. Jetzt komm zur Sache. Deine Spaten-Geschichten interessieren hier keinen."

„Aber was hat denn Unkrautjäten mit einem Spaten zu tun, dazu benutzt man …" Karl wollte den Moment noch ein wenig auskosten, doch jetzt wurde es auch Günter zu viel.

„Kaaa-aaarl!"

„Ist ja gut. Also: Wisst ihr, mit wem ich mich heute Morgen getroffen habe?" Er blickte von einem seiner Freunde zum anderen. Günthers und Hubs Mimik war eindeutig. Sie hatten keinen Spaß mehr an weiteren Verzögerungen.

„Ich war bei Anna Brand. Und jetzt kenne ich den Mörder."

Diese schlichten Aussagen ließen den Oberstaatsanwalt und den Hauptkommissar fast von den Stühlen kippen. Sie wussten zwar beide um Karl Dernauers kriminalistisches Naturtalent – nur deshalb hatten sie ja die abendlichen Mordaufklärungs-Menüs auf Karls Terrasse eingeführt –, aber beim bisherigen Ermittlungsstand kam diese Behauptung dann doch vermeintlich aus dem Nichts. Auch Karl hatte bislang nicht unbedingt den Eindruck gemacht, als sei er dem Täter wirklich auf der Spur.

Weitere Erläuterungen mussten zurückgestellt werden, weil die Vorspeisen aufgetragen wurden. Karl machte sich sofort über sein Carpaccio her, aber Hub und Günther rührten zunächst nichts an. Stattdessen warfen sie ihrem Freund erwartungsvolle Blicke zu mit der Botschaft, er möge endlich weiterreden.

Karl Dernauer ließ sich zwei Gabeln lang Zeit. Dann legte er das Besteck kurz zur Seite. „Eigentlich hätte ich schon viel früher drauf kommen müssen, aber ich war im entscheidenden Moment nicht konzentriert genug. Warum, das tut hier im Moment nichts zur Sache. Also: Als ich meinen Undercover-Einsatz als *Martin Müller* im Hause Breitholz hatte, da war ich bei einem Gespräch nicht ganz bei der Sache. Sonst hätten bei mir sofort die Alarmglocken schrillen müssen. Aber der Besuch bei der trauernden Witwe heute morgen hat meinen Verdacht erhärtet oder sogar bestätigt."

Hub schaltete sich ein, er wirkte wenig überzeugt. „Frau Brand soll hinter dem Mord stecken? Wie kommst du denn darauf? Und das Motiv ist die Lebensversicherung? Dann muss sie aber einen Komplizen gehabt haben, weil sie ja gar nicht in der Kirche war."

„Habe ich gesagt, dass Anna Brand hinter der Tat steckt? Habe ich nicht. Nein, sie ist völlig unschuldig und wirklich eine trauernde Witwe. Sie hat dieses Ekel Cornelius Brand geliebt und von seinen Affären wusste sie nichts. Ich war taktvoll genug, sie auch nicht aufzuklären. Wahrscheinlich lebt sie besser mit dem Gedanken weiter, dass ihr Mann ein liebenswerter Mensch war. Und da sie so gut wie keinen Kontakt zu den Kollegen ihres

Mannes hatte, ist es auch gut möglich, dass sie nie etwas über seinen wahren Charakter erfährt."

Karl begann, in aller Ruhe weiterzuessen. Als Hub erneut nachfragen wollte, legte Günther Keller ihm seine Hand auf den Unterarm. Der Kommissar griff selbst zu Messer und Gabel und gab dem Oberstaatsanwalt damit das Zeichen, dass man Karl am besten zunächst in aller Ruhe seine Vorspeise genießen lassen sollte. Nach dem ersten Gang hob Günther sein Weinglas und prostete in die Runde.

„Ich denke, jetzt ist der Zeitpunkt gekommen, dass Karl uns an seinen Erkenntnissen teilhaben lässt."

Karl Dernauer nahm einen Schluck Wein, dann kam er Günthers Wunsch nach. „Ich bin heute bei meinem zweiten Roman in die Schlussphase gekommen. Und als ich das Motiv des Täters in meinem Krimi erläutert habe, da hatte ich die entscheidende Idee. Plötzlich ahnte ich, wer Cornelius Brand erschlagen haben könnte – und vor allem auch, warum."

Günther Keller lächelte Karl an. „Hub hat mir das Manuskript deines ersten Buches geliehen. Gefällt mir. Was war denn nun der entscheidende Anhaltspunkt? Ich bohre gar nicht länger nach, wer unser Mörder ist, weil du ihn uns ja ohnehin erst nennst, wenn du es willst."

Karl schmunzelte. „Gut so, Günther, du hast mehr Sinn für Dramatik als unser lieber Hub."

„Du verwechselst wieder mal Dramatik mit Theatralik", warf Hub in gespielter Verärgerung ein.

„Ich will euch gar nicht mit den Ergebnissen meiner anderen Vernehmungen langweilen. Interessant ist nur die Unterhaltung mit Franco Spitzner. Ich habe seine fast schon panikartige Reaktion darauf, dass er eventuell seinen Arbeitsplatz nach Frankfurt verlegen müsste, zwar registriert, aber nicht richtig eingeordnet. Kurzum: Spitzner hat seinen Vorgesetzten erschlagen. Gell, Hub, da staunst du: Dass ein Doktor der Jurisprudenz zu so etwas fähig ist."

Hubs Reaktion fiel knapp aus. „Und warum, bitte schön?"

„Weil er in Anna Brand verliebt ist. Und das nicht erst seit Wochen, sondern seit Jahrzehnten."

Karl füllte die Weingläser auf, nahm einen kräftigen Schluck und ließ sich dann endlich zu einer ausführlichen Schilderung herab.

„Ohne euch jetzt zu viel über meinen zweiten Krimi zu verraten, denn ihr sollt ihn ja schließlich kaufen: Ich hatte auch da eine schlüssige Theorie, die aber trotzdem irgendwie nicht aufzugehen schien. Sie passte nie perfekt auf irgendeine Person. Weil ich einen falschen Motivansatz hatte. Und als mir dann auffiel, wo der Fehler war, kam ich zur Lösung. So war es auch im Fall Brand. Das Motiv hing zwar mit dem Opfer zusammen, aber eben nur indirekt."

Die beiden Zuhörer nutzten Karls Trinkpause nicht zu einer Zwischenfrage. Er würde jetzt ohnehin die nötigen Erklärungen liefern.

„Wir haben zwei mögliche Motive gesehen, die beide im beruflichen Umfeld lagen, weil alle denkbaren Täter beruflich mit Cornelius Brand zu tun hatten: Karrieregründe, weil Brand jemandem im Wege stand oder einer Angst vor dem beruflichen Aus hatte. Oder persönliche wie Rache oder gekränkte Eitelkeit, zum Beispiel wegen seiner Affären. Jeder hatte ein Motiv, aber keines schien wirklich stark genug, um einen Mord zu rechtfertigen, nicht einmal eine Tat im Affekt."

Die erste Flasche Wein war geleert, der Kellner tauschte sie im Kühler gegen eine neue aus.

„Bei den Frauen unter den Verdächtigen schienen eher emotionale Motive denkbar, bei den Männern eher berufliche. Und das war der Knackpunkt. Es war ein Mann, aber sein Motiv war Liebe. Unerfüllte Liebe."

Karl Dernauer zündete sich eine Zigarette an. „Franco Spitzner schwärmte mir unaufgefordert von der Ehe der Brands vor. Und zeigte tiefes Mitgefühl mit der trauernden Witwe. Seine Schilderung der Charaktereigenschaften von Cornelius Brand passte gar nicht zum Bild, das die anderen Kollegen von ihm zeichneten. Und dann eine aberwitzig panische Reaktion, als ich ihm sagte, er werde künftig wohl eher in Frankfurt arbeiten. Das war für einen alleinstehenden Mann doch kein Drama. Aber wie gesagt: Ich hätte das alles früher erkennen müssen, wenn ich nicht so unkonzentriert gewesen wäre."

Der Hauptgang wurde gebracht, aber diesmal griff Karl nicht sofort zum Besteck. „Ich hatte eigentlich alle Hinweise auf dem Präsentierteller, aber ich habe sie nicht zu einem Bild zusammengesetzt. Ihr habt mir ja erzählt, dass Anna Brand in Franco Spitzner schon immer einen öden Langweiler sah, Vanessa Bornholm nannte ihn ein Muttersöhnchen, das wohl noch nie etwas mit einer Frau gehabt habe. Und er schwärmte von seiner ehemaligen Klassenkameradin. Dass er die Ehe als glücklich bezeichnete, war wohl ebenso ein Ablenkungsmanöver wie sein angeblich ungetrübtes Verhältnis zu Cornelius Brand."

Karl stocherte kurz mit seiner Gabel auf dem Teller, aß aber immer noch nichts. Im Gegensatz zu Hub und Günther, die beim Zuhören kauen konnten.

„Heute Morgen habe ich beim Besuch bei Anna Brand dann meine ganze Theorie sehr schnell bestätigen können. Sie hat mir ganz arglos erzählt, dass Spitzner schon immer in sie verknallt gewesen sei, wie sie es nannte. Sie hat das nie ernst genommen und auch völlig ungezwungen von dem Klassentreffen erzählt. Spitzner habe sie wie immer angehimmelt, aber sie hielt das für reine Schwärmerei. Nicht für tödliche Liebe. Oder noch besser: Tödliche, geldgeile Liebe."

Jetzt gönnte sich auch Karl Dernauer ein paar Bissen. Dann fuhr er mit leiser Stimme fort. „Spitzner hat es wohl völlig falsch interpretiert, dass Anna Brand sich bei dem Klassentreffen so lange Zeit für ihn genommen hat. Er hat sich in die Idee hineingesteigert, dass auch sie in ihn verliebt ist, und dass sie beide ein Paar werden, wenn Cornelius Brand ihnen nicht mehr im Wege steht. Außerdem wusste er von der Lebensversicherung, weil Cornelius Brand sich seinen fachkundigen juristischen Rat vor dem Vertragsabschluss vor rund zwei Jahren eingeholt hatte. Das hat mir Anna Brand erzählt. Und übrigens auch, dass Franco Spitzners Lieblingsthema schon zu Schülerzeiten das Geldverdienen gewesen sei. Er habe auch an dem bewussten Abend bei dem Klassentreffen fast von nichts anderem als von sicheren Anlageformen mit guten Renditen geredet. Dass er nach Brands Tod sogar eine reiche Frau bekommen hätte, war also ein zusätzliches Motiv. Der mögliche berufliche Wechsel nach Frankfurt passte gar nicht in Spitzners traumhafte Perspektiven, die er sich durch den Mord geschaffen zu haben glaubte. Es war übrigens nach meiner Einschätzung ein eiskalt geplanter Mord. Spitzner hat nur auf die passende Gelegenheit gewartet, die sich ihm in der Kirche dann plötzlich bot."

Hub war zwar beeindruckt, aber andererseits meldete sich sofort der Oberstaatsanwalt in ihm.

„Klingt alles schlüssig, aber wie wollen wir ihm das beweisen?"

Karl Dernauer grinste über das ganze Gesicht: „Dein Job!"

Kapitel 75

Am kommenden Morgen saß Karl Dernauer früh an seinem Schreibtisch. Am Nachmittag betreute er wie immer seine Enkel. Bis dahin wollte er seinen Kriminalroman abrunden. Mindestens ein weiteres Kapitel sollte es an diesem Vormittag schon sein. Und vielleicht würde es ja sogar das Schlusskapitel. Denn eigentlich war im Mordfall Gärtner alles Wesentliche erzählt.

Die erste Störung in seinem Schreibfluss empfand Karl Dernauer nicht im Geringsten als solche. Gabriella rief an. Das Gespräch begann mit einer emotionalen Explosion.

„Wie schön wäre es, wenn du jetzt hier bei mir wärest und mich im Arm halten könntest", flüsterte Gabriella ohne jede Form der Anrede in Karls Ohr. Er war sofort gefühlt ganz nah bei ihr.

„Oh ja, das wäre sehr schön. Wie geht es dir? Kommst du mit der Situation einigermaßen gut klar?"

„Es geht schon. Morgen Abend kommen meine Tochter und mein Schwiegersohn mit ihren Kindern und mein Ex-Mann her zur Beerdigung am Samstag. Ich freue mich auf alle. Auch mit meiner Schwester verstehe ich mich im Moment sehr gut, das war nicht immer so."

Sie sprachen noch eine Weile sehr vertraut miteinander und diesmal ließ Gabriella nach ihrem Abschiedsgruß „Ich küsse dich", Karl sogar noch die Zeit, mit denselben Worten zu antworten, ehe sie auflegte. In Karl Dernauer war während des Gesprächs ein spontaner Entschluss gereift.

Er öffnete das Bahn-Portal und buchte einen Nachtzug nach Bozen. Sündhaft teuer war das, aber das war es ihm wert, um in diesen schweren Stunden für ein paar Minuten Gabriellas Hand zu halten. Danach gelang es ihm erstaunlich schnell, sich wieder in die Welt des Ehepaars Bernstein zu versetzen.

Die zweite Störung begann mit einem „Ciao bello" am Telefon. Doch Hubs kurze und knappe Infos rechtfertigten die Unterbrechung seines literarischen Höhenflugs.

„Günther hat heute morgen wieder mal ganze Arbeit geleistet. Er hatte plötzlich die Idee, dass Spitzner vielleicht schon auf der Suche nach einer größeren Wohnung ist, so sicher wie er deiner Meinung nach ist, dass ein neues Leben vor ihm liegt. Und was soll ich dir sagen: Volltreffer. Er hat sich bei einem Makler nach einem Haus erkundigt, das für ihn allein viel zu groß wäre. Ich glaube, damit haben wir ihn."

Karl zeigte sich sehr erfreut. „Prima, dann wünsche ich euch viel Erfolg. Ich werde übrigens morgen und vielleicht auch übermorgen am ehesten über SMS zu erreichen sein. Frag nicht weiter, ich sage dir sowieso nichts. Ciao bello."

Karl fand seinen italienischen Gruß vor der Fahrt nach Südtirol ausgesprochen passend.

Jetzt konnte er ohne weitere Unterbrechung die Bernsteins zur Beisetzung des Ehepaars Gärtner begleiten.

Kapitel 76

Arthur und Eva Bernstein verbrachten den Sonntag und den Montag wie geplant in ihrer Ferienwohnung, wobei sie zum Abschluss des Wochenendes noch einmal bei Jutta und David im Garten reinschauten. Montags stimmten sie sich dann mit einer kleinen Tour auf das ein, was sie vor Beginn ihrer Reise schon geplant hatten: den Besuch der beiden anderen BUGA-Standorte per Fahrrad.

Die Beisetzung am Dienstag wurde zu einem beklemmenden Erlebnis. Es war fast nicht mit anzusehen, wie erschüttert Alex und die Kinder am Grab standen. Die beiden Mädchen und der Junge wirkten weitgehend apathisch, sie brachen dennoch immer wieder, wie ihr Vater, in Tränen aus. Auch Eva konnte das Weinen mehrfach nicht unterdrücken. Beim Händedruck starrte Alex ausdruckslos ins Leere.

Die Verabschiedung von den anderen Kleingärtnern fiel herzlich aus. Nur beim Ehepaar Nassau blieb es bei wenigen unverbindlichen und oberflächlichen Sätzen. Als die Ehepaare Bernstein und Schindler gemeinsam das Friedhofsgelände verließen, stießen sie fast mit Hauptkommissar Schrödel zusammen, der sich mit hektischem Schritt entfernen wollte. Jakob Schindler sprach ihn jedoch gezielt an.

„Guten Tag, Herr Kollege. Haben Sie nicht etwas vergessen?"

„Ich wüsste nicht was", lautete die schroffe Antwort.

„Wie wäre es denn mit einer Entschuldigung bei Herrn Bernstein. Und natürlich auch bei seiner Frau?"

„Ich wüsste nicht wofür", kam es scharf zurück. „Ich habe nur meine Arbeit gemacht, und auch Sie sollten aus Ihrer langjährigen Berufserfahrung wissen, dass man in einem Detail auch schon mal falsche Schlüsse ziehen kann. Es ist mein Job, ohne Ansehen der Person zu ermitteln."

Als Jakob Schindler entrüstet noch einmal etwas entgegnen wollte, hielt Arthur Bernstein ihn davon ab.

„Lass gut sein, Jakob. Unser junger Freund muss noch viel lernen im Leben. Um in seinem Jargon zu bleiben: Es ist nicht unser Job, ihm ein Mindestmaß an guten Manieren beizubringen. Und seine grenzenlose Selbstüberschätzung wird ihm noch des Öfteren in seinem Beruf im Wege stehen. Ich betrachte das als ausreichende gerechte Strafe."

Mit dieser Reaktion konnte Kevin Schrödel gar nichts anfangen. Er drehte sich ruckartig um und machte sich grußlos davon.

„Recht hast du, mein Liebster", sagte Eva Bernstein mit einem innigen Blick, der eindeutig Stolz auf Arthurs Gelassenheit ausdrückte. „Was stört's die Eiche, wenn das Schwein sich daran kratzt."

„Sind solche Sprüche nicht eigentlich mein Part?" Arthur Bernstein nahm seine Frau lachend in den Arm, doch danach versanken beide Ehepaare noch einmal in fast erdrückendes Schweigen, das erst endete, als sie im Auto saßen und in das Haus von Marianne und Jakob Schindler fuhren.

Der letzte gemeinsame Abend der beiden Paare wurde zu einem emotionalen Wechselbad. Phasen ausgelassener Fröhlichkeit wechselten oft übergangslos mit tiefer Betroffenheit ab. Die Gedanken an den grausamen Doppelmord, der mehr als zwei Leben zerstört hatte, drängten sich immer wieder in die Erinnerungen an Erlebnisse aus der Studentenzeit und die Pläne für weitere Treffen der Brandenburger und der Rheinländer.

Am nächsten Morgen setzten Eva und Arthur die Urlaubsreise mit ihren Rädern fort. Es waren keine unbeschwerten, aber doch erholsame und intensive Tage, die sie erlebten, bevor sie sich in den Zug setzten, um die Rückfahrt nach Hause anzutreten.

Kurz vor ihrem Heimatbahnhof versank Eva Bernstein tief in Gedanken. Arthur merkte das, störte sie jedoch nicht dabei. Endlich schaute Eva ihrem Mann fest in die Augen und sprach über das, was sie so sehr beschäftigt hatte:

„Ich habe gerade darüber nachgedacht, dass es in jüngster Zeit offenbar tödliche Folgen hat, wenn wir beide gemeinsam in Urlaub fahren. Aber wir können doch deshalb nicht bis zum Ende unseres Lebens nur noch zu Hause bleiben."

Arthur lachte schallend auf.

„Du verwechselst da ganz eindeutig Ursache und Wirkung. Die Morde wären auch passiert, wenn wir am anderen Ende der Welt gewesen wären. Aber sie wären vielleicht nie aufgeklärt worden, wenn wir nicht dabei gewesen wären. Und zu welchem Schluss führt uns das? Es ist sogar unsere verdammte Pflicht, auch weiterhin die Verbrecher dieser Welt hinter Gitter zu bringen. Wir werden nicht nur daheim gebraucht. Vor allem du, meine geliebte Miss Marple. Wobei ich den Namen nur auf das Talent zur Verbrechensaufklärung beziehe, denn du bist unendlich viel schöner."

Das Kompliment zeigte Wirkung. Eva gab Arthur einen Kuss und kuschelte sich dann eng an ihn.

„Dann könnten wir doch gleich mit den Planungen für den nächsten Urlaub beginnen. Du bist mit der Auswahl des Reiseziels dran: Wo wollte ich denn immer schon mal hin?"

Kapitel 77

Karl Dernauer kam nach einer rund zwölfstündigen Bahnfahrt am frühen Freitagmorgen in Bozen an. Er hatte zweimal mehrere Stunden lang fest geschlafen und so fühlte er sich überraschend frisch, als er den Bahnhof verließ. In der Innenstadt wurden schnell Erinnerungen an einen Urlaub mit Monica wach, den sie beide in Meran verbracht hatten. Bozen war ihnen damals nur einen kurzen Ausflug am letzten Tag wert gewesen, was sie bereut hatten, als sie zwischen den unzähligen Marktständen mit dem faszinierend vielfältigen Angebot unterwegs waren.

Karl kaufte spontan je eine große Packung mit getrockneten Steinpilzen und Tomaten und stand dann etwas unschlüssig herum. Er hatte nur einen Rucksack mit Kulturbeutel, frischer Wäsche, einem Hemd und zwei Büchern dabei, weil er unschlüssig gewesen war, ob er übernachten würde. Die pralle Plastiktüte passte da beim besten Willen nicht hinein. Auf einen Einkaufsbummel war er nicht eingerichtet.

Seine Verunsicherung steigerte sich. War es nicht vielleicht doch eine Schnapsidee gewesen, Gabriella in ihrem Familienumfeld in einer solch intimen Situation zu überfallen, die der Tod der eigenen Mutter nun einmal darstellte? Sollte er einfach mit dem nächsten Zug wieder zurückfahren?

Vor einem winzigen Straßencafé waren beide Tische, an denen je zwei Stühle standen, frei. Er stellte seine Plastiktüte mit den Pilzen und Tomaten und den Rucksack auf den einen Stuhl und nahm auf dem anderen Platz. Eine dickliche Frau mit gewinnendem Lächeln fragte nach seinen Wünschen, und er orderte das größte Frühstück, das auf der Karte zu finden war. Nach dem ersten Cappuccino hatten sich Karls Zweifel zerstreut. Er schrieb eine SMS an Gabriella: *Hast du Zeit und Lust, einen Kaffee mit mir zu trinken?*

Es dauerte weniger als eine Minute, bis er eine Antwort bekam, die nur aus Satzzeichen bestand: *???*

Ein Lächeln umspielte seine Lippen, als er die Antwort eintippte. *Ich würde mich bei der Wahl des Lokals natürlich ganz auf deine Ortskenntnis verlassen.*

Diesmal vergingen nur Sekunden und es folgte keine SMS, sondern ein Anruf.

„Willst du mir im Ernst erzählen, dass du in Bozen bist? Wie bist du denn auf die Idee gekommen?"

Karl überlegte noch, wie er antworten sollte, weil er nicht einschätzen konnte, ob Gabriella verärgert, erfreut oder nur überrascht war. Ihre nächsten Sätze machten ihm dann aber schnell klar, dass er sich unnötig Gedanken gemacht hatte.

„Du verrückter Kerl. Mein Gott, wie ich mich freue. Von wo aus rufst du an? Wenn du in der Altstadt bist, dann bin ich in ein paar Minuten bei dir. Ich küsse dich."

Karl Dernauer beschrieb möglichst präzise seinen Standort, was ihm nicht ganz leicht fiel, da er von seinem Platz aus kein einziges Straßenschild sehen konnte. Seine Erklärungen nahmen fast eine Minute in Anspruch. Plötzlich lachte Gabriella hell auf. Doch dieses Lachen klang eigentümlich, irgendwie als hallte es aus dem Telefon. Karl wurde der Grund erst klar, als sich von hinten zwei Hände auf seine Augen legten.

Er schob die Hände sanft zurück und drehte sich im Aufstehen um. Gabriella stand vor ihm, so schön und strahlend wie immer. Sie schlang ihre Arme um seinen Hals und drückte ihm einen Kuss auf die Lippen, der gerade so lang war, dass es Karl in aller Öffentlichkeit noch nicht peinlich wurde.

Gabriella zog sich einen Stuhl an den Tisch und legte zwei Plastiktüten neben die von Karl auf den Stuhl. „Ich liebe diesen Markt und bin extra früh heute hierher gekommen, um ein paar Dinge zu kaufen, die ich mit nach Hause nehmen will, weil es die bei uns in Deutschland in dieser Qualität nicht gibt."

Karl warf einen kurzen Blick in eine der Tüten und hielt Gabriella dann kommentarlos seine eigene entgegen. Ein zweites Mal lachte Gabriella laut auf: In beiden Tüten befanden sich getrocknete Tomaten und Steinpilze.

„Du hast ja noch einen Ausflug in die Südtiroler Küche gut bei mir", sagte Gabriella. „Jetzt kennst du schon mal ein paar Zutaten des Menüs, das dich erwartet." Sie ergriff seine Hand und wurde dann deutlich ernster. „Es tut so gut, dass du da bist."

Karl wurde sehr ernst. „Du sollst dich auf keinen Fall von mir überfahren fühlen. Nichts läge mir ferner, als mich ungefragt in deine Familie hineinzudrängen. Mir kam nur ganz spontan die Idee, dass ich gerne deine Hand halten würde und dass das dir vielleicht guttäte."

Gabriella schüttelte leicht den Kopf und schenkte ihm ihr strahlendstes Lächeln. „Der Journalist und der Konjunktiv: läge, täte, würde. Keine Sorge: Ich empfinde das nicht als Einmischung und es tut sehr gut, deine Hand zu halten und jetzt hier mit dir zu sitzen."

Die Erleichterung bei Karl war daran abzulesen, dass seine Körperspannung stark abnahm. „Ich habe mir gedacht, dass ich in Meran übernachte. Da habe ich ein paar schöne alte Erinnerungen aufzufrischen. Und dann könnten wir am Sonntag gemeinsam mit dem Zug zurück nach Hause fahren."

Gabriella drückte seine Hand noch fester und blickte ihm tief in die Augen. „Dass du morgen bei der Beerdigung dabei bist, passt für mich nicht. Es ist keine gute Gelegenheit, dich meiner Familie vorzustellen." Sie griff nach einer Scheibe Brot und strich sich ein wenig Quittengelee darauf. „Nun iss du auch erst mal was, du musst doch riesigen Hunger haben nach deiner Nachtreise." Nach einem kräftigen Bissen fuhr Gabriella fort. „Aber ich fände es schon sehr schön, wenn du meine Tochter kennenlernen würdest. Bestimmt haben wir morgen nach der Beisetzung irgendwann eine Stunde für einen gemeinsamen Kaffee hier in der Stadt. Und das mit der gemeinsamen Rückfahrt, das ist ja wohl selbstverständlich."

Nach dem Frühstück, das locker für zwei Personen reichte, spazierten sie Hand in Hand fast zwei Stunden lang durch die Altstadt von Bozen, wobei Gabriella sich als ausgezeichnete Fremdenführerin erwies und Karl bezaubernde Ecken der Stadt zeigte, die ein Tourist sich allein kaum hätte erschließen können. Sie nutzten die Zeit aber auch, um über ihre jeweiligen Familien zu sprechen, was eine tiefe Zweisamkeit erzeugte. Kurz nach Mittag trennten sie sich mit einem innigen Kuss.

Karl spazierte danach lange an den Flüssen Eisack und Talfer entlang und setzte sich dann kurz vor zwei zum Mittagessen in ein Restaurant am Waltherplatz. Er orderte einen halben Liter Weißwein und eine große Flasche Mineralwasser zu den „Spinatspätzle in feiner Käsesahnesauce", bei denen sich erahnen ließ, wie sie schmecken würden, wenn Gabriella das traditionelle Gericht für ihn und nicht eine Restaurantküche es für Touristen zubereitet hätte.

Auf seinem Smartphone war eine SMS von Hub eingegangen. *Spitzner hat alles gestanden. Wenn du mehr wissen willst: Bin bis 15 Uhr telefonisch erreichbar. Grüezi.*

Karl wollte mehr wissen und klingelte den Oberstaatsanwalt an, während er auf seinen Espresso und den Grappa wartete. Hub legte zügig los, offenbar war er auf dem Sprung ins Wochenende.

„Günther hat mit seiner raffinierten Verhörtechnik gar nicht lange gebraucht, bis Franco Spitzner ein umfassendes Geständnis abgelegt hat. Es war fast schon ein bisschen enttäuschend, wie wenig Gegenwehr er leistete. Das mit dem Hauskauf hat er zunächst noch versucht abzuwiegeln. Er habe Spaß an der Gartenarbeit und wolle raus aus der Stadt ins Grüne. Und zu viel Platz zum Wohnen könne man ja nicht haben, nur zu wenig. Die Wende war, als Günther ihm vorgehalten hat, wie sinnlos das alles war, weil Anna Brand ihn für einen grenzenlosen Langweiler halte und nicht im Traum daran denke, mit ihm ein neues Leben zu beginnen. Da ist er dann regelrecht zusammengebrochen und hat wüste Beschimpfungen ausgestoßen, in einem Slang, den ich einem Juristen nicht zugetraut hätte. ‘Die blöde Schlampe’ war noch eine der harmloseren Bezeichnungen."

Karl empfand eine tiefe Genugtuung, dass er bei diesem Fall noch rechtzeitig die Kurve gekriegt hatte, obwohl er offenkundige wichtige Hinweise nicht sofort richtig verarbeiten konnte. Am Nachmittag fuhr er nach Meran und mietete sich dort für zwei Nächte in einem völlig überteuerten Hotel ein, weil so kurzfristig an einem Sommerwochenende kein anderes Zimmer zu finden war. Danach suchte er mehrere Stellen in der Stadt auf, die ihn besonders stark an Monica erinnerten. Schon vor acht war er zurück in seinem Hotel. Er war hundemüde und schlief schon nach wenigen Seiten des Christie-Meisterwerks *Die Morde des Herrn ABC* ein.

Kapitel 78

Als Karl Dernauer am Samstag gegen kurz vor sechs aufwachte, hatte er zunächst Orientierungsprobleme. Alles um ihn herum war fremd. Erst nach mehrmaligen Rundumblick durch das Hotelzimmer wusste er, dass er in Südtirol war.

Mit der kleinen Kaffeemaschine auf dem Sideboard braute er sich einen doppelten Espresso. Er könnte duschen und dann einen Spaziergang machen. Und dann fände er bestimmt ein hübsches Café, wo er draußen frühstücken könnte. Der Zimmerpreis war so exorbitant, dass Karl es nicht eingesehen hatte, auch noch das Fünfzehn-Euro-Zusatzangebot für den Hotelkaffee und die Standardauswahl an Billigwurst und -käse anzunehmen. Da gab es in der Stadt bestimmt Besseres für weniger Geld.

Am Nachmittag würde er wahrscheinlich Gabriellas Tochter kennenlernen, worauf er sich sehr freute. Und morgen stünde dann die gemeinsame Zugfahrt mit Gabriella nach Hause an. Zwölf Stunden am Stück – so lange waren sie noch nie ununterbrochen zusammen.

Bei diesen Gedanken war er durchs Zimmer zum Fenster gegangen und hatte dieses weit geöffnet. Die Geräusche, die an sein Ohr drangen, ließen erkennen, dass die verschlafene Stadt Meran mit ihren vielen Kurgästen schon erwacht war. Das Wort „Kurgäste“ kreiste plötzlich unaufhörlich durch sein Hirn. Die Idee für einen neuen Kriminalroman nahm ganz konkrete Formen an.

Als er sich umdrehte, fiel sein Blick auf den kleinen Sekretär an der Seitenwand. Schade, dass er sein Laptop nicht mitgenommen hatte. Aber auf dem kleinen Schreibtisch lag ein großer weißer Block und daneben ein Stift. Er könnte doch mal ein Raster anlegen mit Verdächtigen und Motiven.

Ja, das war gut: Karl würde Eva und Arthur Bernstein in Kur schicken. Das hatten sich die beiden verdient. Zum Heilfasten. Und natürlich würden sie auch in diesem beschaulichen Ambiente wieder über eine Leiche stolpern. Am besten, er begann gleich mal mit der Suche nach einem Arbeitstitel.

„Eva jagt den Kurgast-Mörder”, ein bisschen sehr actionbetont klang das.

„Tödliches Heilfasten", schon etwas besser, aber das hätte auch die Überschrift über eine Enthüllungs-Reportage in einer Zeitung sein können.

„Der Tod fastet mit", das ging in die richtige Richtung, war aber auch noch nicht das Nonplusultra.

Egal. Als Basis für eine Romanhandlung reichte das. Und dann kritzelte er mit immer höherem Tempo Namen und Beschreibungen von Tatverdächtigen auf das Papier.

Er würde morgen auf der Bahnfahrt Gabriella fragen, was sie von seiner Idee für den dritten Krimi hielt.